내가 가장 예뻤을 때 1

내가 가장 예뻤을 때 1

내가 가장 예뻤을 때 1

내가 가장 예뻤을 때 1

내가 가장 예뻤을 때 1
MBC 수목드라마 대본집

ⓒ 조현경 2020

초판 1쇄 발행 2020년 11월 11일

지은이 조현경

펴낸곳 도서출판 가쎄 [제 302- 2005- 00062호]
주 소 서울 용산구 이촌로 224, 609
전 화 070. 7553. 1783 / 팩스 02. 749. 6911
인 쇄 정민문화사

ISBN 979-11-91192-00-1   /03810

값 17,000원

www.gasse.co.kr
berlin@gasse.co.kr

내가 가장 예뻤을 때 1

조현경 대본집

gasse·가쎄

작가에게 작품은 자식과 같다. 작품 속의 캐릭터는 적어도 작가 안에
서는 실제로 살아있는 인물과 다름이 없어서 매번 작품이 끝날 때마
다 마치 실연과 같은 애도기가 필요하다. 많지 않은 작품 가운데 그래
도 가장 애정 했던 작품이요 인물들이지만 사랑했던 만큼 세상에 제
대로 펼쳐주지 못한 채 아픈 손가락으로 남았다. 나는 이제 그 어느
때보다 오랜 애도기를 감내해야만 한다.

코로나 팬데믹은 우리의 일상만이 아니라 드라마 제작에도 영향을
끼쳤다. 해외 촬영이 불가능해지면서 이미 나와 있는 대본의 중간 부
분을 대폭 수정해야 했다. 금기의 소재를 다루는 기획이 9시대 청소년
보호 시간대에 편성되어 제약이 심해졌다. 대본심의를 받아 가며 스
토리를 전개해나가야 하는 미션과 여러 현실적인 가이드라인과의 싸
움에서 한계를 뛰어넘지 못한 자괴감이 지금도 나를 잠 못 들게 한다.

부족한 대본을 책으로 남기는 것에 대한 부끄러움에 출판을 고사하기도 했으나 가쎄 김남지 대표님의 격려와 그래도 이 상처받은 작품을 사랑해주신 분들에 대한 감사의 마음으로 책을 엮었다. 작업 과정에서... 나는 많이 울었다. 내가 만든 인물들이 감당해내야 하는 불행과 고통에, 그리고 그들에 대한 미안함에.

그들은 생을 함께 하며 사랑을 이어가지는 못했지만 가족이 준 상처를 극복하고 용서하며 자기 자신으로 설 수 있게 서로를 구원하였다. 사랑을 잃은 쓰라림보다 사랑이 준 치유를 기억하며 살아갈 수 있다면, 이 이야기가 아픔으로만 남지는 않을 거라고 씨앗 같은 소망을 품어본다. 언제나 대본보다 더 많이 울어준 배우들과 깊이 있는 연출을 보여주신 감독님께 감사드린다. 언젠가 또다시 만날 날이 있겠지만 그들과의 이별도 슬프다.

내가 가장 예뻤을 때 1

기획의도

여기, 한 여자를 사랑하게 된 두 형제가 있다.

가슴 떨린 첫사랑을 형수로 맞이한 남자. 동생의 첫사랑을 무자비하게 차지해버린 남자.

소년이 자라서 청년이 되는 동안 형은 사라졌고... 감춰둔 진심이, 눌러둔 욕망이 아우성을 치며 일어난다. 갈 수 없는 길, 건너지 말아야 할 강 앞에서 고뇌는 크고 깊은데...

돌아갈 수 없는 남자. 사랑하는 아내를 다시 만나기 위해 사력을 다하지만, 운명은 그의 갈망을 비웃듯 번번이 귀환을 가로막고. 지켜주고 싶었던 유일한 존재 앞에.... 이 꼴로 돌아갈 순 없었다. 차라리 죽었다 여기길 바라며 스스로 이별을 선택했건만 생은 아직도 가혹한 대가를 요구하고 있었다.

금기 앞에서 인간은 스스로의 본성을 극명하게 드러낸다. 한없이 약하고, 끝 간 데 없이 강해지기도 하는 모순과 이면을 아픔 속에서 실존으로 느끼게 되는 것이다. 그래서 이 세 남녀의 가여운 사랑은 파멸이 아닌 카타르시스를 불러일으킨다.

세월과 운명 속에서 엇갈리는 한 여자와 두 형제의 사랑, 이를 통해 인간 영혼의 구원에 관해 묻는다.

등장인물

오예지 (임수향/20대-30대) 세라믹 아티스트. 환의 첫사랑, 진의 아내

'외로워도 슬퍼도 울지 않는 캔디' 같은 여자는 아니다. 참고 참고 또 참지도 않는다. 잘 웃고 잘 운다. 감정표현이 솔직한 대신 뒤끝이 없다. 외로워도 함부로 정은 주지 않는다. 자꾸 어두워질 수밖에 없는 현실을 잊기 위해 밝음을 가장하다 그게 성격이 되었지만 태생의 방어본능은 끈질기게 남아 있다. 하지만 양평에서의 생활은 그녀를 바꿔놓았다. 이름처럼 환하게 곁에서 지켜주는 환과, 태양처럼 뜨거운 열기로 다가오는 진... 두 형제와의 만남은 굳게 닫혔던 예지의 마음을 열기에 충분했다. 그리고 그녀는 행복하리라 믿었다. 두 형제 사이에서...

서환 (지수/10대-20대) 건축 디자이너/도시 재생 전문가, 진의 동생

예지를 먼저 만난 사람은 환이었다. 그녀를 먼저 사랑한 사람도 환이었다. 그녀가 교생 실습을 나온 첫날, 한눈에 반했다. 볼수록 귀엽고, 사랑스럽고, 또 지켜주고 싶은 여자였다. 그러나 예지에게 환은 남자가 아니라 학생이었기에, 그녀는 다른 남자와 사랑에 빠진다. 미술 교생인 예지를 위해 아버지의 공방에 데려왔지만 그것이 형과 예지를 엮어줄 계기가 될 줄은 몰랐다. 알았더라면, 미리 알았더라면... 형의 여자를 사랑하게 된 운명으로부터 달아나기 위해 애쓰지만 결국 예지 곁으로 부메랑처럼 돌아오고 만다. 형이 없는 집에서 떠나지 못하는 그녀의 행복을 위해서라면 악역도 자처하는데...

서진 (하석진/20대-30대) 랠리스트/진환A&C 실장. 환의 형, 예지의 남편

환이가 은은한 달이라면 진은 빛나는 태양 같다고들 한다. 하지만 아는 사람들은 안다. 사실 더 약한 쪽은 진이라는 거. 환이 모든 고통과 자신의 눈앞에 놓인 운명을 인정하고 좀 더 깊어지기 위해 살아간다면 진은 보고 싶지 않은 것들을 외면하며 밖으로만 달려가는 캐릭터다. 강해지기 위해 열심히 운동하고, 인간의 한계에 도전하는 일들을 즐긴다. 하지만 아버지의 사고 이후 마음에 얹힌 공허함은 좀처럼 채워지지 않는데. 환의 마음을 알면서도 예지에게 다가간다. 상처를 안고 살아가는 자신과 그녀가 서로를 지켜줄 수 있을 것이라 믿었기에...

캐리 정 (황승언/20대-30대) 고려 모터스 스폰서 매니저, 진의 옛 파트너

슈퍼모델 출신. 레이싱과 랠리 등 자동차와 바이크 레저에 관심이 많은 방 회장을 대신해 각종 대회 운영과 협찬을 진행하다 후원팀의 수장인 진에게 반해버렸다. 하지만 가진 걸 다 버리고 한 남자만의 여자가 될 생각은 없었다. 그러나 그의 질투와 소유욕을 바라는 욕심이 사실은 사랑이었다는 걸 뒤늦게 깨닫는다. 해서 잡히지 않는 진의 마음을 돌리기 위해 집착하기 시작하는데...

엠버 (스테파니 리/20대) 건축가, 환의 대학 동창

환의 대학 동창. 한국계 미국인. 부모님이 교포 2세다. 부족함 없이 사랑받으며 자란 덕분에 자기 욕망을 드러내는 데 주저함이 없다. 살면서 갖고 싶은 건 모두 가졌다. 하지만 환은 달랐다. 자신과 동갑임에도 슬픔을 깔고 그리움을 베고 사는 듯한 환은 엠버에게 어려운 남자였다. 그런 환이 좋았다. 얼마나 좋았던지 엠버는 그를 따라 한국까지 온다. 하지만 엠버는 환을 보자마자 알았다. 환이 누구를 보고 있는지를. 자신이 상대해야 하는 사람이 누구인지를. 그의 전부를 가지지 않아도 좋다. 환이 선택할 수 있는 여자가 되면 된다. 그렇게라도 환을 갖고 싶은 엠버.

형제의 가족과 주변 사람들/

서성곤 (최종환/60대) 도예가, 진과 환의 아버지

아트 건축을 주로 하는 건설사의 오너이자 산악인이었다. 하반신 마비가 오기 전까지는. 암벽등반을 하다가 떨어져 다리를 다친 뒤로 회사는 아내에게 맡긴 채 후원하던 도예가의 공방에서 한동안 은거 생활을 했다. 자신에게 닥친 불행을 내면적으로 잘 다스려서 여전히 생의 중심을 제대로 잡고 살아가지만 외형의 불행을 극복하지 못하는 아내로부터 외면당한다. 예지를 향한 형제의 마음을 알고 함께 아파하며 고민한다.

김연자 (박지영/50대) 진환A&C 대표. 성곤의 아내, 진과 환의 어머니

뒤에서 보면 30대로 착각한다(고 우긴다). 어쨌든 나이답지 않게 외모 관리가 잘 되어 있는 건 사실. 동생 연철이 집장사에 관심을 보이자 회사로 들이고 청담동, 서래마을에 고급 빌라를 지어 그나마 먹고살았지 남편 비즈니스는 재능 기부 수준이라고 여긴다. 성곤의 사고 이후 동생과 함께 진환A&C를 맡아 지금껏 키워왔다. 남편을 닮은 환보다 자신을 더 닮은 것 같은 장남 진을 편애한다.

김연철 (권혁/40대 후반) 진환A&C 상무, 연자의 동생

돈만 갖다 쓰는 백수로 집안의 골칫덩이였는데 같이 클럽 다니며 어울리던 연예인 인맥을 무기 삼아 매형 회사의 마케팅 부서에 입사한다. 아는 셀럽들에게 한 채에 수십억씩 하는 빌라를 팔아치우며 억대 커미션을 받아먹는 재미가 쏠쏠하다. 뒤늦게 찾은 적성에 야망이 불타오르는 즈음 매형이 불운의 사고로 은퇴해 뜻밖의 기회를 잡는다. 그런데 또 한 번의 기회가 찾아온다. 누나의 연이은 불행을 디딤돌 삼아 진환A&C를 차지하기 위해 애쓴다.

윤지양 (서은우/20대-30대) 연자의 비서실장

보육원 장학생 출신. 보육원을 후원해온 성곤의 뜻을 이어받아 연자가 장학생을 선발, 곁에서 쓸 인재로 키워왔다. 그중 3개 국어에 능통한 어학능력과 체력 등이 발군이었던 지양은 연자의 비서실장이 된다. 사적인 영역도 케어하고 공적인 스케줄을 모두 동반 소화하며 짬짬이 연자에게 운동을 시키고 마사지를 해주는 등 건강관리까지 책임진다.

정다운 (전유림/10대-20대) 정원사, 환을 짝사랑하는 고교 동창

두물머리 시골을 벗어나는 게 평생소원이었는데 환이네가 이사를 오자 이곳에 뼈를 묻기로 작정한다. 메일 주소와 각종 아이디를 환이 부인으로 바꾸고 장래희망도 그 집 며느리라고 떠들고 다닌다.

정작 환이는 다운을 동급생으로밖에 안 본다는 걸 알지만 어른이 되면 그때는 여자로 봐주지 않을까, 되도 않는 기대를 품어본다. 그래도 늘 든든하게 환의 곁을 지켜주는 마음 따뜻한 친구.

백정일 (손보승/10대-20대) 공방 잡부, 환의 친구

만두 귀신. 정일의 손에는 언제나 만두가 들려있다. 먹는 걸 좋아해 잘 때 빼고는 항상 무언가 씹고 뜯고 맛보고 있을 정도. 환과는 같은 반 동기다. 두물머리에서 다운과 함께 어울리며 자랐다. 아직 어린 환이 아버지를 미처 감당하지 못할 때 발육이 남다른 덩치로 아저씨를 케어해드렸다. 환이네 부자에게는 한 식구나 다름없는 존재. 환이 힘들 때 곁에 있어주려고 애쓴다.

송인호 (이승일/10대-20대) 환의 고교 동창, 혼자서 라이벌

양평 토박이 출신 졸부의 외동아들. 좁고 얄팍한 성질머리에 돈 있는 집안의 힘을 믿고 안하무인이다. 못 하는 거 없고 인기까지 많은 환이가 항상 못마땅했다. 짓밟아 주자니 환이 너무 잘났다. 약점을 잡아 망신 줄 기회만 노리는데. 교생 예지를 향한 환의 마음을 알고 일부러 자극하다 된통 얻어맞는다.

홍일화 (주인영/50대) 다운의 엄마, 화원 운영

아빠 없이 자란 다운이 쉬이 시들까 잡초처럼 키운다. 종종 다운과 거친 말을 주고받아 남들은 싸운다고 오해하지만 그녀들에겐 서로를 애정하는 표현의 방식일 뿐. 옆집 남자 성곤을 존경한다. 연민 섞인

존경심이 연자의 오해를 사 때로 날선 장면이 연출되기도 하지만 넉넉한 아량으로 연자의 히스테리를 웃어넘기며 변함없는 이웃사촌으로 자리를 지킨다.

예지네 가족과 주변 사람들/

김고운 (김미경/50대) 재소자, 예지의 엄마

예지를 지키기 위한 선택이었다. 어린 딸을 떼놓고 교도소에 갔다. 저 혼자 어떻게 컸는지도 모를 일인데 매번 찾아오는 딸을 한 번도 만나지 않았다. 그것이 예지를 위한 거라고 생각했다. 출소 이후 시장통 수선집에 일거리를 얻어 간신히 생계를 이어가면서도 내 딸, 예지를 향한 관심을 끊을 수가 없어 주위를 맴돈다. 밥은 잘 먹고 다니는지, 잘 자랐는지, 노심초사 딸 걱정뿐이다.

오태호 (김정태/30대) 경찰, 예지의 부친

고시 공부로 세월을 보내다 가장의 책임감 때문에 눈을 낮춰 경찰공무원이 됐다. 밖에서 무시 받았다 싶은 날이면 이게 다 너 때문이라며 마누라를 팼다. 고시생 출신 경찰답게 '법잘알'이라 티 나지 않게 복부만 가격, 장파열로 병원 신세를 지게 한 전력도 있다. 집에서 맨날 총을 갖고 놀며 식구들에게 공포감을 조성한다. 그러다 결국 모녀에게 역습을 당하고 마는데...

오지영 (신이/40대) 고시원 운영, 예지의 고모.

참극이 벌어진 후 예지를 맡아 키운다. 예지에게 고시원 방 한 칸을 내어주고 월급 없는 총무로 부려먹지만 오갈 데 없는 고아 조카 건사한다며 주변에 생색은 다 내고 다닌다. 그 애가 밉다. 하지만 변하지 않는 사실은 예지가 자신의 피붙이라는 것. 그래서인지 누가 괴롭히는 꼴은 못 본다. 예지를 구박하고 욕할 수 있는 건 오직 그녀, 지영뿐이다.

이경식 (정은표/50대) 목수, 예지의 고모부.

솜씨 좋은 목수, 다정한 남편이자 아빠. 예지에겐 따뜻한 고모부로 그녀를 가엾게 여겨 든든한 버팀목이 되어준다. 지영의 등쌀에 많은 걸 해주진 못해도 용돈도 주고 야식도 챙겨 가져다주는데. 예지가 혼자가 아님을, 식구가 있음을 느끼게 해주고 싶다.

이찬희 (김노진/20대) 예지의 사촌동생, 진환A&C 총무팀 계약직 사원

예지가 좋았다. 불행 속에서도 엄살떨지 않고 꿋꿋하게 살아가는 여자. 얼굴도 예쁜 언니. 그림도 잘 그리고 노래도 잘 부르고 운동도 잘하고... 못하는 게 없는 언니. 그런 예지를 친언니처럼 따른다. 공부에 취미가 없어 간신히 대학 졸업은 했지만 취직을 못해 지영의 구박이 극심해지던 즈음 무슨 속셈인지 예지의 시어머니가 자리를 내준다. 찜찜하지만 가릴 처지가 아니다. 그렇게 진환A&C 입사 후 밝은 친화력으로 예지 주변 사람들과 두루두루 가깝게 지낸다.

류승민 (이동하/20-30대) 변호사, 예지의 첫사랑

예지와 한 동네서 자랐다. 손잡고 같이 학교에 다닐 만큼 친했고 어른이 되면 예지와 결혼하겠다고 할 만큼 좋아했다. 비극적인 사건 이후 변호사인 아버지에게 부탁해 예지 모녀를 도왔다. 그러나 재판이 끝난 후 아버지는 예지와 절교를 명했다. 로미오와 줄리엣이 되어 은밀한 연을 이어갔지만 결국 사법고시에 합격한 이후 인정받지 못하는 관계에 예지와 끝을 볼 수밖에 없었다. 이후 생과부로 살고 있는 예지의 처지를 알게 되고 예지에게 법적인 자유를 주려는 환을 돕는다.

이서안 (이화선/20대-30대) 예지의 대학 조교, 공방 동업자

친구가 별로 없는 예지의 대학생활에 의지가 되어준 선배. 동양화 전공으로 대학원에 진학하며 학부 조교가 되었다. 두 번이나 휴학하며 학업을 포기할까도 생각했던 예지를 끌어주고 밀어주며 무사히 졸업할 수 있게 도와준 일등 공신. 알바 소개도 숱하게 했다. 예지가 교직을 포기했을 때 누구보다 아쉬워했지만 세라믹 아티스트로 전향한 그녀의 꿈을 믿고 응원해준다. 이후 공방을 오픈하려는 예지의 제안을 받고 동업자로 나선다.

진의 스폰서 및 랠리팀/

방회장(방영근) (이재용/50대) 고려 오일의 오너, 진의 스폰서

그늘에서 번 돈을 식품 유통과 자동차 관련 업계에 투자, 재계 유력가의 딸과 결혼하며 메이저로 성장했다. 한국과 베트남, 태국, 중국 등 아시아 각지에 현지처를 두고 사업에 활용 중. 여자를 이용해서 비즈니스 영역을 넓히고 내연녀에게 업체 관리를 맡기는 식으로 사업 확장을 해왔다. 한국의 내연녀 캐리와 진의 관계를 알면서도 눈감아줬지만 결국 진에게 큰 위협이 된다.

강기석 (김태겸/20대-30대) 진의 팀 카레이서

진이 나타나기 전까지 한국 레이싱계의 에이스였다. 그러나 혜성처럼 등장한 진이 시상대 제일 위에 선 이후, 한 번도 진 위로 올라서 본 적이 없다. 바닥에서 시작한 자신과 달리 금수저를 물고 태어난 진에게 열등감이 있다. 진이 방 회장과의 스폰서쉽을 끝낸 이후, 캐리에게 스카웃 제안을 받고 팀을 옮긴다.

박우근 (정욱진/20대) 진의 팀 미캐닉

'기계는 거짓말을 하지 않는다'라는 철학을 가지고 있다. 카센터를 운영하는 아버지 밑에서 어릴 때부터 자연스레 보고 배웠다. 해박한 지식과 풍부한 경험을 가진 실력 있는 미캐닉이지만 정작 직접 차를 타는 건 무서워한다. 기석이 떠날 때 같이 진의 팀을 떠난다. 소싯적

꿈은 아버지의 카센터를 이어받는 것이었지만 레이싱을 시작하면서 목표가 바뀌었다. 카센터가 아닌 써킷 위의 미캐닉으로 남고 싶다.

수선소의 반장과 수선공들, 그 외 기타 다수

용어정리

S#
S는 장면(Scene), #은 Number를 의미하며 같은 장소, 같은 시간 내에서 이루어지는 일련의 행동이나 대사가 한 씬을 구성한다

CUT TO
장면 전환 용어로 한 장면에서 다른 장면으로 넘어가는 것

(OL)
오버 랩(Over Lap)의 줄임말로 앞 장면에 겹쳐서 다음 장면이 나오는 기법으로 대사에서 호흡을 주지 않고 앞사람의 말을 끊고 말을 할 때 쓰임

(F)
Filter. 통화 시 휴대폰 등을 통해 들리는 소리

(NA)
Narration. 등장인물 사이에 오가는 대사가 아닌 화면 밖에서 들리는 독백 혹은 설명

(소리)
장면 내 캐릭터가 등장하지 않고 목소리만 들리는 상태

몽타주
따로따로 촬영한 장면을 적절하게 떼어 붙여서 하나의 긴밀하고도 새로운 장면이나 내용으로 만드는 일 또는 그렇게 만든 화면

인서트
Insert. '끼워 넣다'는 뜻으로 어떤 동작이나 상황을 강조하기 위해 삽입한 화면

일러두기

1. 대본의 편집과 표기는 표준적인 맞춤법, 올바른 문장부호 사용법과 다를 수 있습니다. 배우들의 연기를 위해 구어체를 살리고 호흡의 장단을 판단할 수 있게 쓰여진 바를 그대로 따랐습니다.
2. 대본의 내용과 실제 방송된 내용이 조금 다를 수 있습니다. 현장상황과 제작여건의 차이에 의한 것이므로 양해 바랍니다.

1부

내가 가장 예뻤을 때 1

S#1. 양평 전경 (아침)

- 연밭. 연꽃이 만발해 있다. 꽃잎 위로 빗방울이 떨어지기 시작하고
- 두물머리. 강물 위로 떨어지는 빗방울
- 길. 적당히 부슬거리며 내리는 봄비. 우산이 없는 사람들이 뛰어간다. 더러는 우산 꺼내고... 봄비를 즐기듯 맞아주기도 하고...

S#2. 환의 집/공방 앞 (아침)

야구모자 위에 우비 입은 환이 자전거를 끌고 나온다. 자전거에 올라타고 학교로 향하는데...

S#3. 길 (아침)

자전거를 타고 가는 환. 자전거가 지나가는 대로 동네 풍경이 펼쳐진다. 이슬비가 내리는 봄날의 아침이 아름답고...

S#4. 학교 앞 (아침)

자전거 위의 환. 앞에 커다란 연잎이 둥둥 떠간다. 뭐지? 싶어 보는데...

단정하게 차려입은 한 여자가 연잎을 우산 삼아 쓴 채 걸어가고 있다. 우산 쓰고 등교하던 학생들, 킥킥대며 스쳐 가고. "또라이야?" 손가락을 머리 옆에서 돌리며 기막혀하기도. 환, 웃기기도 하고 귀엽기도 해서 지나가며 쳐다보는데... 연잎 아래로 서서히 드러나는 얼굴이 맑고 이쁘다...

환, 연잎에 한눈팔다 자전거 컨트롤 못 해서 넘어지고.

멀어져 가는 연잎 쓴 여자.

환, 본 사람은 없지만 여자한테 한눈팔다 넘어진 게 쪽팔리는데...

S#5. 학교/진입로 (아침)

길고양이가 한쪽 구석에서 비를 맞고 있다. 연잎 쓴 여자, 지나가다 돌아온다... 길고양이 앞에 쪼그리고 앉는 여자.

여자   (고양이 위로 연잎 같이 씌워주며) 너 왜 밖에 나와 비 맞고 있니? 안 춰?

야옹대는 고양이...

여자   집에 안 가? 집이 없어?

여전히 야옹거리고...

CUT TO

환이 자전거 끌고 지나가다 문득 선다. 보호받듯 연잎 아래 앉아 비를 피하고 있는 길고양이.

연잎에... 그 안의 고양이에게 잠시 눈길 주는 환.

S#6. 교실 전경 (오전)

S#7. 교실 (오전)

환과 정일, 자리에 앉아 조회 기다리는 중이다. 정일은 아침부터 우물
거리며 만두 먹고 있는. 만두를 닮아 별명이 만두고 시도 때도 없이
만두를 먹는다. 본명보다 만두라는 별명으로 유명한 만두 귀신. 맘에
도 없이 책 펴는 환에게 괜히 권해보는데.

환   (사양하는) 아침 먹구 왔어.
정일   (대답 끝나기도 전에 와구와구 입속에 마저 구겨 넣고)

뒷자리의 다운, 환의 등에 머리를 쿵! 박는다. 환, 돌아보면

다운   치사하게.
환   ……
다운   집도 붙어 있어, 같은 반이야, 자전거 좀 태워주면 어디 덧
          나냐?
환   나도 좀 살자. 우리 집을 니 집 화장실 드나들 듯 하면서 길
          에서까지 붙어 다니자구?
정일   (생수 마시며 입속의 만두 삼키고) 뭔가 대화가 권태기 부부스
          럽다?
다운   ('부부'라는 단어에 괜히 좋은) 시작을 해야 권태기도 오지. 서
          환! 우리 결혼부터 할래? 보호자 허락 있으면 혼인신고 된다
          든데.
환   너네 둘 다른 데 앉음 안 돼? 왜 맨날 반경 50센치 안이야?

옆에서 기대는 정일, 뒤에서 목 끌어안는 다운.

(동시에) 좋으니까!

환, 지겹다. 양손으로 하나씩 떼어내는데 문 열리고. 담임 들어온다.
학생들, 자리 찾아가고 조용해지는데.

담임   지난주에 얘기했지? 오늘부터 교생 실습이라고.
학생들   네!
담임   늬들두 이제 교생 선생님 생겼다?

우와와! 학생들 좋아하고.

담임   학급 지도는 우리 반에서 하고, 교과 지도는 미술을 맡게 되
       실 거야. 명문 대학에서 오신 실력파 선생님이니까 질문도
       많이 하고 친하게 지내.
정일   오~

담임   (문밖에 서 있던 교생을 부르는) 선생님?

교실 문 안으로 한 발자국 들어오는 구두. 곧이어 전신이 따라 들어
오는데... 환, 알아보고 눈 커지는. 연잎을 쓰고 걷던 그 여자다!

정일   휘익! (휘파람으로 환영 표시하고)
다운   (김새서) 그렇지, 잘생긴 남자 교생은 절대 우리 반이 아니지.
환   ......

예지   안녕하세요? 오예지라고 합니다. (손가락 흔들며) 오이지 아니
        에요.

학생들 웃고.

예지   참고로 그 별명 아주 싫어합니다. 어릴 때 누가 그렇게 부르
        면 바로 절교했어요.

환, 흥미롭게 본다.

예지   재밌는 사람은 아니지만 잘 듣고 잘 웃고... 보기보다 힘도
        세고...

학생들, 다시 웃으면

예지   고민 많은 친구들 맘 잘 알아요. 떡볶이 한 접시 하면서 상
        담 같은 거 잘해줄 수 있으니까... 이런 저를 여러분이 잘 써
        주면 좋겠습니다. (꾸벅 인사하는) 잘 부탁드립니다.

박수가 나온다. 환, 뭔가 기대감이 들고.

교단에서 물러나는 예지, 태가 예쁘다.

S#8. 용인 캠프촌 전경 (낮)

야산에 봄꽃이 만발해 있다. 그사이 여기저기 자리 잡은 레이싱 팀

캠프들. 캠프촌 날씨는 비 없이 맑고.

S#9. 진의 팀 캠프 앞 (낮)

군복을 입은 한 남자가 등을 보이고 서 있다. 셔터가 내려진 캠프.

S#10. 동 안 (낮)

챠라락! 부스의 셔터가 올라간다. 빛이 쏟아지면서 내부가 드러나는
데... 부스 안에 자리 잡고 있는 스톡카들. 군복 차림의 진이 눈을 빛
내며 들어온다. 자신의 이름이 쓰인 스톡카를 쓸어보는 진. 흥분이
올라오고.

CUT TO

캐비닛을 연다. 얌전히 걸려 있는 드라이빙 슈트. 진, 슈트를 내려보
는데... 구석에 헬멧도 보이고.

S#11. 학교/로비 (오후)

대형 그림과 모자이크 등 학생들의 작품이 전시되어 있다. 그 앞에
선 예지, 전시된 그림들을 살펴보는데... 그중 관심이 가는 그림 하나.
아버지와 두 아들이 산 정상에 앉아 있다. 사실적인 묘사가 뛰어난
데... 그림 아래 작은 증명사진과 '3학년 0반 서환'이라고 이름표가 붙
어 있다.

예지 (담당 학급 학생 작품임을 깨닫는) 서... 환...?

우비 털며 나오던 환, 제 그림 앞에 선 예지를 보고. 순간 당황해서 돌아서는데.

S#12. 현관 (오후)

봄비가 계속 내리고 있다. 바깥을 향해 손바닥을 내밀어보는 예지.

예지 아직두 오네...

예지의 뒤통수에 척 걸쳐지는 우비 모자! 놀란 예지, 돌아보면.

환   입구 가세요.
예지 우리 반?
환   ... 네.
예지 학생은 어뜩하려구?
환   (야구 모자 눌러쓰며) 전 집이 코앞이에요. 자전거도 있구요.
     (말릴 새도 없이 달려 나간다.)
예지 고마워요, 학생! 오늘만 입구 돌려줄게!
환   (돌아보며) 환이에요!
예지 ?
환   제 이름이요. 환이라구요! 서환!
예지 환? (방금 본 그림의 주인공이다)

자전거 주차장으로 달려가는 환. 환의 그림 다시 한 번 쳐다보는 예지.

S#13. 버스 정류장 (오후)

우비를 입고 버스를 기다리는 예지. 서울행 버스가 오고.

S#14. 길 (오후)

환의 자전거가 빗속을 달리고 있다. 봄비를 맞으면서도 뭔가 기분이 좋은 환.

S#15. 도로/버스 안 (오후)

창가 자리에 앉은 예지. 옷걸이에 걸어놓은 우비에서 똑똑 물기가 떨어진다. 젖은 몸이 으슬으슬 해오고...

S#16. 용인/써킷 전경 (오후)

스포츠 주행이 있는 날이다. 각 팀의 스톡카들이 자유롭게 연습주행 중인데...

S#17. 써킷/진의 차 안/기석의 차 안 (오후)

차들이 달리고 있다. 운전석의 진, 기석의 차를 발견하고 접근한다. 상대 차를 코너로 몰아가며 위험한 상황을 만드는데... 차 안의 기석, 뜻밖의 도발에 열이 받고.

기석   저게 미쳤나... 또 어떤 초짜가 분위기 파악 못하고 덤벼 덤비길...

기석, 사고를 피하려 도발 차량을 추월해가려는데...

S#18. 피트 앞 (오후)

기석의 주행 지켜보는 우근과 팀원들. 우근, 진의 차를 알아보는데...
믿을 수가 없어 써킷 쪽으로 몸을 내밀고...

우근   뭐야?! 누가 저 차 꺼냈어!

S#19. 써킷 (오후)

여전히 위험한 질주 중인 두 대의 차. 바깥 차선에서 차체를 압박! 기
석의 차를 기어이 써킷에서 내몰아버리는 진의 차!

꿍음과 함께 어마어마한 연기를 피워 올리며 써킷 밖으로 내몰리는
기석의 차. 전복 직전, 가까스로 차를 세운 기석! 머리끝까지 화가 치
밀어 거칠게 차에서 내리는데! 펜스를 넘자마자 헬멧 내던지고 두건
팽개친 채 진의 차를 쫓아 달려가고!

기석의 차를 따돌리고 유유히 피트로 돌아가는 진의 차.

S#20. 피트 앞 (오후)

진의 차가 들어온다. 우근, 설마 진인가 싶은데... 차 문이 열리고... 의문
의 라이더가 내린다. 헬멧을 벗지만 얼굴을 덮은 두건 때문에 아직은
누군지 알 수가 없는. 순간 뒤에서 덮치는 기석! 진을 마구 공격한다!

기석 야, 이 미친 새끼야! 죽을래면 너나 죽지 왜 남을 건드려! 여기가 F1이냐?! 경기 중에도 안 하는 짓을 연습하면서! 미쳤어?! 너 어떤 놈이야! 어디서 온 초짜야!

기석을 방어하며 가까스로 두건 벗어 보이는 진! 다들 벙 찐다. 피트에서 우르르 달려 나가는 우근과 팀원들.

멎어서 진을 내려다보는 기석.

진 환영 인사가 격한데?
기석 (표정 급변하며) 야 이 미친놈아!

죽일 듯이 싸우다가 미친 듯이 환호하며 얼싸안는 기석! 달려와 엉겨 붙은 우근과 팀원들... 밑으로 깔리며 동료들의 격한 환대를 받아내는 진! 맞으면서도 좋은. 비로소 있어야 할 곳으로 돌아온 기분...

S#21. 서울/고시원 근처 계단 (저녁)

한쪽 팔에 젖은 우비를 걸치고 마른 길을 걸어가는 예지. 우뚝 서는데.

동네 계단에 한 남자가 앉아 있다. 예지를 발견하고 일어나 다가오는 남자. 승민이다. 굳어 있던 예지, 지나치려다가 결국 팔을 잡힌다.

예지 (차갑게) 안 바빠? 연수원이 고시원보다 빡세다던데, 이러구 나와 있을 짬이 있어?
승민 얘기 좀 하자.

예지   난 할 얘기 없어. 들을 말도 없구.

승민, 우비며 가방이며 예지의 짐을 들어주려 하는데.

예지   괜찮아.
승민   ......

예지, 승민을 지나 계단을 오른다. 뒤에서 지켜보는 승민. 그 시선 느끼는 예지.

S#22. 고시원 입구 (저녁)

안으로 들어가는 예지.

S#23. 복도 (저녁)

춥다. 팔을 비비며 제 방 찾아가는데...

S#24. 환의 집/세탁실 (저녁)

샤워 마친 환, 비 맞은 옷들을 세탁기에 집어넣는다. 세탁조 안에는 이미 빨래들 들어가 있고. 세제 넣고 세팅하는데. 물 나오고 세탁조가 돌아가기 시작하면. 회전하는 빨래들 보고 섰다가... 문득 예지를 생각하는.

인서트) 예지의 여러 가지 모습들

- 진입로. 연잎 쓰고 걸어가던 예지
- 교실로 들어서던 순간의 예지
- 학교 로비. 환의 그림 보고 있던 예지.
- 환의 우비를 머리에 걸친 채 작아져 가는 예지의 모습.

세탁실을 빠져나가는 환.

S#25. 고시원/예지의 방 (저녁)

물소리 들린다. 예지가 샤워 중인 것으로 짐작되는.

말리느라 의자에 걸쳐놓은 환의 우비, 침대 위에 벗어놓은 옷가지들. 수납장 딸린 책상... 좁은 방 안. 예지가 살고 있는 초라한 공간이다. 책상 위에 다기 세트가 이채롭고... 침대맡이며 창틀, 책상 위, 방 안 여기저기 타다 만 양초들이 놓여 있다. 물소리 계속 들리고.

S#26. 고시원/공용 주방 (저녁)

트레이닝 복 같은 편한 차림의 여자 뒷모습 보인다. 머리는 젖은 채 식탁에 앉지도 않고 싱크대 앞에 서서 식사 중인 예지. 일회용 김과 포장 김치 하나 뜯어놓고 햇반을 먹고 있다. 컵라면을 국 삼아 마셔 가며... 일상인 듯 익숙해 보이는 초라한 저녁. 핸드폰 알림음에 문자 확인하면.

승민(소리) 다시 연락할게. 마지막으로 한번은 제대로 얼굴을 보자.

예지, 문자 삭제한다.

S#27. 두물머리 전경 (다른 날 낮)

S#28. 두물머리 (낮)

야외 수업 중인 미술 시간. 학생들이 여기저기 흩어져서 그림 그리고 있다. 몇몇은 이젤 위에, 몇몇은 앉아서 양반다리 위에 스케치북 올려두고. 몇몇은 바닥에 스케치북 놓고 무릎 꿇은 채 그리는 등 각양각색이다. 미술선생과 예지가 학생들 사이를 돌면서 지도해주고. 환, 채색하고 있는데... 다른 학생들과 차원이 다른 실력이다. 예지, 옆에다 살짝 종이가방 두는. 가방 안에는 작게 접힌 우비가 들었다.

예지   (속삭이듯) 고마웠어.
환   그냥 가지셔도 되는데.
예지   남자꺼잖아~
환   ? (여성용이 아니라 돌려준 거?)
예지   (그림 보고) 쫌 하네?
환   ... (부끄럽기도 하고/좋기도)
예지   미대 지망?
환   (건축 지망이다) 뭐... 비슷한 거요...

환 따라 그리던 정일, 잘 안 되자 에잇! 스케치북 찢어서 구겨버리려는데. 예지가 돌아보고 막는다.

예지   안 돼!

정일   (쳐다보면)

예지   애써 그린 걸 왜 버려?

정일   이건 쓰레기에요! 재활용도 안 돼!

예지   (곰곰 보다가) 어차피 버릴 거면, 뭔가 시도는 해보자.

파란색과 하얀색 물감을 팔레트에 섞는 예지. 제각기 뻗친 채색된 그림 위로 붓을 빠르게 눌렀다 떼기 시작한다. 여러 색을 배합해가며 점묘법으로 그림을 덮어 가는 예지. 남한강의 푸른 명암이 생동감 있게 드러난다. 망친 그림이 훌륭하게 되살아나고...

정일   오오~

지켜본 환, 예지의 실력이 가늠된다. 제법인데?

예지   (환의 시선 느끼고 보면)

환   (웃으며) 좀 하시네요~

예지, 으쓱해 보이는.

S#29. 길 (오후)

자전거를 타고 하교하는 환.

S#30. 진입로/환의 집 앞 (오후)

손에 비닐 봉투 든 다운이 진입로를 걷고 있다. 다운을 지나쳐 자전거를 세운 환, 뒤를 돌아본다.

환   뭐냐?
다운   (냉동된 돼지고기가 든 봉투를 들어 보이며) 엄마가 고기 갖구
        건너오래서.
환   삼겹살 굽는대?
다운   그럴 건가봐.

안으로 들어가는 두 사람.

S#31. 환의 집/정원 (오후)

목발 짚은 성곤의 진두지휘 하에 다운모와 공방 문하생 샘(외국인)이
열무 얼갈이와 햇쪽파 김치를 담그고 있다. 열무 따로, 얼갈이배추 따
로 소금에 절여져 있고 손질된 쪽파가 쌓여 있다. 양파도 껍질이 벗겨
져 새하얗게 더미를 이루고 손질된 미나리와 부추, 홍고추, 청고추, 청
양고추 보인다.

들어서던 환, 보고 멎는. 벌써 김샌 다운.

다운   뭐야, 일하라고 부른 거?
다운모 니까짓 게 무슨 일을 해... 주방 가서 된장 풀고 수육이나 좀
        삶어. 그건 할 수 있지?
다운   아싸! (들어가고)
환   (몰랐다) 오늘 김치 담그는 날이에요?
다운모 밭에 나갔다가 열무랑 쪽파가 너무 좋길래...

샘   (힘들다) 양이 어마어마해.

다운모   봄김치 담글라구 한 이랑 뽑아왔지.

환   (양에 질려서) 동네잔치해요? 이걸 누가 다 먹어...

투덜대면서도 수도 틀어 얼른 손부터 씻는 환.

S#32. 동장소 - 몽타주 (오후)

- 손질된 쪽파 머리에 액젓을 붓는다. (두꺼운 머리 부분을 먼저 절인다)
- 열무와 얼갈이가 양념에 섞인다.
- 다운모가 환에게 김치 맛을 보이고. 먼저 맛을 본 샘이 엄지 척!
- 성곤이 김치 양념 남은 대야에 밥통째로 밥을 털어 넣고 있다. 샘이
익숙하게 참기름과 참깨를 왕창 뿌리고. 프라이팬 들고 있던 환, 부쳐
온 반숙 계란 프라이를 후두둑 붓는다. 싹싹 비벼지는 비빔밥. 다운
이 수육 접시를 들고 온다. 미처 다 비벼지지도 않았는데 못 참고 비
빔밥을 맛보는 사람들.

다운모   막걸리도 있어야 되는 거 아냐?

성곤   애들 있어. 좀 참으셔.

다운모   으른한테 배워야지, 지들끼리 마시다 술버릇 개판 돼.

다운   (엄마랑 종종 마셔본 경험이 있다/반가운) 사와요?

환이 뭔 소리냐는 듯 툭 치고. 왁자지껄... 즐거운 시골집의 한때...

S#33. 교무실 (오후)

예지, 퇴근 준비 중이다. 담임도 일어서며

담임   연구 수업은 뭘로 할지 정했어요?

예지   세라믹도 괜찮을까요?

담임   (회의적인) 가마도 필요하고... 복잡할 거 같은데...

예지   이 동네 공방이 많잖아요. 대여도 한다니까 알아보려구요.

담임   그럼 환이랑 얘기해보든가.

예지   네?

담임   환이네 아버님, 도예가시거든.

예지   정말요?!

하는데 핸드폰 알림음. 예지, 핸드폰 확인하려는데

담임   먼저 가요? (나가고)

예지   내일 봬요~

핸드폰 액정에는 승민에게서 와 있는 문자.

승민(소리) 오늘은 시간이 어때? 올 때까지 한번 기다려보려고 하는데.
          주상복합 1층에 우리 가던 바... 거기서.

예지, 이번에도 삭제하려다 망설이는.

S#34. 환의 집/주방 (저녁)

일도 뒤풀이도 모두 끝났다. 식탁 위에 줄줄이 놓인 김치통. 열무

얼갈이와 쪽파 김치가 따로따로 담겼다. 뚜껑이 착착 닫기고.

테이블에 앉은 성곤이 환에게 김치통을 전달하면, 환이 받아서 냉장고 안에 넣는다. 각각 한 통씩 남은 마지막 김치통. 환이 마저 집어다 넣으려는데 성곤이 제지하는.

환   익히게요?
성곤   서울 갖다주고 와.
환   (무시하고 그냥 넣으려 하며) 오면 줘요.
성곤   당일 먹어야 맛있어. 파김치... 늬 엄마가 제일 좋아라 하는
        거야.
환   ..... (가기 싫고)
성곤   (한쪽에 세워둔 목발 짚고 일어나며) 내가 가?
환   (이러면 안 할 수가 없다) 치사하게...
성곤   (씨익 웃는)
환   (약 오르고)

S#35. 양평/버스 정류장 (저녁)

예지, 서울행 버스를 기다리고 있다. 버스가 와 서고. 버스에 오르는
예지.

S#36. 도로/버스 안 (저녁)

김치통을 보냉팩에 넣어 들고 가는 환. 자리 앞에 팩을 뒀지만 그래도 냄새가 난다. 코를 싸쥐는 옆자리 승객.

승객   아우 이게 무슨 냄새야...

다른 승객들도 킁킁거린다. 누군가는 창문을 여는데...

얼굴이 달아오르는 환, 얼른 창문을 열고 승객들에게 사과한다.

환   죄송합니다. 죄송합니다.

승객들의 언짢은 표정은 풀어지지 않고. 환, 무안한데...

S#37. 서울/강남 거리 (밤)

두물머리와는 다른, 도시의 휘황한 불빛들. 바쁘게 움직이는 사람들.
화려하고 세련된 도시의 밤이다.

S#38. 서울/버스 정류장 (밤)

예지가 버스에서 내리고.

S#39. 주상복합 앞 (밤)

안으로 들어가는 예지.

S#40. 주상복합 1층 바 앞 (밤)

들어가려던 예지, 문 앞에서 새삼 차림새를 내려다본다. 너무 얌전한 게 맘에 안 든다.

S#41. 화장실 안 (밤)

세면대 거울 앞에 선 예지, 엇나가기로 결심한. 허리를 접어 올리기 시작하자 허벅지 위로 깡충 올라가는 끝단. 블라우스 단추도 풀어 클리비지 룩으로 만들고 머리칼 속에 손가락을 넣어 부풀린다. 핸드백 열어 립스틱 꺼내는. 입술을 진하게 덧칠한다. 립스틱 도로 핸드백에 넣고 위아래 입술 부비는데.

S#42. 주상복합/바 안 (밤)

바텐더와 사장 제이가 일하고 있다.

테이블에서 기다리던 승민, 문소리에 고개 들었다가 한껏 전투적인 모드의 쎈 언니 포스로 입장하는 예지를 발견한다. 평소와 다른 스타일에 좀 놀라고.

CUT TO

테이블에 술이 세팅되어 있다. 제이가 두 사람에게 온더락으로 첫 잔을 만들어준다.

제이   (예지에게 먼저 서빙하며) 오랜만에 오셨네요?
예지   (대뜸) 헤어졌거든요.
제이   ! (당황해서 승민 눈치 보며 다른 잔 밀어주고)

승민   (빠지라는) 감사합니다.

제이   좋은 시간 되십쇼. (잽싸게 물러나면)

온더락 원샷하는 예지. 독한 맛에 얼굴 찌푸리고. 승민, 레몬수 따라준다.

승민   무리하지 마.

예지   (레몬수 거절하고 스스로 한잔 더 따르는)

아이스 볼 위로 퍼지는 위스키. 예지, 작정하고 한 잔 더 마신다. 허세를 떨었지만 맨정신으로는 얘기할 자신이 없는 것. 승민, 그런 예지 보는데...

예지   류승민 판사? 검사? 이제 뭐가 되는 거야?

승민   뭘루 임용이 되든... 결국은 아버지 로펌을 물려받겠지.

예지   ... 좋은 집안, 잘 자란 여자랑 결혼할 테구.

승민   (가슴에 칼날이 지나가는) 어른이 되면... 내 맘대로 살 수 있을 줄 알았어.

예지   ......

승민   나일 먹어두 과거는 변하지 않구... 연수원에 들어가도 아버지 그늘 벗어나는 건... 여전히 어렵더라.

예지   (씁쓸한) 오빠 이제... 정말 어른 됐네?

승민   ......

예지   끝끝내 우기더니... 지금은 인정두 할 줄 알구.

승민   넌 생각 없다는데... 나 혼자 쇼하는 거... 지쳐서.

예지   ...... (잔 비운 뒤) 가.

승민   ... (상처받는)

예지   돌아보지 말고. 미련 두지 말고. 진작에 보내줬는데, 더 이상
        찾아오지 않아도 돼.

승민   ... 혹시나 해서. 네가 잡으면... 한순간이라도 무너지면. 그
        핑계 삼아 주저앉아보려고.

예지   ...... (잡고 싶다)

승민   그래서 얼굴을 봐야 했어.

예지   ..... (그러나 잡을 수 없는)

CUT TO

예지 테이블에 시선 주는 제이, 나가려고 슈트 챙겨 입으면서

제이   (바텐더에게) 저 테이블 신경 좀 써. 중간에 서비스 안주 하
        나 주고. 토닉이랑 레몬수 떨어지지 않게 하고.

바텐더   걱정 마세요.

제이   나 잠깐 나갔다 올게.

바텐더   ...... (종종 있는 일이다)

제이, 나가고.

S#43. 주상복합 앞 (밤)

건물로 들어가는 환. 바의 창가에서 승민과 술 마시고 있는 예지. 그
런 예지 못 보고 들어가는 환. 바에서 나오는 제이.

S#44. 엘리베이터 안 (밤)

보냉팩 들고 올라가고 있는 환. 함께 탄 제이, 엘리베이터 벽면의 거울 보고 열심히 헤어와 옷매무새를 가다듬는. 환, 지나치게 스타일을 신경 쓰는 제이의 태도가 좀 거슬리고. 김치 냄새날까 신경 쓰여 보냉팩 뒤로 감추는.

S#45. 복도 (밤)

환이 가고 있다. 제이도 아무 생각 없이 가는데.

S#46. 연자의 집 앞/복도 코너 (밤)

문 앞에 다다른 환, 현관 비번을 누른다. 열리지 않는. 뒤따라오던 제이, 환이 연자의 집 앞에 멈추자 뒤돌아서는. 서두르지 않고 사라지는데. 환, 다시 한 번 비번을 눌러봐도 역시나 반응이 없다. 포기하고 벨을 누르는데... 여전히 안에서 아무런 소리도 없고. 보냉팩 내려놓고 핸드폰 꺼낸다. 번호 찾아서 전화 거는.

문 안쪽에서 벨소리 들린다. 환, 어이가 없어 문 쳐다보는데. 잠시 후 문이 열리고 로브 차림의 연자가 나온다. 손에는 지갑 들렸고.

환   비번 바꾸셨어요?
연자   넌 연락도 없이... (웬일이냐는)

환, 대꾸 없이 보냉팩 들고 안으로 들어가려는데. 연자가 막아선다.

코너에 몸을 숨긴 채 모자를 지켜보고 있는 제이.

연자   무슨 일이냐고.

환   (보냉팩 내밀며) 새 김치. 아빠가 갖다주래.

연자   (기가 찬다) 설마 그거 들고 버스 탔어? 냄새나게?

환   ... (안 그래도 오는 길에 힘들었다. 상처받는)

연자   (짜증) 기사 뒀다 뭐 하니? 전화했으면, 윤실장이라두 보냈지!

환   (아빠가) 실장님 집안일 시키는 거 좋다 할 분이야?

연자   하여간 별나기는...

환   (들어가려는데)

연자   두고 가.

환   ! (멎고)

연자   일하는 중이야. 담부터는 미리 연락하고 와.

환   ... (새삼스레 연자의 로브 차림 보는)

연자   (지갑에서 수표 몇 장 꺼내주며) 택시 타.

환   (받지 않으며)

연자   까불지 말고.

환   저... 얼마 만에 보는 건지, 아세요?

연자   (수표를 억지로 환의 주머니에 밀어 넣으며) 주말에 내려갈게.

환, 수표 꺼내 돌려주려는데 눈앞에서 문이 닫혀버리고. 무참해져서 잠시 멎어 서 있다. 엄마가 쥐어준 차비가 기쁘기는커녕 모멸감이 들고.

S#47. 연자의 집 현관/주방 (밤)

보냉팩 갖고 들어오는 연자. 주방 식탁에 올린다. 팩에서 김치통 꺼내고 뚜껑 열어서 확인해보는. 가득 담겨 있는 맛깔스런 파김치, 열무얼갈이... 비번 누르는 소리 들리더니 도어락 해제음이 울리고. 누군가 집 안으로 들어온다.

제이(소리) 누구야? 아들?

연자, 대꾸 없이 김치통 뚜껑 닫는다. 주방으로 오는 제이.

제이   식겁했네. 애가 올 거면 말을 하지. 괜히 올라왔잖아.
연자   (돌아서며) 자기 이사 가라.
제이   !
연자   응?

S#48. 엘리베이터 (밤)

애써 참아보는 환. 속상하고 서운하고. 무엇보다... 아버지의 정성이 무시당한 기분이다.

S#49. 바 안 (밤)

먼저 일어서는 예지. 취했다.

승민   데려다줄게.
예지   기분 참 그르네?
승민   ! (멎는)

예지	분명 내가 찼는데... 까인 기분은 뭐지?
승민	예지야...
예지	(원망 어린) 오래전에 보내줬잖아! 만나기 싫다고 했잖아! 그런데 꼭 이런 자릴 만들어서! 세상 아무도, 그 누구도 가질 수 없는 거! 새삼 확인시켜주는 거야? 이제 속이 시원해?
승민	......
예지	내가 받아주면, 아저씨 이길 순 있어?
승민	...... 적어도, 시도는 해보게.
예지	그래서 안 되면, 그때 난 또 다시 버려지구?
승민	...... (안 그럴 자신은 없는)
예지	멋있는 척 그만해. 역겨우니까.
승민	(아프다) 취했어.

비틀거리며 돌아서는 예지. 승민, 계산부터 하려고 하고.

S#50. 바 앞 (밤)

취해서 나오는 예지, 주상복합을 나서던 환과 부딪힌다.

예지	죄송합니다. (사과하고 가려는데)
환	! (예지를 알아보고) 쌤?
예지	... (알아보는) 우비 소년?
환	! (맞구나)
예지	니가 왜 여깄어?
환	......

승민 앞을 벗어나자 긴장이 확 풀린 예지, 제대로 서려다가 다리 다시 꼬이고. 환, 얼른 예지를 부축한다.

S#51. 동 앞 (밤)

계산하고 서둘러 나와 보는 승민. 밖에는 아무도 없고

S#52. 단지 내 공원 (밤)

벤치에 혼자 앉아 있는 예지. 졸린데 앞에 고양이가 한 마리 앉아 있다. 양평에서 비 맞던 고양이와 어쩐지 비슷해 보이고.

예지   (고양이한테 말 걸어보는) 서울 왔니? 너두 집 없어? 엄마아빠?

미동도 없는 고양이.

예지   (보다가) 남친한테 차였어?

편의점에서 산 생수병 들고 다가오는 환. 환의 발자국 소리에 고양이 가버리고.

예지   어... 야옹아, 가지 마...
환   (예지 앞에 물병 내미는) 정신 좀 차리세요.
예지   ... 야옹이가 갔어... (취해서 벤치에 누우려 한다)
환   (당황해서 붙잡고) 쌤 집이 어디에요? 이 건물 사세요?
예지   내가 이런 데서 어떻게 살아...

환   그럼 어딘데요?

예지   드림텔... 요 앞에...

환   무슨 텔? 드림텔? (기겁하고) 이 시간에 무슨 모텔을 가요! 것
        도 여자 혼자!

기운 빠진 예지, 벤치에 퍼지는데...

환   (기가 차서) 쌤! 자면 안 되죠! 여기서 쓰러지면 어떡해요!

예지   나 안 취했어. 우비소년 이름도 안다구. 뭔가... 환한 이름이
        었는데...

환   환이요, 서환...

예지   맞아! 환이! 안 그래도 연구 수업 땜에 물어볼 거 있어가지구...

환   저한테요?

예지   응... (기어이 벤치 위로 엎어지는)

환   쌤!

S#53. 택시 안 (밤)

뒷좌석에 앉은 환과 예지. 환, 예지를 안쪽에 앉혔다. 비몽사몽인 예
지. 자꾸 말려 올라가는 예지의 치마가 신경 쓰이는 환, 재킷을 벗어
서 무릎을 가려주는데.

환   혼자 사는 건 맞아요? 집에 어른들 계시면 전화라도 하세요.

예지   (취해서 애교조다) 지금 어디 가는 건데애?

환   ......

예지   가마 구경시켜주는 고야?

환   (환장하겠다) 미치겠네...

예지   ... (잠들어 버리고)

차창 밖으로 보이는 두물머리의 야경.

S#54. 고시원/예지의 방 앞 (밤)

경식이 작은 족발 접시를 들고 와 방문을 두드린다. 응답이 없는.

경식   예지야... 안에 있니? (답이 없는데...)

S#55. 고시원/지영의 살림집 거실 (밤)

지영과 찬희 모녀가 족발을 먹고 있다. 볼이 미어져라 족발쌈을 입에 넣고 있는 지영. 경식이 들어와 족발 접시를 도로 내려놓는다.

경식   아직 안 들어온 모양인데?

지영   우리끼리 걍 먹자니까. 뭘 걔까지 챙겨...

경식   먹는 거 갖고 그러지 좀 마. (찬희에게) 이거 따로 뒀다가 예지 오면 줘.

찬희   네.

지영   (한 쌈 싸는) 그러지 말고 앉아서 먹어요 좀. 부들부들한 게 맛있네~ (경식 입에 넣어주려는데)

경식   내가 알아서 먹을게. 당신이나 먹어.

지영   (양탈 부리는) 아잉~ (받아먹으라는/입 벌리라고) 아~

경식   ......

찬희가 냉큼 받아먹는다.

지영   야!
찬희   죽인다~

찬희 등짝을 때리는 지영! 맞는 건 이력이 났다, 아랑곳없이 다음 먹을 쌈 싸는 찬희. 티격태격하는 모녀 보며 웃는 경식.

S#56. 다운네 집 전경 (다음날 아침)

S#57. 다운네 집/잡동사니 방 (아침)

새소리 아름다운 아침. 카메라가 방안을 차례로 훑어간다. 헌책과 이불짐 따위가 쌓여 있고 윗목에 펴진 망사보 위에서는 각종 산버섯, 쑥과 고사리, 취와 곰취, 씀바귀 등 삶은 봄나물들이 말라가고 있다. 베개에 얼굴을 파묻고 자고 있는 여자의 뒤통수. 긴 머리가 베개 위로 드리워져 있고... 뒤척이다 잠에서 깨어나는 사람은... 예지다. 창문으로 들이치는 햇살에 눈을 찡그리는데... 불 켜진 전등이 보자기 같은 허드레 천에 감싸져 있다. 정신을 차리고 일어나는 예지. 깨어난 공간이 기이하고 낯설다. 당황스럽기 짝이 없는데! 순간, 스치고 지나가는 간밤의 기억들.

인서트)
- 주상복합에서 환과 부딪힌 순간
- 단지 공원 벤치에 눕는 예지 때문에 당황하는 환
- 택시에 억지로 태워지는 예지

- 택시에서 내릴 때 환에게 업혀지던

언뜻언뜻 생각나는 장면들에 암담해진다.

S#58. 동 앞 (아침)

조용히 열리는 문. 엉망인 몰골의 예지가 나와 신발 찾아 신고 도망칠 준비한다. 일어서 가려는데 흡! 입 막아버리는. 눈앞에 바로 환이다! 툇마루 벽에 기대 쪼그리고 잠든 채인! 예지를 재운 방 앞에서 밤새 지키고 있었던 듯.

혹여 환을 깨울세라 살금살금 도망가는 예지. 깨어나지 않는 환.

S#59. 다운네 집 앞/길 (아침)

빠르게 도망가는 예지.

예지   (자학 모드) 미쳤어! 미쳤어! (가다 서서/낭패스러운) 근데 어차피 학교에서 보잖아... (돌아가려다/그래도 안 되겠다 다시 돌아서는)

S#60. 잡동사니 방 앞/동 안 (아침)

잠든 환의 코 밑에 들이밀어지는 머그잔.

(소리)   설마, 여기서 밤 샜어?

깨어나는 환. 눈앞에 다운이가 커피잔 내밀고 서 있다.

환   으으... (신음. 춥고 온몸이 쑤신다)

다운   주정뱅이 웨이크업 커피였는데. 너부터 정신 차려.

환   아냐, 안에 넣어줘.

다운   교생은 대체 왜 데려온 거야?

환   남자들만 사는 집에 재우긴 좀 그래서.

다운   어디서 만났는데? 길에 쓰러져 있디? 설마 같이 마셨어?

환   ... (대꾸하기 싫다)

다운   뭐냐구!

환   엄마 집 갔다가 우연히 만났는데... 취해 갖구 자꾸 이상한
        데 갈라 그러잖아. (할 수 없이 데려왔다는)

다운   불침번은 왜 섰어?

환   ... 일어나서 놀랄까봐... 술 좀 깨면 설명해주려다 깜박 잠들
        었어.

다운   (설명 다 들어도 고까운/문 벌컥 열고) 쌤! 출근하셔야죠!

환   ! (놀라고)

텅 빈 방 안. 이부자리 정리가 잘 되어 있다. 어이가 없는 다운.

다운   (어젯밤 일) 꿈이었냐?

툇마루 아래를 살피는 환. 자기 신발뿐이다. 묘하게 실망스럽고.

다운   인사라도 하고 갈 것이지... (들고 있던 커피 자기가 마시는데...
        앗 뜨뜨! 뜨겁다)

괜히 방 안에 들어가 보는 환. 예지의 흔적이 남아 있을까 둘러보는. 그러다 발견한다. 이불짐 앞에 떨어져 있는 예지의 귀걸이 한쪽.

S#61. 학교 전경 (아침)

S#62. 학교/직원 화장실 (아침)

세면대에서 세수하는 예지. 페이퍼 타월로 물기 닦아내고...

예지   (한숨 쉬다가 귀걸이 한쪽 사라진 거 발견하고) 얘는 또 어따 흘렸대... (남은 한쪽마저 빼버리는)

일단 핸드백에서 샘플 로션 꺼내 바르기 시작한다.

- 팩트 꺼내 파우더 두드리고
- 눈썹 그리고
- 입술 그리는

S#63. 진의 캠프 (낮)

주행 후 차 점검 중이다. 기석과 우근이 지켜보는 가운데 진이 체크하는.

진   밀려. 오버 스티어가 나게 해 줘.
우근   오케!
진   기석이 차는 타이어 그립 없어 보이던데?

우근   갈 때 됐어. 귀신같은 놈. 몰아보지도 않고 남의 차까지 다 아
            는 거야?

기석   군대 가서 운전병 했냐? 어뜨케 하나도 녹이 안 슬어... 휴가
            때 와서 달린 거로 이 정도 유지가 가능하단 말이야?

진   (씩 웃고)

우근   근데, 진이 너 집에는 안 가?

기석   장담하는데, 이 자식 집에서는 아들 전역한 줄도 모르실 걸?

팀원들, 주고받다가 일순 조용해지는. 화려하게 차려입은 여자가 등
장했다. 캐리다.

우근   (반가운) 올! 여신 강림! 우리 감독 나오니까 캐리 얼굴도 본다?

캐리   (들어서며) 환영회를 해야지. 제왕의 귀환인데.

진   (반갑지 않은) 군대 가기 전에 스폰서 정리 다 한 거 아냐?

팀원들, 눈치 보고.

기석   너 없을 때도 우리 팀 계속 챙겨줬어.

진   ! (몰랐다)

캐리   협상의 문은 아직 열려 있어. 돌아오면 후회할 거 같아서.

진   (팀원들 쳐다보면)

팀원들, 진의 시선 외면하며 딴청하고.

캐리   ... 환영회 하면서 천천히 의논해 보자구. 고깃집에서 1차, 2
            차는 클럽. 예약 다 해놨어.

우후! 팀원들 좋아하는데. 진, 캐리의 손목을 잡아끈다. 순순히 끌려가 주는 캐리.

S#64. 캠프 뒤 (낮)

캐리를 끌고 온 진, 손목을 놓으려는데. 바짝 다가들며 목을 안아버리는 캐리.

캐리   (감기며) 보고 싶었어...
진   (떼어내며) 치매야? (헤어졌다는)
캐리   ...... (굳고)
진   일 핑계 대면서 한번만 더 얼쩡댔다간, 애들 앞에서 개망신 당할 줄 알아.
캐리   엔딩은 자기 생각이었지, 난 동의한 적 없어.
진   (여러 말하기 싫은) 꺼져.
캐리   ! (불쾌한) 서감독!

가버리는 진. 캐리, 분기 서린 눈으로 노려보는데.

S#65. 일각 (낮)

캐리의 시야에서 벗어난 진, 멈춰 선다. 작정하고 심하게 대했지만 캐리와의 재회가 심란한.

S#66. 학교 전경 (낮)

S#67. 학교/복도 (낮)

예지, 수업자료 들고 걸어가고 있는데 저 앞에 환의 모습 보이고. 바로 몸 돌려서 다른 방향으로 도망간다.

S#68. 복도 (낮)

예지, 안으로 들어가려는데. 수업자료 위에 얹히는 이온 음료 캔. 환이다.

환	해장이 필요하실 거 같아서.
예지	(포기하고/변명부터 해보는) 어제는 빈속에 독주를 마셔가지고... 제정신이 아니었어.
환	그런 거 같더라구요, 집도 못 찾고.
예지	(죽상 되었다가) 아침엔, 너무 놀라고 쪽 팔려서... 일단 도망부터 쳤어. 어른들이 욕하셨겠다.
환	어른들은 모르세요.
예지	?
환	즈이 집엔 남자들밖에 없어서... 다운이한테 방 하나 부탁했어요. 옆집 살거든요.
예지	(더 죽겠는) 그러니까 내가... 동네 사방팔방에 민폐를 끼쳤다 이 말이지?
환	떠들고 다닐 애는 아니에요. 걱정하지 마세요.
예지	! (더 민망하고) 난 앞으로 영원히 환이 앞에서 폼은 못 잡겠네. 그치?
환	... (영원이라는 말이 박힌다/싱긋 웃고) 제가 본 거는 (입을

지퍼로 채우는 모션하며 - 어색하면 생략) 모두 비밀로 해드리죠.

예지 나두 뭔가 환이 약점을 잡든지 해야지 불안해서 안 되겠어.

환 (웃으며) 이따가 저희 공방에 좀 들리세요.

예지 ?

환 가마 빌려야 된다면서요.

예지 그런 부탁도 했어?

환 첫사랑 얘기도 하시던데요?

예지 ! (암담하고)

돌아서 웃고 가는 환. 예지, 미치겠는 얼굴로 돌아서 미술실 안으로.

일각에서 두 사람 보고 있던 다운, 이래저래 맘에 안 드는데...

S#69. 고려 오일 전경 (오후)

거대 글로벌 기업의 본사다. 위압적인 규모의 빌딩.

S#70. 회장실 (오후)

캐리가 방회장과 미팅 테이블에 앉아 있다. 간단한 다과 올려져 있고. 한쪽에 물병도 놓여 있다.

캐리 우리 팀이 국내 탑 클래스긴 한데... 사실 상위랭킹은 다 돈 싸움이잖아요. 서감독 복귀한 참에 월드 무대 진출을 목표로 잡아서...

방회장 (OL) 후원금액을 더 높이자?

캐리 (열기를 더해) 그렇죠! 외국팀 후원 규모에 비하면 우리나라 스폰서쉽은 게임이 안 돼요. 유럽 리그 규모로 올려주면 성적, 자신 있어요.

방회장 ... (지그시 보는)

캐리 (계획이 다 있다) 일단 캠프가 용인에 있는 게 비효율적이에요. 스피드웨이는 더 이상 개방을 안 하니까 강원도로 옮기고

캐리가 설명에 열을 올리는 동안 천천히 물병을 들어 캐리의 머리 위에 붓는 방회장. 얼어붙는 캐리. 방회장이 이렇게 나올 때는 무슨 뜻인지 안다. 입 다물고.

방회장 (물 끝까지 천천히 다 부으며) 연간 10억. 지금까지 100억은 들어간 거 같은데, 모자라다고?

캐리 ...... (고스란히 물 맞고 있는)

방회장 (빈 병 내려놓고) 정도껏 하지?

캐리 !

방회장 차라리 건물을 사달라고 해. 남는 거 없는 연애질에 퍼붓는 거 그만하고.

캐리 오해가 있으신 모양인데

방회장 (OL) 네가 좋아하는 게 차가 아니라 남자라는 것쯤은 나도 알아.

캐리 ......

방회장 이제 그만 노는 게 좋겠다. 선을 넘어가는 것 같으니.

위기감과 모욕감에 떨면서도 방회장을 향해 웃어 보이는 캐리.

캐리   주인이 누군지, 잊은 적 없어요.

방회장   ......

캐리   (미소하는)

방회장   서감독 불러와.

캐리   ! (굳는데)

S#71. 도로/진의 차 안 (오후)

진이 운전 중이다.

S#72. 학교 운동장 (오후)

수업 종료벨이 울린다. 잠시 후 운동장으로 쏟아져 나오는 학생들.

S#73. 학교 일각/길 (오후)

예지를 태우고 달려가는 환의 자전거. 환의 허리춤을 어정쩡하게 붙잡은 손. 환, 예지의 손이 의식되고... 가다가 한 손을 내밀어 바람을 느껴보는 예지.

S#74. 공방 전경 (오후)

S#75. 공방 안 (오후)

환이 아버지에게 예지를 소개한 참이다. 성곤과 마주한 예지는 놀라서 멎어 있고.

예지   서성곤 선생님?

성곤   (맞다고 웃어 보이면)

예지   (헉! 했다가) 대박! (새삼 환을 쳐다보고) 네가 건암 선생님 아
        들이었어?

환   ... (예상한 반응이다)

예지   (바로 덕후 모드 되는/두 손 모아 잡고) 저 선생님 광팬이에요!
        없는 돈에 선생님 다기 세트도 갖고 있단 말이에요! 전시회
        는 다 갔구! 다큐도 몇 번이나 돌려봤어요!

환   울 아버지 빠졌구나...

예지   (안타까운) 말을 하지! 선생님 뵙는 줄도 모르고 빈손에...

성곤   (이미 환에게 들은) 가마가 필요하시다구?

S#76. 공방/가마 (오후)

성곤이 예지를 데리고 다니며 물레와 가마를 설명해주고 있다. 환이
두 사람 곁을 따르고. 목발 짚고 가는 성곤의 길에 방해가 될 만한 것
들은 미리 치우고 아버지의 걸음에 방해가 되지 않도록 이것저것 신
경을 쓰는 환. 예지는 성곤의 설명보다... 아버지를 향한 환의 배려가
더 마음에 와닿는다.

예지   뭐라고 감사를 드려야 할지... 선생님 덕분에 연구수업 제대
        로 할 수 있게 됐어요.

성곤   내가 고맙지, 요새 누가 세라믹에 관심이나 있나...

예지   제가 애들 관심 (모션과 동시에) 확! 끌어볼라구요.

성곤   (웃으며) 잘해봐요. 필요한 건 뭐든지 다 써도 좋으니까.

예지   ! (폴더 인사하며) 감사합니다!

예지가 기뻐하니 저도 좋은 환.

성곤	온 김에 밥이나 먹구 가요.
예지	아니에요, 그런 민폐까지... (했다가) 설거지는 제가 할게요.
환	그건 나중에 협상하고 일단 그렇게 좋아하는 울 아빠 작품들이나 보구 계세요.
예지	! (벅찬데)

S#77. 공방 앞 (저녁)

차가 와 선다. 운전석에서 내리는 진.

S#78. 환의 집/주방 (저녁)

성곤이 냉장고에서 나물 봉지를 꺼낸다. 옆에 선 환.

성곤	다운네서 준 건데... (봉지 열어보고) 방풍나물이랑 질경이, 원추리... 이거 다 때려 부으면 얼추 양이 되겠다.
환	(싱크대 상부 장에서 파스타면 꺼내며) 엔젤 헤어?
성곤	그치, 가는 게 어울리지.

환, 냄비에 물 받기 시작하고. 성곤, 봉지 뜯고 볼에 나물을 쏟아붓는다. 주방에서 익숙하게 호흡을 맞춰 온 두 사람의 시간이 묻어나고. 접시를 신중하게 고르는 환. 예지를 위한 저녁 준비가 설레는데...

S#79. 공방/전시 구간 (저녁)

일각에 가방 놓고 맨몸으로 작품 하나하나 눈여겨보는 예지. 신기하고 좋아서 어쩔 줄을 모르고.

S#80. 공방 입구 (저녁)

진이 들어서는데...

S#81. 공방 안 (저녁)

들어서는 진 못 본 채 작품 구경에 정신이 팔려 있는 예지. 진, 그런 예지를 발견하고...

예지, 다기 하나 들어보고 감촉을 느껴본다.

(소리)　　사시게요?

소스라친 예지! 돌아보다 다기 놓치는데! 진, 재빨리 다기 받아내며 예지를 올려다본다. 놀란 예지 밑에서 무릎 꿇은 구애의 자세가 되는 진.

예지　　(놀라서 얼결에) 누구세요?
진　　　그러는 그쪽은?
예지　　!

진, 일어나서 다기를 다시 제 자리에 올려놓는다.

진   그릇 사러 온 손님이 아니면... 문하생? (했다가) ... 치고는 어
        설픈데...
예지   (당황해서) 그냥!
진   그냥?
예지   (버벅대는) 아... 아는 사람이에요!
진   누구?
예지   화... 환이랑요...

진, 보는데

S#82. 정원 (저녁)

야외 테이블 위에 식탁보가 씌워진다. 그 위에 놓이는 냅킨과 커트러
리, 샐러드용 앞접시와 물컵, 스파게티 접시. 환이 냅킨으로 접시 가
장자리를 닦아내고.

목발 짚은 성곤이 물병을 들고 나온다.

성곤   시작하까?

공방으로 가는 환. 성곤, 컵마다 물을 채운다.

S#83. 공방 안 (저녁)

예지, 정색한다.

예지   아니 근데, 댁은 누군데요? 왜 남의 공방에 들어와 이래라
      저래라에요?

진이 뭐라고 대답하려는데

환   형?!

두 사람, 동시에 돌아본다. 어이없는 얼굴로 멈춰 서 있는 환!

환   대체 언제 왔어?

환에게 형이라 불린 진이 다가가 환을 끌어안으면. 예지, 당황한 채
보는데...

진   반갑지?
환   (밀어내며/화난) 군대 가 있는 내내 연락 한 번 없구! 휴가 나
       와두 서울에만 있다 가더니! 인제는 우리가 형 제대한 것도
       몰라야겠어?!
진   많이 삐졌네?
환   ! (화가 난 거라구!)
예지   저... (가방 집어 들며) 나는 가보께. 내일 학교에서 보자?
환   (예지 잡는) 상 다 차렸어요. 식사는 하고 가셔야죠.
예지   아니... 오랜만에 식구들 모인 거 같은데... 난 다음에...
진   불청객은 납니다. 그냥 가시면 제가 더 미움받아요.
예지   ... (난처하고)

S#84. 정원 (저녁)

진, 성곤에게 인사한다. 뒤에서 보고 선 환과 예지.

진   다녀왔습니다.

성곤, 담담하게 보다가... 목발을 짚고 진에게 다가간다. 아무리 봐도 익숙해지지 않는 아버지의 장애... 진, 괴로운데... 다가온 성곤, 한쪽 팔로 진을 끌어안고. 예지, 보는데 왠지 뭉클하다. 환도 마음이 복잡하고.

CUT TO

예지가 3부자 사이에 끼어 식사를 하고 있다. 가운데 샐러드 볼 놓여 있고. 사이드로 알타리 백김치가 놓여 있다. 환이 성곤의 앞접시에 샐러드를 놓아주고 예지한테도 놓아줄까 말까 망설이는데 진이 집게를 가져가 버리는. 환, 잠시 당황하고. 진은 말없이 예지 앞에 샐러드를 덜어주고 환에게도 서빙을 해주는데...

환   ...... (뭔가 주도권을 빼앗긴 거 같고)
성곤   알타리랑 먹어봐. 어울린다?
진   (시키는 대로 가져가 먹는) 문하생들 많이 줄었다면서요?
성곤   샘이 이제 본국으로 돌아가야 해서... 사람을 새로 뽑아야 해.
예지   ... (귀담아듣고)
환   (진에게) 경기라고 바로 또 나가 있는 거 아니지? 집에 좀 있을 거지?

진	글쎄...
성곤	엄마한테 연락은 했구?
진	... (차만 가져왔다)
환	(보는데)

S#85. 길/버스 정류장 (밤)

예지와 환이 밤길을 걷고 있다. 버스 정류장까지 환이 예지를 데려다 주는 참이다.

환	... 왜 안 물어보세요?
예지	뭘?
환	엄마는 없냐, 왜 같이 안 사냐...
예지	... 누가 나한테 그런 거 물어보면 싫거든. 저마다 사정이 있는 건데... 남들하구 다르게 산다구 그걸 일일이 설명할 필요는 없어.
환	... (멈추는)

예지도 같이 멈추는데... 환이 주머니에서 무언가를 꺼내 내민다. 환의 손바닥 위에 귀걸이 한쪽이 놓여 있다.

예지	어디서 났어?
환	다운이네...
예지	아! (민망한/받아서 챙기며)
환	......
예지	근데 아침에... 왜 그러구 있었어? 설마 밤샌 건 아니지?

환   ......

인서트) 불을 꺼주고 나오려는 환. 어둠에 소스라쳐 일어나는 예지.

예지   싫어! 불 켜!

불을 다시 켜는 환. 안심하고 다시 퍽 쓰러지는 예지. 환, 전등 위에 방 안에 있던 허드레 천(보자기 따위)을 감아 조도를 낮춘다. 적당한 조명 속에서 잠이 깊어가는 예지의 얼굴.

다시 현재.

환   ... 그냥요. 낯선 데서 혼자 깨나면 놀라실까봐.
예지   (뭘까, 얘는...) 네가 문 앞에 있어서 더 놀랐어.
환   (웃고)

저 멀리 정류장에 와 서는 버스. 환, 발견하고. 예지, 냅다 달리기 시작한다. 환도 같이 뛰는데... 정류장에는 대기 승객이 아무도 없고. 잠시 정차해 있던 버스, 다시 출발한다.

예지   (달리며) 스탑! 스탑!
환   아저씨~

버스, 모르고 가버리고.

헐레벌떡 뒤늦게 정류장에 도착한 예지와 환, 난감한데...

예지 저거 막찬데...

환 기차 남은 거 있나 볼게요. (핸드폰으로 찾는)

예지 (역시 핸드폰 꺼내서) 콜택시 불러서 하남까지만 가면... 거기
는 버스가 많으니까...

앞에 와 서는 차. 차창 내려가고... 진의 얼굴 보인다.

예지/환 ?/형!

진 혹시 막차 놓쳤을까 싶어서...

환 (반가운) 쌤 태워다주게?

예지 아냐, 괜찮아, 택시 타면 돼.

진 따라잡아줄게요. 한두 정거장이면 될 거예요.

환 (믿으라는) 우리 형 운전 겁나 잘 해요!

예지 ... (망설이는데)

진 망설일수록 버스는 멀어집니다.

예지 (냅다 차에 오르면서) 환아, 내일 봐!

진, 차를 출발시키면. 보고 선 환. 점점 멀어지는 진의 차.

백미러 속에서 점점 작아지는 환.

예지를 보낸 게 다행스러우면서도 뭔가 상실감에 젖어드는 환. 두 사
람이 차에 타고 가는 게 어쩐지 싫은데!

S#86. 도로/진의 차 안 (밤)

환이 더 이상 보이지 않는다. 예지, 앞으로 자세 고쳐 앉으면.

진   준비됐어요?
예지   (뭔지도 모르고) 네?
진   그럼 갑니다!
예지   !

속도 올리는 진!

예지   (긴장해서) 어어...

고속으로 달려가는 진! 예지, 비명을 지르고! 웃는 진, 뭔가 짜릿해지
는 예지의 얼굴에서!

S#87. 환의 집 전경 (밤)

S#88. 주방 (밤)

식기세척기에서 건조된 그릇들 꺼내는 성곤. 한 손으로는 핸드폰 귀
에 대고 통화 중이다. 환이 옆에서 그릇을 받아 정리한다.

성곤   한 달만 하숙 치는 거 가능한가? (사이) 우리 아들 부탁. 교
        생선생 집이 서울이라 출퇴근이 힘든가봐. 아침저녁 식구들
        밥상에 숟가락 하나 더 놔주면 돼.
환   (주의 깊게 듣는데)
성곤   어, 고마워. (핸드폰 끊고/환에게) 진이 방 상태가 어떠냐?

환   (하던 일 마무리하고) 제가 볼게요.

성곤   (나서는)

걱정돼서 따라가는 환.

S#89. 2층 계단

2층 계단을 오르는 성곤. 평소에는 좀처럼 올라가지 않는 공간이다.
환이 부축하려고 하면, 사양하는 성곤. 힘겹지만 혼자 힘으로 오르
는데... 뒤에서 조마조마한 눈으로 따라 올라가는 환.

S#90. 진의 방 (밤)

환이 진이 자게 될 침대의 시트를 갈고 있다. 성곤이 옷장 문을 열고
진의 자리옷 확인하는데...

성곤   다운네가 정해진 날마다 청소야 해줬겠지만... 니 형이 워낙
       깔끔 떠는 성격이니까 청소기 한번 돌려주고...

환   네.

성곤   (옷장 문 닫으며) 묵은 옷 입기 싫다 그러면 네꺼 입으라고 주
       던지...

환   아마 그게 더 싫을걸요? 자기 옷 입을 거예요.

성곤   (피식 웃으며 책꽂이 정리해주는데 어느 책갈피 속에 삐죽 나
       온 사진 한 장. 꺼내서 보면... 어린 날의 세 부자가 산에서 함께
       찍은 그날의 사진이다. 회한으로 보는데) ......

시트 다 씌운 환, 침대 가에서 물러 나오다가 아버지 보게 되는. 성곤, 잠자코 사진을 도로 책갈피 속에 밀어 넣고... 환, 그런 아버지 본다.

S#91. 도로 (밤)

예지를 태우고 전속력으로 달리는 진의 차. 저 앞에 버스가 보인다.

S#92. 버스 정류장/버스 안 (밤)

정차했던 버스, 승객 내려주고 출발하려는데. 끼이익! 버스 앞을 막아서는 진의 차. 예지가 내려 버스 문을 두드리고. 버스 문이 열린다. 정신없이 버스에 오르는 예지.
예지를 태운 버스가 진의 차를 피해 앞서가고. 버스 차창으로 진의 차 내려다보는 예지. 운전석에 진의 모습 보인다. 미련 없이 차를 돌려 돌아가는 진.

예지, 버스 안에서 뒤를 돌아본다.

S#93. 환의 집/정원 (밤)

환이 진을 기다리느라 서성대는데... 맥주 번들 든 진이 들어서고. 환의 품속으로 툭 던져지는 맥주 캔. 환, 얼결에 받아든다.

환   나 아직 졸업 못했거든? (미성년자라는)
진   범생이.

환, 평상에 앉아 캔 뚜껑 따는. 진도 옆에 와 앉는다.

환   (캔 건네주며) 쌤은?

진   두 정거장 뒤에서 무사 탑승.

환   ... (안도하면서/반만 진심인) 그냥 서울까지 바래다 드리지.

진   그게 더 불편할 수도 있어. 초면에.

환   (수긍하고)

진   (맥주 마시는)

환   나 아직 안 풀렸어.

진   ...... (소리 없이 웃기만)

환   앞으로 일 년은 형하구 말도 안 할 거야.

진, 가만 보다가 얼굴 확 다가가는. 환, 이 사인을 안다. 기겁하고 물러
나는!

환   하지 마! 하지 마! 아직도 그 더런 버릇 못 버렸어?!

진   (쫓아가며) 반응은 여전히 핫하다?

환   나 이제 안 참아! 죽여버릴 거야!

진   목숨 걸고 해야 되니까 더 짜릿한데?

환   (도망가며) 저리 가라구!

쫓아가는 진! 피하다 평상 위에 대자로 누워버리는 환! 옆에 와 같이
눕는 진. 밤하늘에 별이 가득.

환   (진심 나오고) 서울 가지 마.

진   ......

환   이제 여기서 살아.

진   (딴소리하는) 너 형 따라 써킷 가볼래? 운전대 잡게 해줄게.

환   위험한 건 하지 마 인제.

진   ......

환   근데 내 말 안 들을 거지?

진   ......

환   서울 가서 지내구... 여전히 차도 탈 거지?

진, 대답 없이 방심한 환의 뺨에 쪽! 입술을 대고. 으악! 비명을 지르며 얼굴을 털어내는 환! 진 위에 올라타 목을 조른다.

환   죽여 버릴 거야!

진, 반항하지 않고 뜻대로 하라는 듯 몸을 맡기고. 환, 김새서 떨어지면.

진   ... 너, 그 교생 좋아하냐?

환   (당황하고/얼결에 펄쩍 뛰는) 무슨!

진   아님 내가 만나도 되지?

환   (심장이 쿵! 놀라서 멎었다가) 그런 게 형 혼자 맘대로 되는 일이야?

진   ......

환   형 바람둥인 거 다 알아, 우리 쌤 넘보지 마.

진, 일어나서 맥주 마신다. 지켜보는 환. 조용히... 깊어가는 봄밤.

S#94. 서울/버스 정류장 (밤)

막차에서 내리는 예지.

S#95. 골목 (밤)

고시원 가는 길. 혼자 걸어가는 예지.

S#96. 동네 계단 (밤)

계단을 올라가는 예지 뒤로 남산 타워가 보인다. 문득 선다. 뒤에서 들리는 발자국 소리. 돌아보면...

젊은 고운이 어린 예지의 손을 붙들고 걸어 올라온다. 사이좋게 도란도란 얘기를 나누는 모녀. 예지를 지나쳐 가는 과거의 환영이다. 예지, 멈춰 서서 모녀의 뒷모습을 지켜본다. 가슴이 찢어진다. 모녀의 환영이 사라지면... 슬퍼진 예지, 나지막하게 허밍을 하기 시작한다. 엄마가 불러주던 자장가... 찔레꽃[1]. 허밍을 하며 걸어가는 예지의 뒷모습. 돌아보는 눈물 가득한 예지의 얼굴에서 엔딩!

———————————

1) 이연실/1989년/엄마 일 가는 길에 하얀 찔레꽃. 찔레꽃 하얀 잎은 맛도 좋지. 배고픈 날 가만히 따먹었다오. 엄마엄마 부르며 따먹었다오. 밤 깊어 까만데 엄마 혼자서 하얀 발목 바쁘게 내게 오시네. 밤마다 꾸는 꿈은 하얀 엄마 꿈. 산등성이 너머로 흔들리는 꿈. 엄마엄마 나 죽거던 앞산에 묻지 말고 뒷산에도 묻지 말고 양지 좋은 곳 묻어주. 비 오면 덮어주고 눈 오면 쓸어주. 내 친구가 나 찾아도 엄마엄마 울지 마. 논 밑에 귀뚜라미 우는 달밤에 기럭기럭 기러기 날아갑니다. 가도 가도 끝도 없는 넓은 하늘을 엄마엄마 찾으며 날아갑니다. 가을밤 외로운 밤 벌레 우는 밤. 시골집 뒷산길이 어두워질 때 엄마 품이 그리워 눈물 나오면 마루 끝에 나와 앉아 별만 셉니다.

2부

내가 가장 예뻤을 때 1

S#1. 서울/버스 정류장 (밤)

막차에서 내리는 예지.

S#2. 골목 (밤)

고시원 가는 길. 혼자 걸어가는 예지.

S#3. 동네 계단 (밤)

계단을 올라가는 예지 뒤로 남산 타워가 보인다. 문득 선다. 뒤에서 들리는 발자국 소리. 돌아보면...

젊은 고운이 어린 예지의 손을 붙들고 걸어 올라온다. 사이좋게 도란도란 얘기를 나누는 모녀. 예지를 지나쳐 가는 과거의 환영이다. 예지, 멈춰 서서 모녀의 뒷모습을 지켜본다. 가슴이 찢어진다. 모녀의 환영이 사라지면... 슬퍼진 예지, 나지막하게 허밍을 하기 시작한다. 엄마가 불러주던 자장가... 찔레꽃[1]. 허밍을 하며 걸어가는 예지의 뒷모습. 돌아보는 눈물 가득한 예지의 얼굴에서!

---

1) 이연실/1989년/엄마 일 가는 길에 하얀 찔레꽃. 찔레꽃 하얀 잎은 맛도 좋지. 배고픈 날 가만히 따먹었다오. 엄마엄마 부르며 따먹었다오. 밤 깊어 까만데 엄마 혼자서 하얀 발목 바쁘게 내게 오시네. 밤마다 꾸는 꿈은 하얀 엄마 꿈. 산등성이 너머로 흔들리는 꿈. 엄마엄마 나 죽거던 앞산에 묻지 말고 뒷산에도 묻지 말고 양지 좋은 곳 묻어주. 비 오면 덮어주고 눈 오면 쓸어주. 내 친구가 나 찾아도 엄마엄마 울지 마. 논 밑에 귀뚜라미 우는 달밤에 기럭기럭 기러기 날아갑니다. 가도 가도 끝도 없는 넓은 하늘을 엄마엄마 찾으며 날아갑니다. 가을밤 외로운 밤 벌레 우는 밤. 시골집 뒷산길이 어두워질 때 엄마 품이 그리워 눈물 나오면 마루 끝에 나와 앉아 별만 셉니다.

S#4. 다운네 집 전경 (다음날 오후)

S#5. 다운네 집/잡동사니 방 앞/마당 (오후)

다운이 문가에서 예지에게 방을 보여주고 있다. 다운모는 마당에서 빨래 걷고 있고. 환이 따라 들어와 있다. 어느 정도 치워진 방 안. 쓸 데없는 짐들이 자취를 감추고 제법 깔끔하게 정리된 분위기.

다운   뭐 방두 좁고 암 것도 없긴 한데
예지   (감탄하는) 너무 좋다...
다운   ... (진심인가 싶어 보는)
예지   방은 좋은데... 이래두 되는 건가 싶어서...
다운   돈 내실 건데요, 뭐.
예지   (그건) 당연하지!

어느새 다가온 다운모, 한쪽 팔에 빨래 가득 걸어놓고 남은 손으로 다운의 뒤통수를 갈긴다.

다운   아! (성질 팍!) 왜 때려!
다운모   (개무시하고/예지에게 공손 모드) 버섯 말리고 고추 말리는 허드레 방에 요 하나 깔면서 무슨 돈을 받겠어요...
예지   아니에요! 서울은 돌아눕기도 어려운 쪽방에 월 4,50은 우스워요.
다운모   여기야 시골인데요 뭐. 계시는 동안 그냥 다운이 공부나 좀 봐주세요.
다운   나 과외 필요 없거든?

환   (팩트 날리는) 그 성적으로는 네가 가려는 전문대도 안전권은
     아니야.
다운   (열 받아서) 그 정도 바닥은 아니다!

예지, 웃으며 방 구경하는.

S#6. 방 안 (오후)

새삼스레 방 안 둘러보는 예지. 같이 들어와 있는 환.

예지   엄청 넓다...
환   네?
예지   (신기하다는 듯 걸어보며) 안에서도 한참을 걸어야 돼!
환   ...... (이해가 안 돼서 보면)
예지   저번엔 정신없이 도망가느라 방이 큰지 작은지도 몰랐거든.
     (창가로 가서 창문 열어보는) 창도 되게 커. 문 대신 넘어 다녀
     도 되겠어!
환   (웃으며) 웬만하면 문으로 다니세요.

예지, 창밖으로 손 내밀어 바람을 느낀다. 예지의 반응이 다소 신기
한 환.

S#7. 진환A&C 전경 (오후)

S#8. 진환A&C/로비 (오후)

스포티한 차림으로 거침없이 들어오는 진. 데스크에서 진을 알아보고 인사한다. 진, 매력적인 미소와 함께 받아주고 안으로. 안내, 녹아 있다가 한 템포 뒤에 정신 차리고 다급하게 비서실로 전화한다.

S#9. 진환A&C 복도 (오후)

진이 걸어오고 있다. (데스크 전화 받고) 맞으러 나온 윤실장. 진, 윤실장 알아보고 손을 드는데. 윤실장, 같이 손 마주쳐준다.

진   아직도 싱글?
윤실장 비밀이야.
진   (뻔하다) 여전히 우리 마녀 손에서 벗어나질 못했구만.
윤실장 (차림새 훑어보고) 일 생각은 전혀 없는 거 같구...

씩 웃는 진.

S#10. 연자의 사무실 (오후)

윤실장이 문 열어주고 진이 들어선다. 바로 날아오는 명패! 진을 비껴가서 벽에 맞고 바닥으로 떨어져 내리는. 윤실장, 동요 없이 문을 닫는다. 소리부터 지르는 연자!

연자   너 뭐하는 놈이야! 제대를 했음 인사부터 올 것이지, 얌체같이 주차장에서 차만 빼가?
진   (소파에 앉으며) 마실 거나 한잔 주시죠?
연자   ! (더 열 받은/책상 위에 티슈 박스 따위 아무거나 집어던진다.)

손으로 쳐내는 진.

CUT TO

테이블에 시원한 주스 정도 마실 거리 놓였고. 연자, 흥분은 가라앉았다. 아들의 청을 다 들은 상태.

연자   아무리 내 새끼라지만 제대로 된 피티도 없이 그 큰돈을 내노라구?

진   날밤 새워 PPT 만들어 보여드려봤자 관심도 없으시잖아요. 이건 그냥 거래 제안입니다. 레이싱팀 후원을 해주시면, 저두 들어와 일을 하죠.

연자   (냉랭한) 남편이 저 모양인데 아들자식 위험한 장난질에 돈까지 대는 속없는 여자루 보이니?

진   전 아버지가 아닙니다. 무슨 일이 있어도, 아버지처럼 되진 않을 거예요.

연자   하! (기가 막혀서 웃는다) 니 아부진 자기가 그렇게 될 거 알고 등산 갔게?

진   ... 아부진 당신 자식 구하느라 그렇게 되신 거구요...

연자   (가라앉는/주스 마시며) 사고는 다 불가항력이야.

진   파란불에 횡단보도를 건너다가두 미친놈한테 당하는 세상이에요.

연자   그렇다고 일부러 위험한 짓을 할 필요는 없지!

진   ......

연자   한량 노릇 그만 하구 일 좀 해. 언제부터 회사 나올 거야?

진   어머니가 먼저 거절하신 겁니다. (일어나며/자기도 거절이라는)

연자   (장기전이 되겠군) 저녁이나 먹구 가. 오늘부터 집(서울)에서
       자구.
진   펫은 치우셨어요?
연자   !

나가버리는 진.

연자   (분해 죽겠다) 나쁜 자식!

S#11. 복도/엘리베이터 앞 (오후)

윤실장이 진을 배웅한다. 엘리베이터로 가는.

윤실장   협상 실패?
진   이제 시작.
윤실장   (피식 웃고) 서울집 컴퓨터는 새걸루 교체해얄 거 같구... 필
        요한 거 있음 말해줘. 준비해둘게.
진   윤실장은 서울이 아니라 양평을 택했어야 해. 아부지 밑에
        있었음 시집두 벌써 갔을걸?
윤실장   (엘리베이터 앞에서 하강 버튼 눌러주고) 나 양평 소속이야.
        서울은 파견 나와 있는 거구.
진   배신한 지 오래잖아...
윤실장   네가 젤 나빠. 편은 왜 갈라? 두 분 아직 부분데.

엘리베이터 도착음과 함께 문이 열리고.

진   (타면서) 밥이나 사.

윤실장   부잣집 아드님한테 내가 왜?

진   백수잖아.

윤실장   (웃으며) 술은 살게.

엘리베이터 문이 닫힌다. 손 인사 던지는 진. 윤실장, 웃으며 돌아서고.

S#12. 공방 전경 (저녁)

S#13. 공방 (저녁)

예지가 물레를 돌리고 있다. 연구수업용 초벌컵을 만드는 중이다. 환이는 작업대 앞에 앉아 뭔가 스케치를 하다(예지에게 선물할 등을 디자인하는) 중간중간 예지를 흘낏거리는데.

예지   숙제는 들어가서 하지? 공부가 아닌 거 같기도 하지만.

환   (다시 스케치북으로 시선 돌리며) 저 원래 공부 여기서 해요.
         제 방보다 집중이 잘되거든요.

예지   나 사고 칠까봐 감시하는 거 아니구?

환   뭐 그것도 있구요,

예지   (흘기는데)

문소리 나고 다운이 쟁반 위에 감자와 파김치 올려서 갖고 들어온다.

예지   (보고) 왔어?

환   (방해받는 것 같아서 김새는데) 뭐냐?

다운	(작업대 위에 쟁반 올려놓으며) 엄마가 갖다주래. 서울 사람이라 이런 거 안 먹는다구... (해도)
예지	(OL) 맛있겠는데? 나 고구마 감자 그런 거 좋아해...
다운	그럼 뭐... 맛이나 보세요.
예지	같이 먹자.
다운	전 감자라면 이가 갈려요. (가면서) 대문은 24시간 열려 있으니까 알아서 들어오세요.
예지	고마워!

다운 나가는데. 환, 쟁반 끌어다 감자 껍질부터 벗기고. 뜨겁다! 입으로 후후 불어가며 살살 벗겨낸다.

S#14. 동 앞 (저녁)

공방에서 나오는 다운 앞으로 와 서는 진의 차. 진이 내린다.

다운	(반가움에 소리치는) 오빠! 왔다는 얘긴 들었지!
진	이야~ 우리 다운이, 길에서 마주치면 몰라보겠는데? (예뻐졌다는)
다운	(좋아서 까부는) 그치? 딱 봐도 예뻐졌지? 확실히 오빠가 환이보다 안목이 있어.
진	(웃으며) 아주머닌 안녕하시고?
다운	여전해. 하녀처럼 부려먹으면서 키워준답시고 생색은 아주... 빨리 시집이나 가야지. 졸업하자마자 바로 날 잡는다 내가.
진	(놀리는) 환이는 생각 없는 거 같던데?

다운   (급 공손) 그니까 오라버니가 도와주셔야져.

진   내가?

다운   감자 갖다 놨어. 막 쪄서 맛있어. 막걸리도 필요하면 콜! 엄마 꺼 한 통 감아올게.

진   (웃으며 손인사하고 공방으로)

다운   (뒷모습 보며) 내가 노선을 잘못 탔어. 지금이라도 변경? 아냐... 사람이 지조가 있어야지...

S#15. 다시 동 안 (저녁)

예지가 물레 돌리고 있는데, 환이 껍질 벗긴 감자 들고 다가온다.

환   뜨거울 때 드세요.

물레 멈추고 얼결에 한입 받아먹는 예지.

예지   (뜨거워서 입안을 굴려가며) 맛있다!

파김치도 한 줄 집어주는 환.

환   이것도 맛이 들어서 환상이에요.

예지   손 씻구 내가 먹을게.

환   맛만 보세요! 이거 한입만!

예지   괜찮다니까...

환   에이, 저 손 깨끗해요~

환이 우기니 입을 벌리는데... 환, 파김치를 입가 위에서 이리저리 흔들며 약 올리는. 예지, 환이 손 따라 입 움직이다가 발칵!

예지   야!
환   조준을 좀 잘해보세요!
예지   조준은 네가 해야지!

환, 웃으며 예지에게 파김치 먹여주고. 예지, 눈 커진다.

예지   완전 맛있어!

더 먹으려고 서둘러 손 씻는 예지. 환, 웃으며 본다.

두 사람 보게 된 진. 전시대 틀 사이로 보이는 예지의 해맑은 표정.

환   주말엔 뭐하세요?
예지   서울 가야지. 가서 빨래도 하고... 갈아입을 옷도 가져오구...

귀담아듣는 진.

S#16. 진의 방 (저녁)

겉옷을 벗는 진. 시계 따위 풀어놓는데 예지 얼굴이 어른거리는

인서트)
- 2부 15씬. 파김치 받아먹으려고 애쓰던 예지

- 2부 15씬. 더 먹으려고 손 씻던 예지의 표정
- 1부 86씬. 바래다주던 날, 속도 올라가는 차 안에서 비명을 지르던 예지

진, 달력을 보고 주말 날짜를 확인하는데...

S#17. 양평 전경 (다른 날 낮)

S#18. 버스 정류장 (낮)

정류장을 비껴서 진의 차가 서 있다. 운전석에서 기다리는 진의 모습 보이고.

S#19. 길 (낮)

보스턴백 정도 든 예지가 걸어오고 있다.

S#20. 진의 차 안/버스 정류장 (낮)

진의 차 안에서 정류장이 보인다. 정류장으로 다가오는 예지. 진, 차에서 내린다. 예지, 뜻밖의 조우에 조금 놀라고

진	(행선지가) 서울 가죠?
예지	네, 주말이라...
진	타요. 데려다줄게.
예지	(사양하는) 버스 타면 돼요.

진, 뒷좌석 문 열고 예지의 가방부터 실어버린다.

예지   괜찮다니까요! 방향도 다를 거구...
진   (조수석 차 문을 열고 기다리는데)

예지, 난감하고.

S#21. 다운네 집/잡동사니 방 앞 (낮)

예지가 머물던 잡동사니 방을 등지고 선 다운. 그 앞에 선 환. 깔끔하게 멋을 냈다.

환   (다운 제치고 방문 열어보는데)

텅 빈 방 안.

다운   (이미 말했다) 아 벌써 가셨다니까!
환   언제? 몇 시에?
다운   (약 올리는) 벌써 버스 타고도 남았을걸?

환, 달려 나가는데

다운   (짜증 나서) 왜 저렇게 오바야...

S#22. 길/버스 정류장 (낮)

달려오는 환. 텅 비어 있는 정류장. 사방을 둘러본다. 안타까운데...

S#23. 도로/진의 차 안 (낮)

차 안의 예지와 진. 둘 사이에는 어색한 침묵이...

예지 예상했던 대로네요.

진   (보면)

예지 무지 불편해요.

진   대신 몸이 편하지.

예지 저는 몸보다 맘 편한 게 더 좋거든요.

진   그냥 자요.

예지 (보는)

진   택시라고 생각해요. 난 손님에게 잡담 안 거는 스타일의 기
    사고.

예지 (피식 웃는) 차 안에서 잘 못 자요.

진   눈이라도 감고 있어봐요. 눈만 감아도 피로가 좀 풀리니까.

예지 ......

CUT TO

어느새 잠들어버린 예지, 코까지 곤다. 진, 그런 예지가 웃기고.

S#24. 길 (낮)

터덜거리며 돌아가는 환의 모습. 괜히 길가의 돌멩이도 차 버리고.

S#25. 고시원 앞/진의 차 안 (낮)

고시원 앞에 세워지는 진의 차. 예지는 여전히 잠들어 있다. 주변을 살피는 진. 고시원 간판이 보이고. 예지를 깨우는 진.

진   (택시 기사처럼) 손님, 다 왔는데요...

부스스 일어나는 예지.

진   5만 원입니다.
예지   (기겁을 하고) 에?!
진   (웃는)
예지   (진인 거 확인하고) 놀랐잖아요...
진   택시비가 아니라 숙박비를 받아야 하나?

무안해서 얼른 내리려는 예지.

진   근데 집 주소가 잘못된 거 같은데.
예지   (무시하고 내리는)
진   ......

고시원에서 쓰레기봉투를 든 지영이 나온다. 차에서 내리는 예지를 유심히 보는. 진도 내려서 뒷좌석의 가방을 꺼내주는데... 남자까지? 표정 확 변하는 지영. 진에게서 가방 건네받으려던 예지, 지영을 발견하고 굳는다.

지영   (봉투 아무렇게나 던져두고 다가오는) 남자 후리고 다니느라
        안 들어온 거니?
예지   ! (굳고)

진, 예지 보는데.

지영   (헛웃음 치며) 정말 피는 못 속여?
예지   (외박에 대한 해명으로) 실습 기간이라구 했잖아요. (들어가
        려는/안에서 얘기하자는)
진   ......
지영   (진에게) 얘가 어떤 기지밴지는 알고 만나는 거예요? 아님
        댁두 얼굴만 반반하면 넘어가는 속없는 놈들 중 하난가?
예지   !
진   말씀이 무례하시네요.
예지   (진 보내려는) 가세요.
지영   비싼 미대 다니는 것도 같잖았는데 이제 선생질까지 할라
        구?
진   (화가 나는) 예지 씨, 이 사람 뭡니까! 무슨 악담을...
지영   그러는 댁은 뭔데? 나 얘 고모야! 부모 없는 거, 여태까지 거
        둬서 먹이고 입힌! 얘 보호자라구!
예지   (진에게 버럭) 제발 가라구요!

진, 가방을 도로 싣는다. 예지를 잡아끌고 강제로 조수석에 태워버리는.

지영   너 어디 가!

예지를 차에 태우고 가버리는 진.

지영   내려! 너 일루 안 와!

고래고래 소리 지르는 지영을 남겨두고 멀어져가는 진의 차.

S#26. 근처 일각/진의 차 안 (낮)

진이 차를 세운다. 얼어붙은 얼굴로 앉아있는 예지.

진   돌아갑시다. 주말에도 그냥 양평에 있어요.
예지   받아줘야 끝나요.
진   (멎고/보면)
예지   악이 나면... 끝까지 해대는 사람이에요. 할 만큼 하고... 그
              래야 멈춰요.
진   그걸 왜 받아줘요? 죄졌어?
예지   ... 저기가 내 집이니까. 백설공주 계모같이 굴어두, 저 사람
              이 내 유일한 피붙이니까.
진   !
예지   (씩씩하게) 걱정하지 말아요. 나한테는 일상이에요.

내려서 가방 빼내는 예지. 그걸 들고 고시원 방향으로 걸어간다. 차
에서 내린 진, 예지의 뒷모습 보고 섰는데...

S#27. 고시원 앞/진의 차 안/고려 오일 일각 (낮)

가방 들고 안으로 들어가는 예지. 진의 차가 그 앞을 지나간다. 진의 핸드폰이 울리고. 차량 블루투스로 받으면

진   네...
캐리(F)   회장님 호출.
진   (굳었다가) 이제 서로 볼일 없는 사이 아닌가?
캐리   끝장낼 때 내더라도 굿바이 인사는 제대로 해. 서감독 팀에
            100억은 쏟아뒀던 분이야.
진   ......

S#28. 고시원/예지의 방 (낮)

가방에서 세탁물 꺼내는 예지. 지영이 문가에서 지랄 중이다.

지영   교생인지 실습인지 당장 그만 둬!
예지   내가 취직을 해야 고모도 편해지는 거 아냐?
지영   여기 일은 누가 하구? 졸업하면 이거나 맡아. 고시원 총무가
            딱 니 길이야.
예지   (모멸감에) 이럴 거면 대학은 왜 보냈어!
지영   내가 보냈니? 니가 우겨서 기어이 갔지?
예지   !
지영   주제를 알아. 네가 뭔데 남을 가르쳐? 학부형들이 가만있겠어?
예지   (쳐다보는) 왜, 고모가 까발려주게?
지영   입장 바꿔 생각해봐. 너라면 너 같은 선생한테 배우고 싶은지.
예지   ...... (치미는)
지영   난 싫다?

예지   (미치겠고)

S#29. 공방 (오후)

환이 혼자서 등 작업 계속하고 있다.

S#30. 고려 오일 전경 (오후)

S#31. 회장실 (오후)

진이 불려와 있다. 방회장과 독대 중인 진.

진   (기도 안 찬) 결혼을 하라구요?
방회장 대학원 다니며 레이스 뛰느라 군대를 늦게 가서 그렇지 서
        감독 나이야 이제 결혼할 때지. 캐리는 더 늦으면 안 되고.
진   아직 말씀 못 들으셨나 본데, 저는 마지막 인사드리러 온 겁
        니다.
방회장 계약위반이야.
진   위약금, 물겠습니다.
방회장 캐리는, 책임져야지. 결혼을 하든가, 그 팀으로 데꾸가던가.
진   (보면)
방회장 이만 각오두 없이 애를 건드렸나?
진   !
방회장 무지한 거야, 무모한 거야?
진   ……
방회장 캐리 하나로 정리하는 게, 여러모로 유리할 텐데?

진　　　(굴하지 않는) 죄송하지만, 그럴 의사가 없습니다. 이 이상의
　　　　강요는, 협박 같아서 거북합니다.

방회장　놀 때는 좋았을 거야?

진　　　... (모욕감 느끼고)

방회장　그럼 이제 대가를 치러야지. 협박이라고까지 느낄 건 없지
　　　　만... 생각은 좀 해봐야 할 거야.

굳은 얼굴의 진.

S#32. 복도/엘리베이터 앞 (오후)

회장실에서 나와 엘리베이터로 가는 진. 일각에서 기다리던 캐리가
따라붙는다.

캐리　　회장님이 알았어. 둘 다 묻어버리겠다는 거, 결혼으로 겨우
　　　　막았어. 정식으로 결혼하면, 그건 인정해준대. 평생 스폰서
　　　　쉽 유지하고

진　　　(여기가) 중세유럽이야? 왕이 놀다 버린 여자, 귀족들이 나서
　　　　서 처리하게?

캐리　　나도 나이가 있고! 회장님이 책임져줄 순 없으니까 서감독하
　　　　고 결혼하는 거 봐주겠다는 거야.

진　　　우리 둘 다 성인이야. 이게 지금 누가 봐주고 말고 할 일이야?

엘리베이터 앞에 도착한다.

캐리　　나 좋아하잖아! 원했잖아! 회장님 때문에 물러선 거잖아!

진	방회장 때문이 아니라!
캐리	(보면)
진	너한테 질려서였어! 들통나두 뻔뻔하기만 한 그 태도에 어이가 없어서!
캐리	!

엘리베이터 도착음. 문 열리고. 들어서는 진.

진	결혼, 해. 하지만 너하구는 아냐.

캐리, 따라 타려는데. 닫힘 버튼 눌러버리는. 캐리의 눈앞에서 닫혀버리는 엘리베이터 문. 엘리베이터 문 차버리며 난리치는 캐리! 한순간 발작했다가 급 모드 전환되는. 차분하게 앞머리 한번 쓸어내리고 다시 회장실로.

S#33. 엘리베이터 안 (오후)

분노를 억누르는 진의 모습.

S#34. 고시원 (오후)

여기저기 청소 중인 예지의 모습

- 계단 청소 중인 예지.
- 복도. 업소용 청소기로 밀고 있는 예지.
- 창문 닦고 있는 예지.

\- 세탁실. 세탁 마쳤다는 신호음이 울리면. 들어와서 세탁물 꺼내는 예지.

S#35. 주방 (저녁)

청소 마치고 개수대에 기대어 삼각 김밥 따위 먹고 있는 예지. 한 개를 꾸역꾸역 다 먹고 다른 한 개 마저 까서 또 먹으려는데... 카톡 알림이 울리고. 핸드폰 열어보면 성곤과 환 부자, 샘이 밥 먹고 있는 사진이 올라와 있다. 그 아래 환의 문자.

환(소리) 저녁 드셨어요? 우린 오늘 돼지고기 잔뜩 넣은 고추장찌개에 보리밥이에요. 여기 오면 다시 촌밥이니까 서울에서 맛난 거 많이 드세요!

갑자기 목이 메는 예지. 기침이 나온다. 물 마시며 진정시키는. 먹다 남은 삼각 김밥을 보다가 쓰레기통에 버린다. 두물머리의 다정하고 풍성한 식탁이 그리워지는.

S#36. 고시원/예지의 방 (밤)

골방 같은 고시원에 누운 예지.

인서트) 예지의 악몽
젊은 고운이 "안 돼!" 필사적으로 비명을 지르고! 탕! 총구가 불을 뿜으면! 어린 예지의 얼굴에 쫙! 끼얹어지는 피!
"엄마!" 비명을 지르며 잠에서 깨어나는 예지! 옆방에서 쿵쿵! 벽을

친다.

옆방(소리) (지겨운) 또 시작이야! 한 며칠 조용하다 했네!

숨 고르는 예지. 위를 쳐다보면 천장이 내려오는 것 같고 옆을 보면 벽이 밀려오는 것 같다. 안대 찾아 쓰고, 마스크까지 한 채 이불 뒤집어쓰는 예지.

S#37. 고시원/사무실 창가 (다음날 아침)

핸드폰으로 통화하면서 창가를 내려다보는 지영. 가방을 든 예지가 가는 걸 본다. 다른 손에 사과 한 알 들었고.

지영　　오예지 학생 집인데요, 실습 나간 학교가 어딘지 좀 알 수 있을까요?

통화하면서 예지 뒷모습 끝까지 보는. 전화 끊고 사각! 사과를 한입 베어 문다.

S#38. 공방 전경 (낮)

S#39. 가마 앞 (낮)

성곤이 가마를 때고 있다. 다가오는 진. 성곤에게서 장작을 받아 대신 넣어준다.

진	요샌 다들 전기 가마 쓰던데...
성곤	그것도 있어. 가스 가마도 있고. 근데 나는 이게 좋더라고. 변수가 많아서 재밌어.
진	힘드시잖아요.
성곤	쉽게 얻으면, 쉽게 잃는 법이야.
진	......
성곤	엄마가 너 빨리 보내달라 성화던데.
진	아직은 차를 좀 더 타고 싶어서요.
성곤	평생 차만 탈 순 없지 않나? 오래 할 수 있는 일을 찾아야지.
진	차 말구는 하고 싶은 게 없어서... 뭐가 돼야 하는지 아직도 모르겠구...
성곤	......
진	환이가 부러워요. 어려서부터 확실하게 꿈을 심어주셨잖아요.
성곤	결정은 지가 한 거야. 나는 조언만 했다.
진	......
성곤	(작정하고) 진아...
진	(보면)
성곤	그만 잊어두 된다.
진	! (쿵 내려앉고)
성곤	네 잘못이 아니야.
진	... (파르르 떨려오는)
성곤	아부진 진심으로 감사하게 생각해. 늬들이 아니라 내가 이렇게 된 거. 천번 만번 돌아가도... 괜찮아. 목숨두 버릴 수 있어. 부모란 그런 거야.
진	......
성곤	그러니까 그만 괴로워하고... 방황도 끝내고... 네 살 길 찾아.

진   ...... (무너지는 기분/가까스로 참아낸다) 그 날이... 잊혀지지
        가 않아요.
성곤   ......
진   평생을 따라다녀요.

성곤, 진을 잡아준다. 진, 괴롭고...

S#40. 정원 (낮)

가마에서 정원으로 오는 진. 그날의 기억이 올라온다.

인서트) 사고 당시 회상 - 과거
자일에 매달려 있는 어린 진, 자일을 잘라낸 등산용 칼을 든 채 부들
부들 떨고 있다. 저 아래 바닥에 어린 환을 감싼 젊은 성곤이 쓰러져
있고! 죽은 듯 얽혀 있는 두 사람을 보고 있는 어린 진의 얼굴이 공포
에 질려 간다.

다시 현재. 눈가가 붉어오는 진.

S#41. 학교 전경 (다른 날 낮)

S#42. 미술실 앞 (낮)

미술실 팻말 보이고.

S#43. 미술실 (낮)

환의 반 학생들이 앉아 있다. 예지가 성곤이 초벌해준 잔을 학생들에게 나눠준다.

예지　　여러분 위해서 환이 아버님이 직접 구워주신 거예요.
일동　　오~

V자 그리며 으쓱해주는 환. 정일, 옆에서 같이 거들먹거리고 생색낸다.

예지　　여기다 그림을 그리거나 디테일을 덧붙여서 디자인을 끝내면! 유약을 바르고 다시 구울 거예요. 나만의 전용 잔을 만들어서 쓰는 것도 좋구 부부잔으로 만들어서 부모님께 드리면 뜻깊은 선물이 되지 않을까?
환　　　......
예지　　평소 좋아하던 누군가에게 고백 대신 내밀 수두 있구!

학생들 웃고.

예지　　일단 스케치북에 자기가 생각하는 디자인을 한번 그려보고 옮기는 게 좋겠어요.
정일　　쌤! 태블릿으로 해도 돼요?
예지　　각자 편한 대루.

학생들, 스케치북이나 태블릿, 노트북 등등 꺼내는데 밖이 소란해진다.

(소리)　아니, 교장실이 어디냐구! 내가 좀 만나야겠다구!

예지   ! (멎고/설마...)

환, 그런 예지 보면.

경비가 누구신데 이러냐며 말리는 소리 나고.

(소리)   교장 없어? 없으면 아무 선생이나 나오라 그래! 할 얘기가 있
          다니까?!

예지, 다급히 나간다. 뒤따르는 환. 학생들 웅성거리고. 그 속에 다운.

S#44. 복도 (낮)

지영이 경비에게 난리를 치고 있다. 나와 보는 예지, 지영 보고 질린
다. 환, 심상치 않은 기색 눈치채고. 다른 반에서 수업 중인 교사들도
나와 본다. 창가에 매달려 구경하는 학생들, 다운.

예지   (지영에게 다가가는/가슴이 무너지고) 뭐하시는 거예요?
지영   (내가) 경고했지?
예지   나가요. 나가서 얘기해요.
지영   (뿌리치며) 선생이든 학생이든 아무나 붙잡고 불어버리면 끝
          이야! 누가 너 같은 거 선생 시켜 준대?

예지가 지영을 끌고 나간다. 환이 걱정돼서 따라가고. 다운, 그런 환을
당황해서 잡으려다가 놓치는데.

S#45. 학교 일각 (낮)

미치겠는 예지, 지영에게 거의 사정조다.

예지   (속이 터지는) 여기가 어디라고 찾아와요! 대체 어디까지 하려구!

지영   그러니까 말로 할 때 들었어야지! 관두라고 했잖아!

예지   (더는 못 참고) 학교 때 왕따 만든 걸루는 모자라? 이제 직장까지 짤라주려고?

지영   ......

예지   모를 줄 알아요? 오며 가며 있는 얘기, 없는 얘기 다 흘려서 애들한테 따돌림 당하게 만든 거?

지영   (내가) 없는 얘기 했니?

예지   얼마나 힘들었는데!

지영   죽은 사람도 있어.

예지   ! (굳고)

예지를 찾아 두리번거리던 환, 발견하고 다가온다.

지영   사람 죽이고 멀쩡한 년도 있고.

예지   차라리 날 고아원에 버리지 그랬어!

예지를 갈겨버리는 지영! 충격에 휘청! 하는 예지!

"쌤!" 기겁해서 달려드는 환!

환   (예지 감싸며/분노로) 왜 이러세요!

예지   ... (무참하고)

지영   도망갈 생각 말구 평생 내 곁에서 살아. 우리 식구 다 같이
       빠져 있는 지옥인데 혼자 빠져나가게?

환, 작정하고 지영을 잡아끈다.

환   나가세요! 경찰 부르기 전에!

지영   (저항하며) 놔! 이거 안 놔! 넌 또 뭐하는 자식이야!

환, 지영을 끌고 학교 밖으로 나가려는데

예지   (미치겠고) 그만 둘게요.

가다 멎는 환.

지영   ......

예지   그만, 둔다구요. 고모 소원대로! 선생 안 하면 되잖아!

환   ! (고모였어?)

지영   (환에게서 빠져나오며) 분수를 알아. 또 넘치게 까불면, 진짜
       로 다 불어버릴 거니까.

예지   ... (참담하고)

환, 상황 파악 안 되지만 예지가 걱정되고!

S#46. 학교 앞/지영의 차 안 (오후)

교문에서 걸어 나오는 지영. 세워둔 차에 오른다. 운전석에 앉아 핸드백에서 립스틱 꺼내는. 백미러 보면서 입술 새로 칠하는데... 아무 일도 없었다는 듯 뻔뻔하기 그지없는 얼굴. 앞머리도 몇 번 매만져보고 차를 출발시킨다.

S#47. 교무실 앞 (오후)

환이 걱정하며 서 있다.

S#48. 교무실 (오후)

담임에게 질책 듣는 예지.

담임   (기가 차서) 교생한테 경위서를 받을 수도 없고...
예지   죄송합니다.
담임   실습 중인 학교에 가족이 찾아와 깽판 치는 건 듣도 보도 못했어.
예지   더 이상의 물의는 없을 거예요.
담임   그걸 지금 말이라고 해요?
예지   ......
담임   내일이면 파다하게 소문이 돌 거야. 우리끼리 입 다물고 있다고 넘어갈 일이 아니라구.
예지   그만 둬야 한다는 거... 알아요.
담임   (한숨 쉬면서) 어쨌든 오늘은 들어가도록 해요. 조퇴하구 좀 쉬면서... 생각을 정리해와.
예지   ......

S#49. 동 앞 (오후)

예지 나오는데, 기다리고 있던 환이 다가온다.

환 　　(아무렇지도 않은 척) 땡땡이칠래요?
예지 　　......

S#50. 물가 전경 (오후)

S#51. 물가 (오후)

바지를 걷어 올린 환이 물속에서 다슬기 잡고 있다. 바위에 걸터앉아 지켜만 보고 있는 예지. 옆에는 스카프와 가방 등 소지품 올려진.

예지 　　(1부 환의 질문을 반복한다) 왜 암것두 묻지 않아? 그 여자 누구냐, 왜 그러는 거냐...
환 　　(고모인 거 들었다) 생각하게 하구 싶지 않아서요.
예지 　　......
환 　　다 잊어버리세요.
예지 　　(울컥 올라오는데)
환 　　(들어오라는) 다슬기 찾다보면 아무 생각도 안 나요. 저도 어릴 적에... 속상하면 여기 와서 다슬기 잡았어요. 한 개씩 한 개씩 줍다보면 시간 가는 줄 몰라요?
예지 　　(일어나 물가로 다가가는) 나두 엄마랑 광릉내 가서 많이 잡아봤어. (하다가 멎는/자기도 모르게 엄마 이야기가 나와 버렸다)
환 　　쌤이 다슬기도 먹을 줄 알아요?

예지   ... 된장 풀어 삶으면 되지 않아? 바늘로 빼먹던 기억 나.

환   (싱긋) 제가 오늘 한 솥 잡아드릴게요.

예지   ...... (눈물 나는/감추려 닦으며 다슬기 찾아보는데)

예지의 기분을 풀어주려는 환의 노력이 애달프고... 지영이 던지고 간 파문이 아파 예지는 운다. 어느 순간, 문득 깨닫는 환. 예지가 울고 있다는 것을.

예지 앞으로 다가가는 환.

눈물을 감추려 얼굴의 물기를 닦아내는 예지. 그런 예지의 얼굴을 감싸 쥐는 환. 서로의 눈빛이 부딪히고! 달라진 표정으로 예지를 보는 환의 얼굴! 당황한 예지! 마주 보는 두 사람!

환   (예지의 눈동자를 들여다보며) 우는 거예요?

환의 손에서 빠져나오는 예지.

예지   아냐. 그냥 물이 튀어서.

환   ...... (우는 거 아는데... 안아주고 싶다. 손이 떨리고)

예지   그만 가자. 많이 잡은 거 같은데... (물에서 먼저 빠져나가고)

그런 예지의 뒷모습 보고 선 환.

S#52. 길/환의 집 앞 (오후)

티셔츠 묶어서 봉지로 만들어 다슬기 담아가는 환. 예지도 여기저기 젖은 옷 입고 걸어가는데...

예지   춥지? 어떡하나... 난 벗어줄 옷도 없고...
환   괜찮아요, 잠깐 가는 건데요 뭐.
예지   (보다가 스카프 둘러주는) 이거라도 해.
환   (더 쪽팔리는) 이거 누가 보면, 저 완전 매장당해요!
예지   감기 걸리는 것보다 낫지~
환   차라리 죽는 게 낫거든요?

더 꽁꽁 싸주는 예지.

환   (버럭) 쌤!

깔깔대며 웃는 예지. 환, 예지가 웃었다. 비로소 안도하고...

S#53. 진의 방 창가 (오후)

(창문 열어놓고) 캔 맥주 마시고 있던 진, 같이 오는 환과 예지를 본다. 웃통 벗은 채 예지의 스카프를 감싼 우스꽝스러운 동생과 그런 환을 보며 환하게 웃고 있는 예지의 모습. 둘 사이의 밀도...가 느껴진다. 예지의 표정... 계속 보게 되는 진.

S#54. 환의 집/정원 (오후)

가마솥이 걸리고. 좌르르 쏟아지는 세척된 다슬기들. 진이 적당량의

물을 붓고, 성곤이 된장을 푼다. 예지가 기계적으로 평상에 세팅 중이다.

진   (예지 의식하며) 가마솥까지 거는 건 오바 아니에요? 그만한
           양은 아닌 거 같은데...
성곤   뭐든지 가마솥에 하면 맛있거든.
환   (덧붙이는) 다슬기 건져먹구나서 된장물에 이거저거 더 넣고
           해장국 만드신대.
진   아...

예지가 껍질통 가운데 놓고 각각의 앞접시에 포크픽, 픽나이프 섞어
서 놓아둔다. 정신이 딴 데 가 있는 예지의 표정 없는 얼굴. 진, 집 앞
에서 웃던 얼굴과 다른 분위기가 걸리는데...

CUT TO

성곤이 가마솥에 우거지 넣고 해장국 조리 중이다. 진과 환 형제, 예
지는 평상에 모여 앉아 삶은 다슬기 빼먹고 있는데. 캔맥주도 따져
있고. 진은 그저 맥주만 마시는 중.

예지   (부러 명랑하게) 너무 맛있는데? 고생해서 잡아온 보람이 있네
환   (웃고)
진   (예지 보는/괜찮은 건가 싶고) 수고에 비해 얻는 게 너무 적어.
           얘들도 소라 사이즈는 돼야 씹을 게 있지.
환   모았다 먹으면 되지.

환이 다슬기 살을 꼬치처럼 꿰어 진에게 준다. 피식 웃으며 받아먹는

진. 예지도 서너 개 모아서 환에게 먹여주고. 환, 예지가 주니까 좋다... 진, 예지가 무리하게 밝은 척하는 느낌을 받는다. 환도 예민하게 예지의 기분 살피는데.

S#55. 주방 (저녁)

앞치마 두른 예지가 식기 세척기에 애벌 설거지한 그릇들 넣고 있다. 마지막 그릇이 들어가면 문을 닫고 작동 시작하는데.

S#56. 정원 (저녁)

쓰레기와 빈 캔 모으고 평상 닦고... 자리 치우는 중인 진과 환. 성곤이 목발 짚고 같이 도우려 하면 형제가 같이 밀어낸다.

환	성한 사람이 둘이나 있어요. 제발 좀 그냥 계세요.
진	(환의 말투에 다소 놀라서 보면)
환	팩폭을 날리지 않으면 설득이 안 되는 분이거든.
진	...... (아버지의 장애에 대한 환의 자연스러운 태도가 새삼 파고드는데)
성곤	이것들이

진, 외면하며 쓰레기 버리러 가고.

S#57. 정원/쓰레기 처리장 (저녁)

진, 정해진 통에 재활용 쓰레기를 버린다. 음식물 쓰레기 버리러 나온 예지, 진과 마주치는. 진, 음식물 쓰레기 받아서 대신 버려주고 예지가 두른 앞치마에 손을 닦는다. 예지, 당황했지만 뭐라고 할 수도 없는.

진   핸드폰.
예지   네?
진   폰 좀 달라구요.
예지   (빌려달라는 건가? 얼결에 핸드폰 꺼내주면)

예지의 핸드폰으로 자신에게 전화를 거는 진. 진의 핸드폰 울리고.

예지   ?

진, 핸드폰 끄고 예지에게 돌려준다.

진   무슨 일 있으면 연락해요.
예지   ……
진   얼굴에 표나. 무슨 일 있었다고.
예지   ! (굳고)
진   지나간 일은 어쩔 수 없고. 앞으로 또 생기면 전화를 해요.
        그래도 되니까.
예지   …… 예민하시네요.
진   관심이 있으니까.
예지   !

진, 들어가고. 핸드폰 만지작거리던 예지, 진의 번호를 저장한다.
'환이 형님'으로.

S#58. 정원 (저녁)

정일과 다운이 환을 찾아왔다.

정일   너 뭐야~ 말두 없이 혼자 땡땡이치구.

환   ......

다운   혼자는 무슨... 너 교생이랑 같이 있었지?

정일   정말?

환   ......

다운   그래 즐겨.

환   (기분 나빠지려 하고)

다운   흑기사든 짝사랑이든 어차피 바로 엔딩이잖아?

환   !

다운   교생 그만두면 이 동네 올 일두 없을 텐데.

정일   관두신대?

다운   취해서 학생 등에 업혀 오질 않나... 웬 아줌마가 와서 깽판을 치질 않나... 선생 할 사람은 아니지.

환   말 함부로 하지 마!

다운   (상처 되는) 함부로 행동한 사람은 괜찮고?

환   네가 뭘 안다구! 너 쌤에 대해 모르잖아!

다운   넌 아니?

환   (말문이 막히지만) 다른 반두 아니구 우리 반 교생이야. 지켜줘야 한다구 생각해.

정일   어떻게?

환   (보는데)

다운   난 빠질래. (가려 하면)

환, 다운의 팔을 잡고.

다운   .. (잡힌 팔 의식되는데)
환   네가 있어야 해.
다운   ...... (싫은데 약해지는)

S#59. 다운네 집 전경 (밤)

잡동사니 방의 창문이 불빛으로 환한.

S#60. 다운네 집/잡동사니 방/동 창가 (밤)

노트북으로 사직서라고 치는 예지. 지웠다가 경위서라고 바꿔보고. 괴로운데... 문자 도착음 울리고. 핸드폰 확인하는 예지. 액정에 진의 문자가 와 있다.

진(소리)   잠이 안 오면, 술을 더 마셔요.

예지, 못 본 척 핸드폰 엎었다가... 이내 다시 들고 답장 입력한다.

예지(소리) 술이 없어요.

잠시 후, 다시 울리는 도착음. 예지, 액정 보면.

진(소리)   창문을 열어봐요.

예지, 창가로 가서 창문을 열면. 앞에 진이 와 있다. 잠자코 들어 보이는 손에 미니 양주병 하나 들렸다. 어이가 없는 예지.

S#61. 다운네 집 앞 (밤)

밖으로 나온 예지. 미니 양주병 건네주는 진.

예지	(받으며) 이걸 누구 코에 붙여요?
진	작다고 무시하면 코 다쳐요. 꽤 센 녀석이거든.
예지	... (피식 웃고)
진	그럼 이걸로 해결?
예지	안주는요?
진	아까 너무 많이 먹은 걸로 아는데?
예지	(아쉬운) 술은 안주발로 마시는데...
진	(어이없는) 이건 용도가 수면제라구...
예지	......

소리 없이 웃으며 돌아서 가는 진. 돌아보지 않은 채 굿바이 손 흔들고. 예지, 그런 진의 뒷모습 보고 섰는데...

S#62. 학교 앞 (다음날 새벽)

해가 뜨기도 전에 등교한 학생. 환이다. 교문 안으로 들어가지 않고 문가를 지키고 섰는.

CUT TO

서서히 해가 떠오르고...

CUT TO

학생들이 등교하기 시작하고. 점점 많아지는데... 같은 반 친구들이 오면 붙잡고 뭔가 이야기하는 환.

일각에서 이를 보게 된 경비.

S#63. 학교 안 (아침) - 몽타주

- 교실. 동급생들에게 일일이 뭔가 부탁하는 정일.
- 복도. 문자 보며 수다 떠는 인호와 동현 무리. 그중에 인호의 핸드폰 빼앗아 문자 지워버리는 다운. 기가 막혀 보고 선 학생들.
- 2부 44씬, 지영의 행패를 목격한 교사들에게 일일이 설명하는 환.

S#64. 교실 (오전)

삼총사가 환의 자리에 모여 중간 점검하고 있다.

정일	우리 반하구 미술실 옆 반 애들은 단단히 입단속 시켰어.
다운	(내키지 않았지만) 단톡방이랑 SNS두 보이는 건 다 내렸구.
환	선생님들한테두 부탁드렸구... 뭐 빠진 거 없나?
다운	우리 선에서 할 수 있는 건 다 한 거야.
환	... (더 생각해보는)

S#65. 타이어 공장 전경 (오전)

S#66. 동 안 (오전)

기석과 우근이 협찬 담당자에게 거절당하는 중이다.

기석   (항의하는) 왜 우리 팀한테만 제공을 안 하시는 겁니까!
담당자 (냉정하게) 저희가 국내 모든 팀에게 타이어를 제공할 순 없
         잖습니까! 선별된 팀에게만 협찬하기로 방침을 바꿨습니다.
우근   그 기준이 뭔데요! 우리보다 순위가 낮은 팀에도 주면서!
담당자 현물 협찬은 당사의 선택이지 의무가 아닙니다! 나중에 재
         심사가 열리면 연락드리죠. (돌아서는)
기석/우근 ! (열 받고)/과장님!

S#67. 써킷 (낮)

써킷에서 우르르 쫓겨나는 진과 팀원들.

우근   분명히 예약을 했다구요! 입금도 다 했단 말입니다!
직원   환불 조치해드리죠.
진   (거칠게) 우린 왜 못 들어가는 건데!
직원   써킷 사용규정이 바뀌었습니다.
진   그 바뀐 규정이 뭐냐고!

항의하지만 소용없다. 눈앞에서 차단막 내려지고. 진, 분노로 굳어버린.

S#68. 진의 캠프 전경 (낮)

S#69. 캠프 안 (낮)

회의 중인 진과 팀원들. 분위기 심각하다.

기석   스폰도 떨어져 나갔는데 이런 식으로 필드 전체가 우리 팀
          을 엿 먹이는 분위기면 시합, 어려워.
우근   연습도 못해, 부품도 못 구해... 어떡하냐? 이대로 우리 끝인
          거야?
진   (OL) 내가 해결해.

쳐다보는 기석과 우근.

기석   집안 도움이라도 받게?
우근   너네 엄마 레이싱 질색이잖아.

결심으로 단단해진 진의 얼굴.

S#70. 학교 전경 (오후)

S#71. 교무실 (오후)

담임교사 앞에 선 예지. 담임의 책상 위에는 예지가 제출한 경위서
봉투가 놓였는데.

담임	(경위서를 돌려주며) 출근하자마자 교장실로 불려갈 줄 알았는데
예지	(보면)
담임	아직은 호출이 없어. 생각보다 소문도 안 퍼진 거 같으니까 당분간 경과를 지켜보자구.
예지	... (당황하고)

S#72. 교문 앞 (오후)

퇴근하는 예지. 진입로 쓸고 있던 경비가 아는 척을 한다.

경비	퇴근하세요?
예지	네... 어제는 죄송했어요. 소란 피워서.
경비	별일 없으셨죠?
예지	......
경비	다행입니다. 환이 학생이 친구들하구 얼마나 애를 쓰든지...
예지	?
경비	꼭두새벽부터 나와 지키구 서서 학생들 일일이 입단속 시켰어요. 혹여 어제 소동으로 안 좋은 소문이라도 돌까봐.
예지	!
경비	시골 애들이라 다 순해요. 누가 거슬리게는 안 했지요?
예지	(울컥 오르는데)

S#73. 길 (오후)

걸어가는 예지. 환이가 남다르게 해주던 거 다 생각나고.

인서트)

- 1부 58씬. 다운네 잡동사니네 방 앞. 밤새 예지를 지키다 꾸벅꾸벅 졸고 있는 환.
- 2부 45씬. 학교 일각. 난리치는 지영으로부터 예지를 보호하는 환.
- 2부 51씬. 다슬기 잡던 물가. 예지의 기분을 풀어주려 애쓰는 환.

문득 걸음 멈추는.

S#74. 야산/들판 (오후)

다니면서 들꽃을 꺾는 예지. 한 송이 한 송이... 예쁜 꽃을 고르고 골라 한 다발을 만든다.

S#75. 환의 집/정원 (오후)

환, 빨래를 걷고 있다. 들어서는 예지... 뒤춤에 뭔가를 감춘.

환   (반가워서/평상에 빨래 내려놓으며) 쌤!

다가오는 예지. 환, 보는데... 앞에서 멈추는 예지. 뒤에 감추고 있던 들꽃다발 건네는. 환, 놀라고... 기쁘고.

환   쌤...
예지   고마워.
환   ! (알았구나)
예지   처음이야.

환   (보면)

예지   누가 날 지켜준 거.

환   !

예지   이런 일이 생기면 기쁠 줄 알았거든?

환   ......

예지   근데... 마음이 막... 시려.

환   ...... (뭔지 알 것 같고)

예지   첨 먹어보는 이상한 열대과일 같아. 사실은 되게 맛있는 건
        데... 처음이라 이게 뭔 맛인 줄 모르겠는 거...

환   (아파서 보면)

예지   기쁘고 감사한 일에 도리어 슬픈 거... 이거 병이지?

예지를 퍽 안아버리는 환! 놀라는 예지!

환   익숙하게 해드릴게요.

예지   ......

환   익숙해지면, 좋은 일엔 그저 웃게 될 거예요.

예지   (뭐라 형용할 길이 없고/환의 팔에서 빠져나오는) 한 번으로도
        충분해. 못 잊을 거야.

환   !

예지   오래 기억할게. 네 마음.

환   (너무 좋은데/왠지 울컥하기도 하고)

따뜻하게 웃어 보이는 예지의 얼굴에서.

S#76. 환의 집/주방 (오후)

화병에 물 받는 환, 예지가 준 들꽃을 소중하게 꽂는다.

S#77. 다시 정원 (오후)

평상. 예지가 환이 걷어둔 빨래를 개고 있다. 꽃다발 꽂아두고 나오던
환, 예지가 남자 속옷 하나 집어 들자 "아, 쌤!" 기겁을 하고 낚아챈다.

예지   (웃겨서) 네 거야?

환   형 거예요.

예지   ! (순간 부끄럽고/속옷들 피해서 겉옷만 개는)

환   (마주 앉아 남은 빨래 개기 시작하면서) 이번 주에도 서울 가
세요?

예지   ......

환   (보면)

예지   잘 모르겠어.

환   ......

예지   가서 또 부딪히는 게 끔찍하구... 근데 고모가 다시 와서 난
리 칠까봐 그것도 무섭고... 이런 고민 하는 자체가 싫고...

환   싫은 일은 하지 마세요.

예지   ... (보면)

환   무슨 걱정이세요? 여기 선생님편두 많은데.

예지   ...... (웃어 보이지만 심란한 마음이 다 가라앉지는 않고)

S#78. 진환A&C 전경 (다른 날 낮)

S#79. 진의 사무실 (낮)

연철이 진에게 사무실을 보여준다. 처음으로 슈트 입고 온 진.

책상 위에 명패. <경영기획실장 서진> 보이고.

뒤에서 지켜보는 연자.

연철   맘에 드나? 대표님이 어찌나 빨리 준비하라고 성화를 하시
       든지... 원래는 좀 더 잘 꾸며줄 수 있는데 시간 내에서는 이
       게 최선이었어.

진   순서가 바뀐 거 같습니다. 업무 개시보다 후원계약서가 먼저
       에요.

연자   (짜증) 첨 하는 일도 아니잖아! 군대 가기 전에 시행 시공 다
       건드렸으면서!

진   (해보니) 별루 재미없었어요.

연자   (연철에게) 나가 있어.

연철, 못마땅하지만 어쩔 수 없다. 언짢은 얼굴로 나가고.

연자   (이가 갈린다/한발 양보하는) 스폰만이야. 넌 선수로 뛸 수 없어.

진   그건 제가 결정합니다.

연자   (버럭) 회사 일하면서! 전처럼 네 맘대루 사는 건 안 돼!

진   그럼 안 하구 말죠.

연자   니가 정신 차리지 않으면! (연철이 나간 문 가리키며) 회사는 결
       국 외삼촌 손에 넘어갈 거야. 아버지가 어떻게 세운 회산데...
       성씨두 다른 외사촌들 차지가 되는 꼴을 봐야겠어?

진   (피식) 아버지 생각해서요?

연자   .....

진   제 요구조건은 변하지 않았습니다. 당분간은 전념해드릴게요.

연자   ......

진   당분간은.

연자   (열 받는)

S#80. 동 앞 (낮)

연철, 안에서 하는 말 엿들으려고 방문 앞에서 이렇게 귀를 대 보고 저렇게 문틈을 들여다보고 여러 가지 시도 중이다. 그러다 허걱! 하는.

눈앞에 윤실장이 서 있다. 무표정.

연철, 아무렇지도 않게 옷깃 잡으며 헛기침하고 가고. 윤실장, 잡인을 차단하려는 듯 문 앞을 지키고 선다.

연철   (가다가 혼잣말) 쟤는 왜 맨날 소리도 없이 다녀?

윤실장   ......

S#81. 동 안 (저녁)

해가 지고 있다. 창밖으로 보이는 도시의 노을. 진, 퇴근도 못 하고 프로젝트 진행 상황 점검하고 있다. 윤실장이 서류들 짚어주는.

윤실장   임원 전용 아이디로 인트라넷 들어가면 서류는 다 볼 수 있고
         이거는 ○○동에 아파트, 이거는 한남동 빌라 단지, 나머지는

기존 건물들 관리 중인 거...

진   매각한 것도 있지 않나?

윤실장   매각 리스트는 뺐어.

진   그것도 줘.

윤실장   (끄덕이고) 각 프로젝트마다 궁금한 거는 담당자 불러다 브리핑시키구...

진   (OL) 일단 내가 먼저 보구.

윤실장   ... (진이 와서 좋다)

핸드폰 울린다. 진이 보지도 않고 받으면. 캐리다.

캐리(F)   그래도 전화는 받네?

진   ... (시선은 윤실장에게) 아직도 용건이 남았어?

윤실장, 센스 있게 나가주고.

S#82. 룸살롱/룸 (저녁)

캐리, 위스키 잔에 얼음 넣으며 통화 중이다.

캐리   파트너쉽 깨졌다구 원수 될 건 없잖아. 여러 가지로 어려움이 많다고 들었는데, 도움이 필요하면 연락해. 우린 자기 부탁이면 언제든 오케이야.

사무실의 진과 오가며

진   (열 받는) 병 주고 약 줘? 더러운 파워 맘껏 발휘해봐. 어디까
      지 추해지는지 제대로 구경해 줄 테니까.

캐리   나도 기대돼. 자기가 언제까지 버티는지.

진   네가 그 늙은이한테 붙어 있는 한! 원하는 건 죽어도 못 가
      져. (전화 끊어버리는)

캐리   ! (열 받았다가) ... (핸드폰 내려놓으며 다시 매력적인 미소) 우
      리 감독님은 못 오신다네?

앞에 앉아 있는 사람은 기석과 우근. 옆에는 접대하는 아가씨들 앉아
서 안주 만들어준다. 기석은 다소 긴장한 채고, 화류계에 익숙지 않
은 우근은 어쩔 줄을 모르는데...

캐리   (건배 제안하며) 그럼 우리끼리 회포를 풀어볼까?

잔들이 모이고.

S#83. 진의 사무실 (밤)

진, 야경이 보이는 창가에 서 있다. 오기가 솟아오르는데...

S#84. 환의 집 전경 (밤)

S#85. 환의 방 (밤)

벽에 예지가 선물한 들꽃다발이 잘 마른 채 걸려 있다. 완성한 등을
방으로 가져온 환, 방의 불을 끄고 등을 테스트해본다. 등을 켜면.

주변이 아름답게 밝아지고. 환, 기쁜데...

S#86. 환의 방 (다음날 낮)

선물 포장하는 환. 여러 번 실패한 듯 방안에 구겨진 포장지가 가득
널려 있다.

S#87. 다운네 집/욕실 (오후)

예지, 씻고 있다. 서울 갈 준비하는.

S#88. 마을 길 (오후)

진의 차가 오고 있다.

S#89. 다운네 집/예지의 방 (오후)

다운, 방울토마토를 위생 비닐에 담아 왔다.

다운   쌤, 이거 엄마가 서울 가실 때 차 안에서 드시래요. (하는데
       방이 비어 있고)

방안에 토마토 봉지 던져두고 나가려는데 문자 도착음. 예지의 핸드폰
이 방 안에 있다. 어떤 예감에 들어가서 확인하는 다운. 미리 보기의
송신자가 환이다. 열어보는데.

환(소리) 쌤! 지난번 다슬기 잡은 데 찾아올 수 있죠? 거기서 6시에
       만나요.

보고 있던 다운, 화가 나서 문자를 삭제한다.

S#90. 욕실 (오후)

아무것도 모르고 화장 시작하는 예지.

S#91. 길 (오후)

환이 포장된 선물 들고 가고 있다.

S#92. 다운네 집 앞 (오후)

진의 차가 와 선다. 운전석에서 내리는 진. 예지의 방 창문을 보는 데서.

S#93. 다운네 집 마당 (오후)

외출복 입고 방에서 나오는 예지.

걸어가는 환, 대문을 나오는 예지, 기다리고 선 진! 세 사람의 얼굴이
한 화면에 잡히며 엔딩!

3부

내가 가장 예뻤을 때 1

S#1. 다운네 집 앞 (오후)

서울 가려는 예지, 가방 들고 나오는데. 진이 차를 대놓고 기다리고 있다. 예지의 귀에는 환이 돌려준 귀걸이가 걸려 있고. 예지, 인사를 하려고 고개를 숙이는데 앞으로 와 서는 진, 예지의 가방을 받으려 한다.

예지   (가방 안 주면서) 서울 가세요? (그래서 태워주려는 거냐)
진   아니.
예지   전 서울 갈 건데...
진   골라요.
예지   ?
진   서울인지, 일탈인지.
예지   ??
진   가서 무슨 꼴 당하는지 뻔히 아는데... 데려다주기 싫어서. 딴생각이 나더라고.
예지   (보는데)

S#2. 물가 (오후)

선물을 든 환이 기다리고 서 있다. 예지가 언제 오나 확인하는.

S#3. 다운네 집 앞 (오후)

진, 조수석 문을 열어준다.

진   일단 타요.

예지   (불안한) 어디 가려구요? 내가 그쪽을 어떻게 믿구

진   (OL) 믿으라군 안 했는데? 그냥 어디 좀 가자는 거지.

예지   (결심을 못하고 있는데)

진   (도발하는) 용감한 아가씨 아니었나? 무서운 거 없잖아.

예지, 멎어 서 있다가. 시선 거두지 않은 진을 보고. 진을 단념시킬 생각에 동승을 결심, 천천히 다가가 차에 오른다.

S#4. 물가 (저녁)

기다리는 환. 해가 지기 시작하고... 다운에게 문자를 보낸다.

환(소리)   혹시 쌤 아직 집에 계셔?

S#5. 화원 (저녁)

다운모가 머리에 꽃 단 채 노래를 흥얼거리며 가지치기 하고 있다.

다운모   언제나 찾아오는 부두의 이별이 ♫
          아쉬워 두 손을 꼭 잡았나
          눈앞에 바다를 핑계로 헤어지나~
          남자는 배 여자는 항구! (몸을 흔들며) 짜자잔!

엄마 뒤에서 곁눈 따고 있던 다운, 영 맘에 안 든다.

다운   머리에 꽃 달고 노래하면 뭔지 알아?

다운모   원래 일할 땐 노래도 좀 부르고 그러는 거야. 노동요 몰라?

다운   꽃은 왜 달아? 동네 사람 누가 볼까 무서워.

다운모   (다운에게도 한 송이 달아주려는) 너도 하자. 혼자면 또라이
        지만 여럿이 하면 유행이다?

다운   (도망가며) 아우 쫌!

다운모, 깔깔대며 한 송이 마저 제 머리에 꽂고 다시 작업하는. 남자
는 배 여자는 항구 노래도 이어간다.

다운모   보내주는 사람은 말이 없는데에~
        떠나가는 남자가 무슨 말을 해
        (마이크 대신 꽃송이 잡고 격하게) 뱃고동 소리도 울리지 마세
        요오오~

다운, 어이가 없는데 문자 알림음이 울린다. 보면 환이다. 장갑 벗고
신경질적으로 답장하는.

다운(소리)몰라. 난 꽃밭이야.

S#6. 물가 (저녁)

다운의 답장 확인하고 예지에게 직접 전화 걸어보는 환.

S#7. 차 안 (저녁)

차 안을 꽉 채운 음악. 가방 속에서 예지의 핸드폰이 명멸하고 있다.

시끄러워서 벨소리 들리지 않는. 진, 속도 높이고. 예지, 긴장하면서 속도를 즐기는데... 뭔가 해방감이 느껴지는.

S#8. 물가 (밤)

어둠이 내리기 시작한다. 나무 아래 선물 두고 계속 예지를 기다리는 환.

S#9. 고속도로/진의 차 안 (밤)

진의 차가 달리고 있다. 음악을 꺼주는 진.

진   자요. 다른 차에서는 못 자도 내 차에선 잘 수 있는 거 같으니까.

예지   ...

진   아직두 불안한가?

예지   환이 형님은... 어려운 사람 같아요.

진   내가?

예지   받아들이기도, 거부하기도 힘들거든요.

진   (피식) 그건 본인이 어려운 사람이라는 얘기로 들리는데?

예지   (보면)

진   맘을 열지도, 닫지도 못하는 거잖아.

예지   ......

CUT TO

조수석에 잠들어 있는 예지. 진이 잠든 예지의 얼굴을 확인한다. 도로 옆으로 바다가 보이고.

해안도로를 달려가는 진의 차.

S#10. 양평/물가 (밤)

정일과 인호, 동현 등 환의 동급생 무리가 물가로 온다. 그물과 루어 낚시, 어항 등 야간천렵[1] 준비해서 오는 아이들. 환을 발견하고 다가가는데... 환도 친구들 보고 일어선다.

인호 뭐냐, 서환? (포장 보고) 여자 기다리냐?

정일 그거 뭔데? 누구 주게? 다운이는 아닐 거고... 설마 예지 쌤?

인호 (씨익 웃으며) 애들 입단속시킬 때부터 알아봤지. 찰싹 붙어 다니더라? 자전거도 같이 타고 말이야...

환   말조심해.

자리 잡고 각자 낚시며 그물이며 천렵 준비하는 아이들.

인호 보아하니 바람맞은 거 같은데, 우리랑 꺽지나 잡자?

정일 (그물 꺼내며) 그러니까 예지 쌤은 맞다 이거지?

환   ... (그냥 가려는)

---

1) 준비물: 버너, 냄비, 솥 등의 취사도구와 양념거리. 물고기 보관용 양동이. 그 외에 반두(나무로 된 손잡이에 그물을 붙여 물고기를 잡는 어구), 빠루(돌을 들기 위한 쇠지렛대), 오함마(돌을 내리쳐 물고기를 기절시킬 때 사용) 등

인호   교생들 중에 오이지가 젤 낫긴 해?

환   ! (돌아보는/오이지?)

인호의 발언에 다들 동의하는 분위기.

동현   영어 교생두 몸매가 아주 착하던데...

인호   오이지가 짱이야.

환   (열 받은) 야! 예지쌤이 네 친구냐? 그리고, 쌤이 오이지라고
          하지 말랬잖아!

인호   오이지가 뭐 니 누나라도 되냐? (핸드폰에서 사진 찾아 애들
          한테 보여주며) 봐봐. 젤 낫지?

다들 모여드는데... 액정 확인하고 기겁하는 정일.

정일   뭐야, 이 새끼! 뭐 이런 걸 찍었어? 변태냐?

무섭게 다가가는 환! 낄낄대는 인호를 바로 가격하는데!

S#11. 동해 바닷가/진의 차 안 (새벽)

부스스 잠이 깨는 예지. 몸에는 무릎 담요 덮어져 있고. 순간적으로
여기가 어딘지 판단이 안 된다. 둘러보면 차 안. 트렁크가 열려 있다.
차에서 내리는 예지.

진이 트렁크에 앉아 있다. 차와 연결돼서 세팅된 차박용 텐트다. 예
지, 진 옆에 가서 앉는데. 말없이 기다리는.

CUT TO

동해의 일출. 예지, 감동한다.

예지   일출, 처음 봐요.
진   못 해본 게 많군.
예지   ......

진, 윗옷을 벗으면. 예지, 당황하고. 바다로 들어가는 진.

예지   (말리는) 이봐요! 뭐하는 거예요?!

바다에 들어간 진, 예지를 향해 손짓한다.

진   (들어오라는) 첫 경험 하나 더 해 봐요.

예지, 망설이는데... 떠오르는 해를 향해 헤엄쳐 가는 진. 예지, 보고 있다가 이윽고 결심한 듯 입은 옷 그대로 바다로 걸어 들어간다. 돌아보고 예지에게로 다시 헤엄쳐오는 진.

예지   (물에 들어오긴 했지만) 수영은 못하는데...
진   ......

진, 예지의 양팔을 자기 목에 두른다. 예지를 뒤에 매단 채 바다로 나아가는 진. 망망대해가 눈앞에 펼쳐지고... 예지, 문득 눈물이 난다. 하늘도 바다도 해도... 좀처럼 느껴보지 못하고 살아온 세월이었다.

바다에 점처럼 떠 있는 두 사람.

S#12. 바닷가 (새벽)

파이어 그릴 위에 불이 피워져 있다. 마주 앉은 진과 예지. 젖은 몸을 말리고 있다. 드라이브를 하고, 바다에 들어가고... 진을 단념시키려고 따라온 예지의 마음이 일렁이고 있는데...

예지   차에 별 게 다 있네요? 베어 그릴스 같아요.

진   (나뭇가지 더 넣으며) 언제 떠날지 모르고, 가면 무슨 일이 생길지 모르니까.

예지   환이 형님 같은 사람, 처음 봐요.

진   (더 이상 못 참고) 진.

예지   ...

진   내 이름은 진입니다. 환이 형님이 아니라.

예지   .... (핸드폰 저장명 생각나서 찔리는)

진   (용서받을 수 없는 자기 얘기다) 가족이란 이유로 나한테 해끼치는 사람, 용서해주지 마요.

예지   ... 좋은 가족 속에서 자란 사람은 몰라요. 가진 게 없음... 나쁜 것도 놓을 수가 없어요.

진   ... 사람한테 기대지 않으면 돼요. 사람은... 상처만 주는 존재구... 자연만이... 인간을 위로해.

예지   날 위로한 건... 이런 순간을 경험하게 해준 그 사람의 마음인데요...

진   (훅 다가가는/코앞에서) 내 의도가 뭔지 알고.

예지   ..... (긴장하는데)

진   (천천히 물러나며) 하던 대로 경계하며 살아요. 쉽게 열지도, 함부로 닫지도 말구.

예지   ...... (당혹스럽고)

S#13. 환의 집/거실 (아침)

- 성곤, 진의 방과 환의 방을 차례로 열어본다. 다 비어 있는.

- 아들들에게 전화해보는 성곤. 진의 전화기는 꺼져 있다.

소리(F)   전원이 꺼져 있어 삐 소리 후 소리샘으로 연결되오며...

끊고 환에게 걸어보는. 벨이 계속 울려도 받지 않는다.

성곤   이놈들이... 이제 막 나가는구만? 둘 다 무단외박이라... (핸드폰 내려놓고/한숨 쉬며 주방으로 가려는데)

"아저씨! 아저씨!" 외치는 소리 들리고.

성곤   (돌아보면)
정일   (밖에서 들어오는/말 꺼내기 어렵고) ...
성곤   아침부터 무슨 일이냐? 우리 환이 없는데...
정일   아저씨... 일 났어요...
성곤   ?

S#14. 동해/호텔 전경 (오전)

S#15. 로비 (오전)

데스크에서 카드키 받아 예지에게 건네주는 진.

진   씻고 나와요. 쉬고 싶음, 쉬어도 좋고.
예지   그쪽은요?
진   난 사우나. 끝나구 라운지서 기다릴 테니까, 할 거 다 하구
        천천히 내려오면 돼요.
예지   ... (뜻밖의 배려가 당황스러운데)

칼같이 돌아서는 진.

S#16. 객실 (오전)

침대 위에 새 옷이 놓여 있다. 속옷까지 풀 세트.

예지   (기가 막혀서 브래지어를 들어보며) 사이즈는 어떻게 안 거야?

S#17. 양평/병원 전경 (낮)

S#18. 응급실 (낮)

붕대 감고 여기저기 부상 처치 받은 채 누워 있는 인호. 화가 나 있는
인호 부모. 조아리고 있는 성곤.

성곤   정말 죄송합니다. 우리애가 이럴 애가 아닌데... (해놓고도 뭔가

진부한 대사다) 죄송합니다. 화는 저한테 내시고, 어린 것은 너그러이 용서를...

인호부 용서? 요오옹서?! 지금 애 꼴을 보고도 그 말이 나와?

성곤 ......

인호모 다 필요 없고! 사람을 팼으면 빵에 가야지. 애를 이 지경 만 들었으면 호적에 빨간 줄 가는 거는 각오했을 거 아냐!

성곤 인호 어머니, 같은 부모 된 입장에서

인호모 (OL) 난 우리 애 그따위로 안 키웠어!

성곤 (말문이 막히고)

S#19. 동 앞 (낮)

역시나 얼굴 엉망인 환이 반창고 붙이고 앉아 있다. 성곤이 응급실에서 나오자 일어나는 환.

환 ... 죄송해요.

성곤 사내자식들이 치구 박구 할 수도 있지.

환 ......

성곤 근데, 이유는 좀 알자. 왜 싸운 거야?

굳게 입 다무는 환.

S#20. 호텔 라운지 (낮)

침대 위에 놓였던 새 옷으로 갈아입고 진과 브런치 중인 예지.

예지 사이즈는 어떻게 알았어요?

진 몰랐는데?

예지 딱 맞던데요?

진 콘시어지에 대충 키만 말해줬죠. 나머지는 걔들이 알아서
    한 거구.

예지 ······

진 (웃으며/놀리는) 실망인가?

예지 눈으로 대충 훑기만 해도 견적이 나오나 싶었죠. 소름 끼칠
    뻔했어요.

진 알아도 모르는 척 해야지.

예지 이제 와서 순진한 척 하기는 글렀어요.

진 (웃으며) 순진한 척은 못하겠고, 너무 노련한 티는 안 내려고.

예지 ... (본론 꺼내는) 다가오지 마요.

진 ······

예지 나 바보 아니에요. 남자, 만나봤어요. 그 쪽이 나한테 왜 이
    러는지... 모르지 않아요.

진 다행이군. 놀이공원 다녀온 어린애처럼 한번 신나고 말면
    어쩌나 싶었는데.

예지 내가 연애나 할 처지가 아니라는 거, 알잖아요.

진 우리 아버지.

예지 (보면)

진 첨엔 누워만 계셨지. 죽기살기로 재활에 매달려서 목발이나
    마 짚고 다니시는 거예요.

예지 (멎고)

진 어머니하군 별거중. 내 조건도 뭐 그렇게 썩 좋지는 않은 거
    같은데?

예지	나에 대해 알고 나면, 도망가고 싶어질 거예요.
진	부모 일은 본인하구 상관이 없구.
예지	(보는)
진	예지씨가 살인을 했대두 괜찮아요. 이유가 있었겠지.
예지	! (심장이 쿵! 내려앉고/떨리는) 나에 대해 잘 모르잖아요. 여자도 많다던데.
진	(당황하는) 어디서 쓸데없는 정보를...
예지	......
진	지금은 없어요. 확실하게 아무도.
예지	......
진	예지씨도 없을 거고.
예지	(살짝 발끈하는) 왜 넘겨짚어요? 내 이마에 싱글이라고 써 붙인 것도 아닌데.
진	자기 여잘 그 고생하게 만드는 남잔 없을 테니까.
예지	!

둘 사이를 가르는 핸드폰 벨소리. 예지에게 온 전화다.

| 예지 | (액정 확인하고/받으면) 어, 다운아... (듣고/놀라는) 환이가? 환이가 누굴 때려? 인호? |
| 진 | ?! |

S#21. 학교 전경 (다음날 낮)

S#22. 복도/상담실 앞 (낮)

예지와 다운이 서둘러 상담실로 가고 있다.

다운   저 때문이에요.

예지   (보면)

다운   쌤한테 보낸 문자를... 제가 지웠거든요. 환이는... 쌤 기다리구 있다가... 고기 잡으러 나간 애들하고 싸움이 난 거예요.

예지   환이가 문자를 했어? 무슨?

다운   ......

상담실 앞에 다다르자 담임이 나온다.

예지   뭐래요, 선생님? 반성문 쓴대요?

담임   도대체 입을 안 열어! 한마디도 안 해!

다운   인호가 잘못한 거잖아요! 만두, 아니 정일이 말로는 인호가 교생 선생님들 몰카를 찍어가지구

담임   (OL) 핸드폰 초기화시켜버려서 증거가 없고. 문제는 대응이 과했다는 거야. 이가 나가고 전치 8주가 나왔어.

예지   (한숨 쉬고)

담임   인호 부모님은 고소하겠다고 난리야.

예지   ... (걱정하다 퍼뜩!) 그렇게 되면 환이 진학에도 문제 생기는 거 아니에요?

담임   아이비리그는 물 건너가는 거지.

다운   !

예지   (급해지는) 제가 얘길 좀 해볼게요.

담임   (비켜주며)

예지, 안으로 들어가는데.

S#23. 동 안 (낮)

얼굴에 싸움의 흔적이 보이는 환. 입술은 터져서 피가 맺히고 얼굴 여기저기 붓고 멍이 들었다.

예지   죽어라 팬 줄만 알았더니 맞기도 꽤 맞았네? (멍 만져보려는데)

얼굴 피하는 환. 예지, 머뭇거리던 손을 내린다.

환   왜 안 나왔어요?
예지   ... (다운일 거론할 순 없다) 형님이... 어딜 좀 데려가서.
환   ?! (충격받은 얼굴)
예지   잠깐... 바다에 갔었어.
환   ...... (질투가 확 올라오는)
예지   못 가서 미안해. 그리고...
환   (보는)
예지   고마워. 날 위해 나서줘서.
환   ......
예지   나두 도울 수 있게 해줘. 선처를 얻어내려면, 협조를 해줘야 해. 반성문도 쓰고, 사과도 하고. 아버님하구 선생님이 합의에 최선을 다할
환   (OL) 필요 없어요. 학교 그만두라면 그만두고, 벌 받아야 되면 받죠 뭐.

예지   (한숨/보다가) 왜 그랬어?

환   (외면하는)

예지   날 지켜주고 싶었던 거, 알아. 하지만 과했어. 뭐에 그렇게 화
       가 났어?

환   제가 어리다는 거요.

예지   ?

환   할 수 있는 게 없다는 거요.

예지   ......

환   누가 와서 난리를 쳐두 지켜줄 수가 없고! 형이 쌤한테 가는
       것두 막을 수가 없구!

예지   환아...

환   기껏해야 쌤한테 무례한 놈 패주는 거밖에! 할 수 있는 게
       없어서요!

예지   ! (이 아이를 어쩌나 싶고)

S#24. 병원 전경 (오후)

S#25. 병원 복도/병실 앞 (오후)

인호가 응급실에서 1인 병실로 옮겨졌다. 병실 앞 복도에서 대기 중
인 진과 성곤 부자.

진   (집에) 들어가세요. 합의는 제가 알아서 할게요.

성곤   집에 있다고 속이 편한 것두 아니구... (있겠다는)

진   힘드신데... (들어가시라는)

연자가 윤실장과 변호사들을 줄줄이 대동하고 들어선다.

연자   여기야?
진   ...... (어쩌려나 싶고)

병실 문을 뻥 차고 들어가는 연자!

성곤   (놀라서) 여보!
진   !

S#26. 병실 (오후)

윤실장과 변호사들 데리고 병실로 난입한 연자. 성곤과 진이 말리러
따라 들어오고. 인호와 부모, 놀라서 본다.

인호부   뭐야!
인호모   (연자 알아보는) 뭐긴! 서방 버리고 간 싸가지 없는 여편네지!
         엄마가 없으니까 애들이 다 저런 깡패새끼로 자란 거야!

열 받은 진, 나서려는데. 성곤이 막는다.

연자   (비웃으며) 3천.
인호 부모 ?
인호   돈으로 때우겠다는 거예요? 절대 안 돼!
연자   어른들 말씀하시는 데 끼지 마라? 선생 성희롱이나 하는 쓰
         레기 주제에.

인호 얼굴 구겨지고.

인호모　(발끈해서) 뭐야? 이 여편네가!
성곤　　(말리는) 여보, 지금은 이럴 게 아니라.
연자　　적어? 5천.
인호부　(구미가 당기는/그렇지만 굽힐 수 없다) 아니, 돈이면 다야? 돈
　　　　이면 다냐구!
연자　　(OL) 1억.
진　　　(연자 보는)

헉! 하는 인호 부모. 성곤, 말 안 들을 거 안다. 포기하고.

인호　　엄마! 넘어가지 마!
연자　　더 이상은 안 돼. 우린 재판 가도 상관없어. 몰카랑 쌈박질이
　　　　랑 뭐가 더 잘못인지 붙어보자구. 원인 제공은 댁의 아들이
　　　　잖아? 이 자식이 얼마나 쓰레긴지는 현장에 있던 애들이 증
　　　　언해줄 거야.
인호모?　(믿는 구석이 있는) 증거 있어?
진　　　핸드폰 초기화했다고 안심하는 모양인데... 포렌식이라고 아
　　　　시는지.
인호부　!
진　　　제 동생은 초범에다 학생이니까 기소유예나 보호관찰 떨어
　　　　질 겁니다. 학교 관두고 미국 보내면 그만이죠. 죄질은 몰카
　　　　가 더 나쁜 거 아시죠?
연자　　한 푼도 못 받고 법정에서 개망신당할래, 아니면 억 받고 정
　　　　리할까? 선택은 마음대로. 우린 어느 쪽도 상관없으니까.

인호   (당황한) 다 나가요! 꺼지라구!

머리 굴리기 시작하는 인호 부모.

윤실장   (나서는) 변호사들하고 얘기하시죠. 상담료는 이쪽에서 다 지불하니까, 편하게 말씀 나누세요.

윤실장과 변호사들 남겨두고 병실 나서는 연자. 성곤과 진 따라 나오고.

S#27. 동 앞 (오후)

연자 옆에 서는 성곤과 진.

연자   잔소리하지 마. 내 새끼들 안 당하고 살게 하려고 돈 버는 거니까.
성곤   잘했어.
연자   ?
진   멋있었어요.
연자   ?!
성곤   간만에 엄마 노릇 좀 하던데?

으쓱하는 연자.

S#28. 공방 전경 (다른 날 오후)

S#29. 공방 (오후)

샘이 떠나는 날이다. 환과 다운이 지켜보는 가운데 성곤에게 큰절하려는 샘. 성곤, 목발로 샘의 팔 동작 막아낸다.

성곤   오바 좀 하지 마.
샘   (하고 싶은) 환이한테 배워서 큰절 연습했단 말이에요.
성곤   (한 팔 벌리며) 늬들식으로 하자.

샘, 다가가서 성곤과 허그한다.

성곤   가서두 잘해.
샘   작품 만들 때마다 DM 보낼게요. 코멘트해주세요.
성곤   사진 봐서 뭐 알아? 인제 너 알아서 해.
샘   그래두... (섭섭한데)

환과 다운도 차례로 허그하며 샘과 작별 인사 나누는데...

샘   다운...
다운   (벌써 여러 번 부탁받았다) 알어 알어! 김치 보내준다고오!

환, 웃고.

S#30. 공방 진입로 앞 (오후)

대형택시 와 있고. 환이 샘의 가방과 짐들 실어주는데. 퇴근하던 예지,

공방을 지나쳐 다운네 집으로 들어가려다 이를 보게 된다. 환에게 손 흔들고 택시 타고 떠나는 샘. 예지, 혼자 남은 환과 시선이 마주치는데... 어색한 환, 인사를 꾸벅하고 안으로 들어가 버린다. 멀어져가는 택시를 돌아보는 예지.

S#31. 공방 (다른 날 낮)

예지가 성곤 앞에 앉아 있다, 진이 동석해 있는데... 성곤, 두 사람에게 차를 우려주고.

예지	(정식으로 사과하는) 죄송해요, 저 때문에 환이가 여러모로 곤란해져서...
성곤	예지 선생 잘못이 아니에요. 애초에 그 남학생이 잘못을 했고, 과하게 폭력을 행사한 내 아들 탓이지.
예지	(어찌할 바를 모르겠고) 합의금을 엄청나게 쓰셨다고 들었는데...
진	(웃으며) 그건 헛소문.
예지	?
성곤	애들 엄마가 합의금을 지른 건 맞는데, 변호사들이 적정선을 찾아줬어요.
진	그쪽 부모가 처벌 주장 못 하게 하려고 기선제압 하신 거예요.
예지	아~ 저는 밤잠을 못 잤어요!
성곤	(웃는다)
예지	아무튼 다행이에요.
성곤	... 문하생으로 받아달라는 청은 아직도 유효한가?
진	! (예지 보는)

예지	선생님 뵈면서, 결심이 섰어요. 교직과목 이수는 했지만, 가르치는 사람보다는 만드는 사람이 되고 싶어요. 고민하고 있었는데... 허락해주시면 여기서 길을 찾고 싶습니다.
진	......
성곤	지금은 아무것도 결정하지 말고... 그냥 서너 달 지내봐요.
예지	(보면)
성곤	한두 달 만에 도망가는 녀석들 많이 봤어. 다운이네 얘기해서 좀 더 재워달라고 하고, 공방 왔다 갔다 하면서 정말 내 길인지 확인해보는 시간도 의미가 있을 게야.
예지	... 감사합니다.
진	(예지 보는)
예지	... (진의 시선 의식되고)

S#32. 동 앞 (낮)

예지와 함께 나오는 진.

진	이제 우리 식구 되는 건가?
예지	독립하는 거죠. 고시원에서 탈출해보려구요.
진	정신 좀 차렸네.
예지	!
진	애쓰지 않아도 자주 보겠구...
예지	오해, 안 하셨음 좋겠어요. 난 그저... 선생님한테 배우고 싶은 거예요.
진	누가 뭐래요?
예지	!

집 쪽으로 먼저 가버리는 진.

S#33. 다운네 집 전경 (오후)

S#34. 다운네 집/예지의 방 (오후)

환, 적당한 자리에 선물로 만들었던 등을 놓는다. 책상 위에 테이블 보도 깔고... 임시 숙소가 아닌 오래 있을 방으로 꾸미는. 과정을 아니꼽게 지켜보는 다운.

다운　　누가 계속 받아준대?
환　　　그럼 그냥 우리 집으로 모셔가고. 쌤 형 쓰던 방 비어 있어.
다운　　! (그건 더 싫고/바로 환 돕는)

환, 묵묵히 일하는데.

다운　　나한테... 화 안 내?
환　　　(돌아보며) 왜? 뭐 때문에?
다운　　... (예지가 말 안 했구나)
환　　　... (보는데)

S#35. 공방 (오후/저녁)

맨발의 예지가 머리 질끈 묶고 양동이의 흙을 바닥에 붓는데... 진이 책 한 권 들고 자리를 잡는다. 생텍쥐페리의 <야간 비행>.

예지   저... 토련해야 되는데요...

진   (책 펴면서) 하세요.

예지   안채에 들어가서 보심 안 돼요?

진   여기가 집중이 잘돼요. 환이나 나나 공부나 책 볼 게 있음
         주로 여기서 하죠.

예지   ...... (환이도 그랬다/불만이지만 할 말이 없는데)

CUT TO

의외로 정말 책만 보는 진. 예지의 존재는 까맣게 잊은 듯 집중해 있
는데... 페이지를 넘기는 진의 손길. 예지도 이내 흙 밟기를 시작한다.

조용한 공방 안. 맨발로 흙을 꾹꾹 밟아 누르는 예지와 보던 책의 페
이지를 넘기는 진. 시간이 지나 노을이 내려앉는데...

CUT TO

물레 앞으로 자리를 옮긴 예지. 목선은 내려와 있고 긴 치마는 허벅
지가 드러난 채 올라가 있다. 본의 아니게 유혹적인 모습이나 본인은
모르고 물레질에 집중하고 있는데...

진(소리)   너무 약해 보여.

소스라치는 예지. 언제 다가왔는지도 모르는 사이 진이 옆에서 예지
의 맨발을 보고 있다.

진   이렇게 가는 발로... 어떻게 걸어 다니고... 어떻게 살아왔어?

예지   ! (서둘러 치마를 추스르고 맨발을 감추면서도 뭔가 뭉클한데)

S#36. 공방 앞 (저녁)

다운네서 돌아온 환, 안채로 들어가려다 공방에 불이 켜진 것을 보고 그쪽으로 간다.

S#37. 공방 안 (저녁)

작업하느라 흐트러진 예지의 머리칼. 진의 손이 내려와 예지의 머리칼을 쓸어준다. 당황하는 예지, 흙손이라 어떻게 하지를 못하고

예지   하지 마요.

멎는 진. 예지와 눈이 부딪히고. 그대로 다가가 예지에게 입을 맞춘다. 흙 묻은 양손을 허공에 둔 채! 진의 입술 받아내는 예지!

쨍그랑! 깨지는 소리 나면. 떨어져서 돌아보는 두 사람. 파랗게 질린 환이 진과 예지를 보고 섰다. 충격에 아무렇게나 휘두른 손에 떨어져 깨진 작품들.

예지   (당황한) 환아...

돌아서 달려 나가는 환! "환아!" 따라 나가는 예지, 그런 예지를 잡는 진! 충격 속에 달려 나가는 환에서!

S#38. 공방 앞 (저녁)

마구 달려가는 환!

S#39. 공방 안 (저녁)

진이 예지를 막는다.

진   따라가서 뭐할려구!
예지   가서 해명이라도 해야죠!
진   우리가 왜!
예지   !
진   못 할 짓 했나? 미성년자야? 불륜이야?
예지   난 환이한테 선생님 소리 듣는 사람이에요.
진   (겨우) 그거 땜에?
예지   ......
진   몰랐어요? 걔 맘?
예지   ! (알고 있다/말문이 막히고)
진   그냥 넘어가요. 여기서 더 들어가면, 걔 상처에 대한 책임도
        져야 하는 거야! 모른 척 해요.
예지   어떻게 그래요...? 환이가 나한테 얼마나 잘했는데!
진   그럼 뭐, 연애라도 해주게?
예지   !

S#40. 해바라기 마을/해바라기 밭 (저녁)

164

달려서 해바라기 밭에 도착한 환, 밭을 마구 헤치며 해바라기를 휘젓는다. 꺾이고 밟히는 해바라기. 폭발하는 질투와 상처를 어쩌지 못해 방황하는.

S#41. 공방 안 (저녁)

진과 예지가 쓰레기통 가져다 놓고 깨진 그릇들을 치우고 있다. 예지는 아직 흙손 그대로고.

예지 ...... 환이 마음은 시간이 해결해주겠지만, 그 쪽은 어른이잖아요. 더 이상은 곤란하게 하지 마요.
진 그 문제는 얘기 끝난 거 아닌가? 각자 하고 싶은 대로 하기로.
예지 여기서 배우고 다운네서 하숙하면서. 내가 원하는 건 공방의 일원이 되는 거지 누군가의 여자가 되는 게 아니에요! (하다가 손 베이는/핏물이 배어 나오고) 아...

진, 티슈 가져다가 손가락 감아준다.

예지 (진의 손에서 제 손가락 빼내고/직접 지혈하며) 이 동네에서 둥지 틀고 살 수 있게... 나 좀 냅둬요.

진, 예지를 개수대로 끌고 가서 물 틀고 손부터 씻긴다. 쓰라린 예지, 들키기 싫어 외면하고.

CUT TO

예지가 무릎 위에 수건 올려놓은 채 앉아 있다. 무릎 꿇은 자세로 예지 손에 반창고 붙여주는 진.

진   세라믹 하면 고운 손은 포기해야 해요. 상처 많은, 노동자의
        손을 갖게 될 거야.
예지   ...... 상관없어요. (환이도 진이도 어째야 될지를 모르겠고)

S#42. 버스 정류장 (저녁)

정류장에 서 있는 환. 버스 정차했다 다시 출발한다. 환의 손등과 팔에는 해바라기 밭에서 입은 상처가 가득하고.

S#43. 다운네 집 전경 (저녁)

다운네로 들어가는 예지.

S#44. 다운네 집/예지의 방 (저녁)

정리되고 좋아진 방. 문 앞에 서 있는 예지. 환이 정성스럽게 꾸며놓은 방을 보고 다시 한 번 마음이 아픈데... 환이의 수제 등이 눈에 띄고. 만져보다 환이에게 전화를 걸어본다. 신호는 가지만 받지 않고.

S#45. 버스 정류장 (저녁)

환, 예지에게서 전화 오는 거 보고 있다가 꺼버리는.

S#46. 진의 방 (밤)

샤워하고 오는 진. 젖은 머리 털다가 환에게 문자를 보낸다.

진(소리) 들어와. 들어와서 나하구 얘기해.

S#47. 도로 (밤)

서울행 버스가 가고 있다.

S#48. 버스 안 (밤)

서울행 버스를 탄 환. 진의 문자를 본다. 지워버리고 차창 밖을 본다.

S#49. 주상복합 전경 (밤)

S#50. 연자네 집 문 앞 (밤)

초인종 누르려다 관두는 환. 한참을 서 있다... 돌아선다. 엄마에게 위로받을 수 없다는 걸... 잘 안다.

S#51. 동 안/거실 (밤)

잔잔한 음악 속에서 윤실장의 레슨으로 요가 중인 연자, 요가 매트 위에서 '숩다 마츠옌드라사나'[2] 자세 중이다.

연자　한남동 프로젝트, 진이랑 김상무 붙여노면 괜찮을까?

윤실장　차라리 실장님한테 단독으로 맡기시죠? 김상무, 독이 바짝
　　　　올라 있던데

연자　아직은 진이가 경험이 부족해.

윤실장　(요가) 끝나면 말씀하세요. 마무리할게요.

자연스레 '사바사나'[3] 자세로 옮겨가는 연자. 윤실장이 불의 밝기를
어둡게 조절한다.

연자　퇴근은 윤실장이 안 한 거다?

윤실장　(웃는) 불면증에 도움이 좀 되실 거예요.

S#52. 복도 (밤)

쓸쓸히 걸어가는 환의 뒷모습.

S#53. 양평/동네 전경 (밤)

S#54. 다운네 집/예지의 방 (밤)

다운이 예지에게 자리끼 건넨다.

---

2) 누워서 척추를 비트는 자세

3) 시체라는 뜻. 힘을 빼고 누워 쉬는 자세

예지	이제 이런 거 안 해도 돼. 하루 이틀도 아니고... 내가 알아서 갖다 먹을게.
다운	... 방은 맘에 드세요? 환이가 하루 종일 치웠는데.
예지	(복잡해지고) 궁전 됐어. 여기 와서, 생전 못 해본 호사, 많이 누리는 중이야.
다운	환이한테... 아무 얘기도 안 하셨더라구요.
예지	고자질하는 것도 웃기잖아.
다운	환이가 되도 않게 쌤을 좋아하는 거 같아서... 질투가 났어요.
예지	... 나도 어릴 때 동네 오빠 좋아하구 그랬어... 다 성장통 같은 거지 뭐.
다운	환이는 한 번도 누굴 좋아해 본 적이 없어요.
예지	......
다운	다정하고 친절한 거 같지만 쉽사리 곁을 안 주는 애란 말이에요.
예진	환이는... 나한테도 특별해. 다운이가 무슨 걱정하는지 아니까 처신 잘할게.
다운	쌤한테 뭐라는 게 아니라... 지 혼자 오버했다 상처 받을까봐...
예지	환이는 좋겠다.
다운	?
예지	다운이 같은 친구가 있어서.
다운	(쑥스러운) 주무세요.
예지	......

다운, 나가고. 예지, 핸드폰 답장은 없는지 다시 확인하는데.

S#55. 단지 내 공원 벤치 (밤) - 1부 52씬과 장소 동

취한 예지와 앉아 있던 그 자리. 환이 혼자 앉아 있다. 맞은편에는 그 날의 고양이일지도 모르는 길고양이 한 마리 앉아 있고.

S#56. 건설 현장 전경 (다음날 낮)

S#57. 아파트 건설 현장 (낮)

진이 윤실장과 함께 현장 시찰 중이다. 진을 안내하는 현장소장. 따르는 현장 직원들.

현장소장 현재 공정이 57% 진행 중이라 준공기일은 무사히 맞출 거 로 예상됩니다.
진   준공기일 맞추는 것보다 현장안전이 우선이죠. 추락사고나 중대재해가 발생하지 않도록 안전에 신경 써주세요.
현장소장 요즘 현장, 옛날 같지 않습니다. 염려 놓으셔도 됩니다.

레미콘 들어온다.

진   레미콘 강도는 기준에 맞춰 유지되는 겁니까?
현장소장 그럼요. 15층까지 21메가파스칼을 유지하고 있구요. 그 이상은 24메가파스칼입니다.
진   (듣다가/윤실장에게) 오늘 상무님도 오시는 거 아니었나?
윤실장   다른 일정 있으시다구...
진   ... (신경 쓰이고)

S#58. 고려 오일 전경 (낮)

S#59. 회장실 (낮)

방회장과 캐리 앞에 연철이 와 있다.

캐리   진환 김상무님이세요. 서감독 외숙부 되시는.

방회장   (손 내밀며) 말씀 많이 들었습니다. 회살 성장시킨 숨은 주역
으로 평가들이 대단하더군요.

연철   (찢어지게 좋은/악수하며) 아는 사람이나 알지 일반적으로는
모르는 얘긴데... 회장님 정보력이 남다르신가 봅니다.

캐리   앉으시죠.

다들 착석하고. 비서가 들어와 차 놓고 간다.

방회장   오랫동안 진환을 관심 있게 지켜봐왔어요. 서감독 후원두
그래서 한 거구.

연철   아이구 이렇게 감사할 데가...

방회장   김상무가 대표직을 잇나 했는데... 누님 보좌하는 자리에서
아주 나이스하게 서포트를 하더군.

캐리   (거드는) 실질적인 업무는 상무님이 다 한다고 봐야죠.

연철   ... (부인하지 않고)

방회장   그런 와중에 조카가 치고 들어와서 심기가 편치는 않겠습
니다?

연철   철딱서니 없이 스피드나 즐기고 돌아다니던 녀석이라... 회
사에 제대로 적응이나 할는지...

방회장   사람이나 물건이나 자기 자리를 제대로 찾아야 보기도 좋고
쓸모가 있는데...

연철　　…(의중이 뭔가… 눈치를 보는)

방회장과 연철 사이 연신 분위기 살피는 캐리에서.

S#60. 다운네 집 앞 (저녁)

집으로 가던 진, 다운네가 보이는 지점에서 차를 세운다. 차를 세우고 예지의 방 창문을 확인해보는. 불이 들어와 있다.

S#61. 다운네 집/예지의 방 (저녁)

예지, 환이 만들어 준 등 아래서 그릇 스케치 중이다. 하다가 멈는. 핸드폰 들어 환에게 전화해보는데… 핸드폰 여전히 꺼져 있고.

S#62. 진의 방 (저녁)

진이 들어오다 멈는다. 방 안에서 기다리고 있는 환.

진　　가출이라도 한 줄 알았더니. 빨리 들어왔다? (옷을 벗기 시작하는데)

환　　예지 쌤 건드리지 마.

진　　! (멈었다가) 무슨 상관인데?

환　　형한테 어울리는 사람이 아니야.

진　　나한테 어울리는 사람은 네가 아니라 내가 정해. 짝사랑이라도 하는 거야?

환, 아무 말도 못 하고.

진   좋아한다고 제대로 말도 할 수 없는 감정이면 그냥 접어. 애
        들처럼 징징대지 말고.

환   (반항심 드는) 좋아해.

진   (쳐다보는)

환   (외면하지 않고)

진   너, 여자는 만나봤냐?

환   좋아하는 감정이 뭔지는 알아. 지켜주고 싶고! 절대 아프게
        하고 싶지 않은 거!

진   (훅 다가가는) 천만에.

환   (보면)

진   (거리 좁혀가며) 좋아한다는 건! 다가가면 타죽을 걸 알면서
        도! 가는 걸 멈출 수가 없는 거야!

환   !

진   (바로 코앞에서) 상관없으면 덤벼보든지.

거칠게 진을 밀어내는 환!

진   포기해. 네 나이에, 네가 감당할 수 있는 사람이 아니야.

환   나도! 남자야.

진   네가 그걸 주장하지 않아도 남들이 다 알아줄 때! 그 때
        덤벼!

환   !!

환 앞에서 보란 듯이 반라가 되어 욕실로 걸어 들어가는 진. 환, 당황

해서 외면하고.

S#63. 고시원 전경 (다른 날 낮)

S#64. 고시원/예지의 방 (낮)

짐을 다 싸놓은 예지. 좁은 방 안에 상자가 여러 개 쌓여 있다. 우체국 방문 택배가 와서 가져가는 중인데. 지영이 와서 들여다본다. 택배기사가 운송장 들고 박스 개수 확인하면

예지   (지영 무시하고) 내일 도착하는 거죠?
택배기사 당일 도착을 원하면 특급으로 신청하면 되는데, 중량 제한
        이 있어요.
예지   (사인해주며) 그냥 보낼게요.

택배기사, 박스 들고 나간다.

지영   뭐야?
예지   ……
지영   도망가니?
예지   이사해요.
지영   이사? (코웃음 치는) 허락도 없이 어딜 간다는 거야! 당장 짐
        풀어!
예지   더 이상 무급 총무는 없으니까 사람 구하셔야 될 거예요. 놀
        고 있는 찬희 시키시던지요.
지영   (발끈) 우리 찬희를 어따 갖다 붙여?

예지, 대꾸 없이 가방 들고 나가려는데.

지영   (막으며) 돈이나 있어? 너 선생질 못 한다구 했다?
예지   졸업반이에요. 선생은 못 해도 일자리는 구할 수 있어요.
지영   딴 데 가면 깽판 못 놓을 줄 알고?
예지   ! (똑바로 쳐다보며) 해보세요.
지영   !

예지가 밀치고 나가려는데 지영, 예지의 가방 뺏으려 하고.

예지   (실랑이하며 언성 높아지는) 놔요!
지영   못 가! 네 집은 여기야!

서로 힘주다가 지영이 먼저 넘어지고! 소동이 일자 고시원 방들이 문이 열리며 다들 나와 보는데. 위층 살림집에서 고모부 경식과 사촌 찬희도 내려온다.

예지   여기가 무슨 감옥이야?! 내가 죄수야! 내 발로 내가 나간다는데, 고모가 무슨 권리로!
지영   그동안 먹고 자고 한 거! 입히고 배우는데 든 거! 그거 다 토해노려면 아직 멀었어!
예지   맨날 즉석밥에 김만 먹구 살았어! 옷이라구는 재활용 수거함에서 주워다 준 게 다 아냐? 청소에 원생 관리에! 공짜로 부려먹은 거 생각하면 그 알량한 양육비, 진작에 다 갚았어!
지영   네 엄마 죗값을 생각해야지, 그건 왜 안 치는데?
예지   !

경식(소리) 보내줘.

지영   (돌아보며) 누구 좋으라고!

찬희, 다가와서 예지의 가방 들어준다.

찬희   언니, 가. 얼른 가버려!

예지, 다급히 나서고. 찬희가 가방을 들어다 준다.

지영   (악쓰는) 가긴 어딜 가!

S#65. 고시원 앞 (낮)

진의 차가 오고 있다. 예지가 나오자 그 앞으로 차를 대는데.

따라 나와서 예지의 가방 빼앗으며 난리치는 지영. 말리는 경식과 찬희. 진, 차를 세우고 급하게 내린다. 가방 대신 들고 예지를 뒤로 빼돌리는.

지영   (진의 출현에 감 잡았다는 식) 이거 봐 이거, 내가 이럴 줄 알았다니까! 너 지금 남자빽 믿구 나간다 설친 거지?

경식   (누군지 모르지만) 어서 데리고 가쇼.

진, 예지부터 차에 태운다.

지영   (경식에게) 저놈이 어떤 놈일 줄 알고!

다가와 지영에게 명함 건네는 진.

진   예지씨는 앞으로 제가 책임집니다.
지영   (받은 명함 보지도 않고 삿대질하며) 너 뭔데!
경식   (버럭) 그만 좀 하라구!
지영   ! (움찔하는/남편은 그래도 좀 어려워한다)

차에 오르는 진.

찬희   (차창으로 다가가) 전화해, 언니!
예지   ......

예지를 태우고 떠나는 진의 차.

S#66. 동네 일각/진의 차 안 (낮)

진, 예지를 태우고 도로로 나가는 중이다.

진   감사 멘트는 안 해도 돼요. 싫다는 거 기어이 데리러 온 거
        니까.
예지   (자괴감에) 이런 나를... 왜 원하는 거예요? 늘 최악의 모습만
        보여주는 것 같은데.
진   예뻐서.
예지   ? (어이가 없고)
진   자기 예쁜 거 모르나?
예지   ... (토할 거 같다) 차 세워요.

진   ... (그럴 생각 없는)

예지   토할 거 같단 말이에요!

진, 다급히 차를 세우고. 차가 멈추자마자 튀어나가는 예지.

S#67. 고시원/예지의 방 (낮)

경식이 예지가 비우고 간 방을 치우고 있다. 지영이 지랄하는.

지영   그냥 둬! 어차피 도로 기어들어와!

경식   (무시하고 계속 움직이는)

찬희   (보다가) 나 같음 길바닥에서 굶어 죽으면 죽었지 빽은 안
        한다.

지영   아무리 구박을 했어두 식구들 곁이 젤인 거야. (찬희에게 명
        함 보여주며) 이 회사, 뭐냐? 인터넷 치면 나오는 데냐?

경식   (버럭) 알아서 뭐하게!

지영   그 여자 나와서 우리 딸 어딨냐구 찾으면? 맡겨둔 거 내노라
        그럼 어쩔 건데!

경식   (예지한테) 줄 거 주고, 이제 그만 털어! 평생을 당신두 갇혀
        산 거 몰라?

지영   누구한테 뭘 줘! 그걸 왜 줘!

찬희   (들릴 듯 말 듯 혼잣말로) 마귀할멈...

지영, 들었다. 찬희의 머리통 갈기는.

S#68. 동네 일각 (낮)

헛구역질하고 있는 예지. 진, 와서 생수병 열어준다.

진   (병 건네주며) 좀 마셔요.

예지, 일어나서 물 마시고 호흡 가라앉히는.

진   괜찮아요?
예지   ... (창피한)
진   예쁘다는 칭찬에 토하는 여잔 처음이라 좀 당황스럽네?
예지   (변명해보는) 긴장이 풀려서 그래요... 십수년을 밤마다 꿈꾼
        일인데... 진짜로 저질러버리니까 실감이 안 나...
진   (등을 쓸어주는) 잘했어요.
예지   ......
진   (진짜 이유를 말하는) 주제넘게 누굴 구해주려는 거 아닙니
        다. 내가 기대려는 거지.
예지   ? (쳐다보면)
진   최악이 와도 꼿꼿하게 자신을 지켜가는 사람한테... 묻어가
        려구.
예지   내 짐이 한 짐이에요. 얹지 마요.
진   (예지를 안아주며) 그 짐은 내가 들어주께요.
예지   ......
진   우리 식구들 때문에 힘낸 거, 알아요. 상처, 안 받게 할게.
예지   (진을 밀어내며) 이 발걸음 하나가... 나한테 얼마나 어려웠는
        지 알아요?
진   ......
예지   한 번에 한 발자국씩만 뗄 거예요. 밀지 마요.

진   업구 달리구 싶은데?

예지   ...... (보고 선)

S#69. 다운네 집 앞 (오후)

환이 기다리고 있다. 진의 차가 와 서고. 진과 예지가 내리는데. 환, 말없이 다가와 예지의 짐부터 안으로 옮겨다 주는. 예지, 난감하고. 남은 짐 들고 안으로 들어가는데.

CUT TO

진, 기다리고 있는데. 안에서 환이 나온다.

진   (기다렸다) 이번에는 내가 경고할까?

환   ......

진   예지, 네가 좋아해도 되는 여자 아니야. 철없는 맘 접고, 형 사람으로 대해.

환   쌤이 형 받아준대?

진   ......

환   ... 쌤한테, 형처럼 이기적인 사람은 안 어울려.

진   예지한테는, 지켜줄 어른 남자가 필요해. 너 따위 어린애가 아니라!

환   ! (욱해서 멱살 잡는)

S#70. 예지의 방 (오후)

가방 열어 정리하려던 예지, 안 되겠다! 밖으로 나가고.

S#71. 다운네 집 앞 (오후)

예지가 나온다. 환에게 멱살 잡힌 진의 모습에 놀라는.

환   그래서, 쌤이 형한테 지켜 달래?
진   (뿌리치는) 끝없이 밀어내지.
환   ... (거 보라는)
진   더 이상 상처 입는 게 두려우니까. 세상을! 사람을 믿지 않으
      니까.
환   ! (멎고)
진   너한테 마음을 연 건, 네가 어리기 때문이야.
환   (주먹이 쥐어지고)
진   착각하지 마.
환   (달려들려는데)

환의 목을 끌어안으며 막아서는 예지.

환   !
예지   이러지 마. 응? 제발...
진   ......

환의 손 붙잡고 가버리는 예지. 남아서 보고 선 진.

S#72. 구둔역 (저녁)

지금은 폐역이 된 구둔역. 해가 지고 있다. 벤치에 앉아 이야기 나누고 있는 예지와 환.

예지   방이 훨씬 좋아졌더라. 등도 예쁘고.

환   ...... 밤에는 그거만 켜고 주무세요.

예지   나 불 키고 자는 거 어떻게 알았어?

환   쌤 취해서 그 방에 첨 재우던 날, 정신없는 와중에도 불은 못 끄게 하셨어요.

예지   ... 고맙다. 환이한테는... 정말 좋은 선물을 많이 받았어.

환   우리 형... 좋아하세요?

예지   신경이 안 쓰인다면... 거짓말이겠지.

환   ! (긴장하고)

예지   그치만... 난 연애 안 해.

환   !

예지   결혼도 안 할 거야.

환   (보면)

예지   무서워.

환   !

예지   누가 나한테 다가오는 게 무섭고... 끌려들어가는 게 무섭고... 돌이킬 수 없는 관계가 생기는 게 무서워.

환   저는요? 저도... 무서우세요?

예지   환이는... 안전한 상대니까.

환   ... (아프고)

예지   넌 내 학생이잖아.

환   이제부터 경계하세요.

예지   !

환	저, 쌤 생각처럼 어리지 않아요.
예지	너까지 잃고 싶지 않아.
환	......
예지	전처럼... 교생으로, 아버님 밑에서 배우는 문하생으로... 그렇게 대해주면 좋겠어.
환	... (일어나버리며) 싫어요.
예지	!
환	저도 무서워하세요! 형하구 키스하지 마요! 다른 사람이랑 손잡지 마요! 누구하고도 안지 마요!
예지	환아!

가버리는 환. 따라 일어나지만 그 뒤를 쫓을 수는 없는 예지. 마음이 힘든데...

S#73. 길 (밤)

어두운 길을 홀로 걷고 있는 환. 뒤에서 차가 온다. 뒤돌아보는 환. 빠아앙- 경적을 울리며 다가오는 자동차. 라이트에 눈이 부신 듯 손으로 가리는 환에서.

S#74. 다운네 집 전경 (밤)

예지의 방에 불이 켜져 있다.

S#75. 동/예지의 방 (밤)

예지가 지내는 방을 천천히 둘러보는 진. 환이 만든 등에 눈길이 간다. 켜보는. 껐다 켰다를 반복하는 진에서.

등이 꺼지면서 어두워진다. 다시 등이 켜지면 진은 없고 예지가 앉아 있다. 고시원 탈출의 기쁨도 잠시, 진과 환 형제 때문에 마음이 무거운.

S#76. 진환A&C 전경 (다른 날 아침)

S#77. 소회의실 (아침)

진이 연철 이하 직원들과 전략 회의 중이다. 프로젝터에 자료 띄워져 있고.

연철   한남동 부지다. 건물 올릴 수 있는 유일한 자린데, 노른자 땅 이라 경쟁자가 많아.
진   (받은 페이퍼 자료 보면)
연철   토지매입에 성공만 하면, 대박이지.
진   입찰에 참여하는 경쟁사는 어디어딥니까?

화면이 넘어간다.

연철   여섯 개 회사야. 이 중 유력한 데는 PV, 새나 건설인데... 정 보망을 풀가동해서 알아낸 각사의 예상 입찰가는...

진, 집중하고...

S#78. 다운네 집 앞/길 (아침)

자전거를 끌고 나온 환, 다운네 집 앞에서 멈춰 선다. 교생 실습 마지막 날인데... 함께해주고 싶지만 그냥 가는. 그래도... 자전거에 올라타지는 못하고. 천천히... 자전거를 끌고 가는데...

예지가 나온다. 가는 환 발견하고 멎어 서는. 예지의 눈앞에서 점점 멀어져가는 환의 뒷모습.

S#79. 진환A&C 앞 (낮)

차가 온다. 운전석의 지영, 회사 외경을 두리번거리고.

S#80. 연자의 사무실 (낮)

연자를 찾아온 지영. 소파에 마주 앉았다. 위압적인 연자 앞에서 살짝 비굴 모드의 지영.

연자	제 아들 일로, 할 얘기가 있으시다구요?
지영	인물이 좋드라구요~
연자	?
지영	(방안을 둘러보며) 회사두 제법 큰 거 같구...
연자	하실 말씀 하시죠.
지영	(좀 겸연쩍었다가) 조카를 돌려주셨으면 해서요.
연자	?
지영	아드님이 데려갔거든요.

연자   ... 조카분이 미성년자인가요?

지영   대학졸업반이에요.

연자   ... 다 큰 성인 자식들, 연애까지 관여하지는 않습니다. 결혼
        이라도 한다면 모를까.

지영   책임진다면서 애를 데리고 갔는데

연자   !

지영   책임 못 질 거잖아요. 어차피 감당도 못 할 거 괜히 애 맘 상
        하게 하지 말고 정리시켜주세요.

연자   조카라고 하셨는데... 왜 이런 일에 친인척이 나서는지...

지영   법적으로는 제가 엄맙니다. 입양했거든요.

연자   ......

지영, 가방에서 서류 봉투 하나 꺼낸다. 연자, 보면.

지영   보시면, 조기 수습이 필요하다는 거... 절감하실 거예요.

연자, 열어본다. 스크랩한 신문 나오고. 내용 읽어가는 표정, 경악으
로 굳어간다. 것 보라는 얼굴로 차 마시는 지영.

S#81. 복도/연자의 사무실 앞 (낮)

가는 지영, 오던 진과 마주친다. 진, 멎고.

지영   (태연하게) 여기서 보네?

진   !

진을 일별한 지영, 그대로 지나친다. 진, 불길한 예감에 걸음 빨리 하고.

S#82. 연자의 사무실 (낮)

받은 봉투를 서랍에 넣는 연자. 진이 들어온다.

진   저 여자가 뭐라고 하고 간 겁니까?

연자   아는 사이야?

진   (대답을 못 하고)

연자   .. 너는 지금 후계자 수업 중이야. (정리하라는)

진   남들이 웃어요. 우리가 무슨 대기업도 아니고.

연자   자산보다 빚이 더 많은 대기업보다 우리가 더 알짜 거, 웬만
        한 사람들은 다 알아. 처신에 신경 써.

진   ......

연자   잡음이 날 만한 여자들, 정리하란 얘기야.

진   우리 집안에서, 처신을 주의해야 할 사람은 제가 아닌데요.

연자   ! (굳었다가) 걔에 대해서 얼마나 알고 있어?

진   제가 언제 엄마 남자 문제, 상관하던가요?

연자   난 네 부모야!

진   이제 와서 부모 노릇이 그렇게 하고 싶으세요?

연자   (오르는) 회사에 들어온 거, 내 아들로 살아가기로 한 거, 다
        네 선택이야.

진   엄마가 제 여자 문제에 간섭하는 꼴을 보느니 차라리 혼자
        살죠.

연자   !

진	호적에서 나가든가.
연자	나두 버릴 줄 알아.
진	......
연자	늬 아부지두 버렸는데 늬들 못 버릴까봐?
진	이혼도 못 하면서 쿨한 척은 그만하시구요.
연자	! (참고) 그 여자네서두 너 반대야!
진	......
연자	걔가 어떤 앤지, 정말 다 알고 있다고 자신해?
진	제가 누굴 만나든 상관하지 마세요. 설사 사람을 죽였대두! 제가 좋으면 그만이에요!
연자	(노려보고)
진	(자기 얘기다) 들키면 죄인이고, 안 들킨다구 죄가 없는 건 아니잖아요?
연자	... (그렇단 말이지... 엿 먹이고 싶어지는)

S#83. 학교 전경 (오후)

S#84. 교실 (오후)

교생실습이 끝났다. 마지막 인사를 위해 교단에 선 예지. 환, 말없이 예지를 지켜보는데. 학생들이 질문 던진다. 인호는 교실에 없다. (아직 등교 안 하는 중)

다운	이제 정식 선생님 되시는 거예요?
정일	우리 학교로 오세요?
예지	글쎄... 나는 선생님은 못 될 거 같아... 학생들하고 놀고만 싶지

공부는 하고 싶지가 않네?

학생들 웃고. "예지 쌤 짱!" "우린 좋은데요?" 리액션 나오고.

예지　　나 있지... 중학교, 고등학교 내내... 왕따였거든?

멋어버리는 환. 딴짓 하던 학생들도 주목한다.

예지　　나한테 학교는 외롭고 슬프고... 좀 별로인 데였는데... 그래
　　　　서 내가 좋은 선생님이 될 수 있을까... 걱정되고 두렵고... 그
　　　　랬어. 근데... 여기 와서 우리 반 친구들 보면서... 어릴 때 받
　　　　은 상처가 하나씩 아무는 느낌인 거야...
정일　　쌤! 사랑해요!

"알라뷰!" "워아이니!" "아이시떼루!" 외침이 쏟아지고. 환, 울컥하는
데...

예지　　여러분이 나 지켜준 거 알아.

학생들, 조용해지면. 환, 뚫어지게 보고. 예지도 환을 마주 본다. 환에
게 하는 말이나 다름없다.

예지　　잡음도 있었구... 실습을 계속할 수 있을까 싶었는데... 여러
　　　　분이 날 지켜줘서... 포기하지 않고 오늘 끝인사를 할 수 있
　　　　게 됐어.
환　　　......

예지　　　잊지 않을게. 언제 어느 곳에서 살아가든, 이 한 달을... 영원
　　　　히... 안 잊을 거야.

학생들 박수 치고... 달려 나와서 예지와 셀카 찍고 단체 샷 준비하는.

CUT TO

학생들과 찍은 컷들 하나씩 지나간다. 정일, 다운...

CUT TO

자리에 앉아 있는 환을 부르는 예지.

예지　　　(화해의 손길을 내미는) 서환! 우리두 한 장 찍어야지.
환　　　　......
예지　　　(어서 오라고 손짓하고)

CUT TO

환, 어색하게 예지 옆에 서 있으면. 예지, 친근하게 환의 팔짱 낀다. 교
생으로서 환을 대하는. 예지를 쳐다보는 환의 시선에서 찰칵. 마주
보는 예지와 서로 부딪히는 시선에서 다시 찰칵!

S#85. 서울/고시원 앞 (오후)

진의 차가 와 선다. 차에서 내리는 진. 고시원 간판 올려다보는 데서 엔딩!

4부

내가 가장 예뻤을 때 1

S#1. 양평 전경 (오후)

S#2. 길/다운네 집 앞 (오후)

마지막 실습을 마치고 퇴근하는 예지. 다운네로 가고 있는데... 뒤에서 자전거 끌고 따라오는 환. 하굣길에도 역시... 다가가질 못하고. 그래도 아침보다는 풀어져 있는 표정. 예지, 그런 환 의식되지만 아는 척 않고 걷고 있다. 그대로 다운네로 들어가 버리는데...

실망하는 환. 풀 죽어 집 쪽으로 가는데 예지가 도로 나온다.

예지 나 좀 도와줄래?
환   (OL) 네!
예지 뭔지 알고...
환   뭐든 간에요.
예지 (피식 웃고) 선생님이 소지 사오라구 하셨는데... 흙 사는 건 첨이라... 같이 가줄 수 있어?
환   (기쁘고) 이천 가심 돼요. 거기 흙 파는 데 몰려 있어요.
예지 그런 정보가 필요했다니까?

환하게 웃는 환.

S#3. 이천 거리 (오후)

예지와 환이 공방을 향해 걷고 있다. 공방 쇼윈도나 길거리에 전시된 도기들 살펴보는 예지. 환, 뒤에서 예지를 호위하듯 천천히 걸어가는데...

예지를 처음 보던 날이 떠오른다.

환   어떻게 연잎을 우산으로 쓸 생각을 하셨어요?

예지   ? (돌아보는)

환   학교 첨 오신 날, 비 왔잖아요. 연잎 쓰고 가는 거, 봤어요.

예지   아... (생각난다) 서울은 맑았거든. 버스에서 내리니까 양평은
        비가 오데? 주변에 편의점도 없고... 연밭이 지천이라

환   웬 또라인가 했어요.

예지   (변명하는) 아니 첨엔 그냥... 이파리가 크니까 한번 써 본 거
        야... 아침에 기껏 드라이하고 나온 머린데... 젖을까봐....

환   착한 또라이 같아서 우비를 드렸죠.

예   난 또... 내 미모에 반한 줄 알았네.

환   (어이없어 보는)

예지   자기는 비 맞고 가면서 우비 양보하길래...

환, 무시하고 혼자 가버리고.

예지   (따라가며) 같이 가아~

S#4. 도재상 (오후)

예지가 샘플 흙을 만져보고 있다. 찍어서 입에도 살짝 넣어보는데.

환   (어이가 없는) 그렇게까지는 안 해도 돼요. 영화를 너무 봤어...

예지   촉감하구 맛이 상관있는지 확인하려는 거야...

환   그것도 아는 사람들이나 구분이 되는 거지, 쌤 같은 초보가

뭐 알아요?

예지	(발끈하는) 이러면서 익히는 거지!
환	아빠는 남이 파는 흙 잘 안 써요.
예지	?! 근데 왜 사 오라 그러신 거야?
환	베이스로 섞어 쓸 때도 있고... 당신 재료가 아니라 쌤 재료를 사오라고 하신 거니까.
예지	선생님은 어떤 흙 쓰시는데?
환	전국 팔도 흙 다요.
예지	!
환	산에서 퍼오기도 하고 논바닥 흙도 가져오고... 개울가 진흙도 쓰고...
예지	(비로소 이해가 가고) 그래서 입자가 거칠구나.
환	스토리가 있는 재료를 선호하세요.
예지	...... 나도 흙 사냥 한번 가야겠다.
환	사냥이요?
예지	(헌터의 모션) 흙 찾으러 가는 거니까 흙 사냥!

환, 창피해서 모른 척 외면한다. 포즈 길게 취하는 예지에서.

S#5. 마을길 (오후)

흙자루를 메고 돌아오는 예지와 환. 각자 자루 하나씩 들었다.

환	다음부터는 공방 차 쓰세요. 짐이 많으면 다운이네 트럭 빌려두 되구...
예지	나 면허 없는데?

환	어른이 면허도 안 따고 뭐했어요?
예지	차두 없는데 면허만 따면 뭐하니?
환	이제 필요하니까 따세요. 저두 좀 태워주시구요.
예지	.. 너 변했다?
환	그르게 좀 잘하지 그랬어요.
예지	! (기가 차지만 웃는)

이제 좀 편해졌나 싶은 두 사람인데...

S#6. 서울/고시원 앞 (오후)

진의 차가 와 선다. 차에서 내리는 진. 고시원 간판 올려다보는데.

S#7. 고시원 데스크 (오후)

지영과 찬희가 청소 중이다. 지영이 물걸레 청소기 밀고 있고 찬희는
유리창 닦고 있는데.

찬희	(마른걸레 내던지며/혼자 결정해버린) 그냥 사람을 씁시다! 총
	무를 구하던가, 청소 아줌말 부르든가!
지영	올라가서 공부나 해. 누가 너더러 일하래?
찬희	왜 사서 고생을 하냐구... 돈 좀 쓰면 깔끔하게 끝날 거를!
지영	예지 오문 도로 내보내야 하는데, 뭐 하러?
찬희	(아연해져서) 엄마 변태야?
지영	(들은 척도 않는데)
진(소리)	실례합니다.

모녀, 돌아보면. 진이 들어서 있다. 멎는 모녀. 목례하는 진.

S#8. 고시원/공용 주방 (오후)

공용 식탁에 마주 앉은 진과 지영. 찬희가 한쪽에서 믹스 커피 타고 있다.

지영 앞으로 봉투 하나 내미는 진.

지영   이게 뭔가요?

진   그동안 예지씨 키워주신, 감사의 표시라고 해 두죠.

놀란 찬희, 뜨거운 물을 붓다 흘린다.

찬희   아 뜨거!

지영   (돌아보며) 칠칠맞기는. 뎄어?

찬희   아냐, 괜찮아.

진   ......

지영   (다시 진에게) 둘이 결혼이라도 하게?

진   ...... (대답할 필요 못 느끼는)

지영   그 집에서, 허락 안 할 텐데?

진   다 큰 성인 두 사람이 결혼하는데, 굳이 집안의 허락까지
          필요하지는 않습니다.

지영   반대해도 한다?

진   부모의 반대에 휘둘릴 나이가 아니라는 얘깁니다.

지영   근데 여기까지 뭐 하러 왔어요?

| 진 | 반대하시는 건 괜찮은데, 방해는 좀 곤란해서요. |
| 지영 | 같은 부모 된 입장에서, 그냥 넘어갈 순 없어서 어머님께 조언 좀 드린 거야. |

찬희가 커피를 가져와서 진과 지영 앞에 놓고 은근슬쩍 자리에 앉는다.

진	(이미 모든 것을 알고 온) 고모부께서 유명한 목수시더군요.
찬희	(호들갑) 울아빠도 아세요?
지영	(나서지 말라는) 낄 데 껴라?
진	저희 회사 하청도 하시던데.
찬희	진짜요?
지영	가만! 이거 지금, 협박인가?
찬희	!
진	(지영에게) 따님 취업, 알아봐드릴 수도 있구요.
찬희	(혹하고)
지영	다 필요 없구! 우리 예지나 도루 내놔요! 애를 어떻게 꼬셨는지는 몰라도 걔는 우리밖에 감당 못 해! 식구들 아니면 아무도 받아줄 수 없는 애야!
진	예지씨는 이제 독립했습니다.
지영	!
진	차후로 또다시 회살 찾아오신다던가 예지씨를 괴롭히는 일이 생기면, 법적으로 대응하죠.
지영	(봉투 흔들면서) 이딴 거나 뿌리면서 법적인 대응 운운하면 겁 먹구 그냥 넘어갈 줄 알아? 어린놈이 어디서 돈질루 어른들 엿을 멕여?

진   있는 놈이 돈지랄루 예의 차릴 때 그만하시는 게 좋을 겁니다. 정
        말 화가 나면, 수단방법 안 가리고 힘들게 해드릴 수 있으니까.
찬희   (녹아서 보는/멋있다!)
진   (일어나며) 두 번 다시, 뵐 일은 없었으면 합니다.
지영   !

목례하고 나가는 진.

지영   (열 받아서 손부채질 하는/그러나 돈 봉투를 돌려주진 않았
        다) 예지 이 년은 어디서 딱 지 같은 놈을 골라가지고.
찬희   (삑이 간) 죽인다.
지영   (흘기고 봉투 집어서 액수 확인하는데/확인하고 놀라는)
찬희   얼마야? (궁금해서 들여다보려는데)

찬희 못 보게 봉투 챙겨 넣어버리는 지영.

S#9. 진입로/공방 앞 (저녁)

예지와 환이 흙자루를 들고 공방 앞으로 온다. 공방 앞에 대어진 연
자의 차.

환   (차를 보고) 엄마 오셨나?
예지   ...... (들고 있던 자루 환에게 넘겨주며) 난 옷 좀 갈아입고 올
        게. 이거 창고에 놓아만 줘.
환   오늘은 그냥 쉬세요.
예지   아냐, 소지 정리는 바로 하는 거래.

환   ......

진입로를 뛰어가는 예지. 예지의 뒷모습 보다 흙자루 들고 공방으로 들어가는 환.

S#10. 소지 창고 (저녁)

10킬로씩 가래로 만든 흙들이 비닐 포장되어 쌓여 있다. 한쪽에 새 흙을 갖다 두는 환. 비닐을 덮어 마르지 않게 갈무리한다.

S#11. 다운네 집/예지의 방 (저녁)

공방용 작업복으로 갈아입는 예지.

S#12. 다운네 집/마당 (저녁)

다운모가 빨래를 걷고 있다. 다가와 빨랫줄에 걸린 작업용 앞치마를 만져보는 예지. 다 말랐다. 걷어 내리고...

다운모   저녁 다 됐어. 멸치 왕창 넣구 빨갛게 두부찜. 우리 집 밥도
         둑이에요.
예지   먼저 드세요. 공방에 할 일이 있어가지구...
다운모   밥은 먹어가며 해야쥐이~
예지   흙 마르기 전에 손질해야 돼서요.
다운모   그럼 공방으로 갖다드리까?
예지   제가 나중에 챙겨 먹을게요! 감사합니다!

나가는 예지.

다운모   저 쌤두 시집 제때 가긴 텄어. 밥보다 일이 중하니...

S#13. 공방 (저녁)

성곤이 환이 만든 부부잔에 커피를 내려왔다.

연자   (잔 들어 유심히 보며) 서울에 갖구 가야겠다.
성곤   여기서만 쓰래.
연자   우리 아들, 참 귀여워? 나더러 자주 와라 이거 아냐.
성곤   엄마 아쉬운 거, 겨우 그렇게밖에 표현 못 하는 거잖아. 안쓰럽게 생각해야지.
연자   연민 낭비 그만하고 내 말대루 예진가 뭔가 하는 애 내보내.
성곤   문하생은 터치하지 마. 고심해서 뽑은 사람이니까.

들어오다 멎는 환.

연자   눈앞에서 계속 왔다 갔다 하면, 걔들이 정리가 되겠어?
성곤   ... 오선생은 아무런 내색 없어. 일만 열심히 하는 사람이야.
연자   양심이 있든가, 불여우든가.
성곤   당신 반대 의미 있나? 우리 애들, 엄마 말 안 듣잖아.
연자   웬간해야지. 고아가 차라리 나. 그 집안이 어떤 막장인지 알아?
성곤   ... (보는데)

환, 열 받아서 들어가려는데. 툭! 소리 나서 돌아보면 예지 와 있다.
들고 있던 작업용 앞치마 떨어뜨린. 환과 눈이 마주치자 당황해서
밖으로 나가버리고! 예지를 따라가려다 안 되겠다, 돌아서 안으로 들
어가는 환.

성곤   뒷조사라도 한 거야?

환(소리)   (OL) 아무것도 모르면서 함부로 말하지 마세요!

돌아보는 성곤 부부.

연자   나서지 마. 어른들 일이야.

환   좋은 사람이에요.

연자   (기가 차서) 형제가 아주 다 맛이 갔구나?

환   어려운 환경에서도 꿋꿋한 거, 그게 더 대단한 거 아니에요?

연자   교활한 사기꾼이거나, 약삭빠른 기회주의자라는 소리로
          들려.

환   ... (충격 받는) 엄만... 사람을 그렇게밖에 안 봐요?

성곤   (소용없다. 그만두게 하려는) 환아...

환   엄마가 아는 세상은, 그런 거예요?

연자   (일어나며) 이래서 애는 내가 키웠어야 해. 당신하구 살아서
          현실감이 없어.

환   (차가워진) 쌤, 건드리지 마요. 내가, 가만 안 있어.

연자   ! (멎고)

성곤   (환 보는)

굳은 얼굴의 환.

S#14. 길 (저녁)

공방에서 나온 예지, 다운네 집 쪽으로 간다.

걸음 재촉하다가 문득 멎는 예지. 가만히 길에 서 있다. 도망가고 싶지 않다.

S#15. 공방 앞 (저녁)

연자가 나온다. 차에 오르려는데. 공방으로 돌아오는 예지 발견하고. 직감적으로 예지가 누군지 알아챈다. 예지도 연자가 짐작되고. 목례 후 그대로 차 앞을 지나치려는데...

연자	고모님이
예지	! (멎고)
연자	조카 걱정을 많이 하시던데.
예지	... (다 알겠구나, 절망하고)
연자	무슨 말씀하고 가셨는지, 알지?
예지	짐작... 합니다.
연자	그럼, 우리 아들이랑 왜 안 되는지도 알겠네?
예지	... 생각해본 적 없습니다.
연자	? (얘 봐라?)
예지	아드님과 교제중인 것도 아니고, 좋아하는 것도 아니니까요.
연자	누굴 속이려 들어? 책임지겠다고 데리고 나와서 여기 취직시킨 거잖아!
예지	문하생은! 제가 선택한 거예요!

연자	(가소롭게 보는)
예지	사모님이 걱정하시는 일은! 절대 일어나지 않을 거구요.
연자	그 말은 믿어보지. 알아서 처신 잘해 줘요.
예지	...

차에 올라 가버리는 연자. 움직이지 못하고 서 있는 예지. 이미 겪어본 일이다. 여전히 기분은 더럽고.

S#16. 공방 안 (저녁)

연자가 떠나고, 성곤이 찻자리를 치우는데.

환	엄마, 왜 저러시는 거예요? 형하구 쌤이 사귀는 것두 아닌데.
성곤	이미 둘 사이가 심상치 않다고 생각하나부드라.
환	그럴 리 없어요. 쌤은 형한테 맘 없다구요!
성곤	...... (보는/맘은 네가 있구나) 싹을 잘라버리고 싶은 게지.

예지가 떨구고 간 앞치마를 주워드는 환. 옷걸이에 걸어두려는데 슥 가져가는 손. 예지다.

환	쌤!

앞치마 목에 걸고 손 허리 뒤로 돌려 끈 묶는 예지.

예지	들어가서 공부해.
환	쌤...

예지   (자르는) 넌 네 할 일 해.

환   ......

예지   난 내 할 일, 할 거야.

환   ......

성곤, 예지가 들었구나... 짐작이 가는.

S#17. 도로 (저녁)

연자의 차와 진의 차가 엇갈린다. 서울로 가는 연자의 차. 돌아오는 진의 차.

S#18. 공방 안/고시원 데스크 (저녁)

성곤과 예지가 작업 중이다. 성곤이 토련기에서 흙을 뽑으면 옆에서 예지, 한 가래씩 받아서 테이블에 조심스럽게 정렬하는데.

예지   제가 사온 것보다 많이 어두운 거 같아요.

성곤   이 동네 흙에는 철분이 많거든.

예지   (끄덕이고)

성곤   세라믹이라고 하면 뭐 도 닦는 예술인 줄 아는데 그거 아냐. 토질 성분 분석하고 재료 섞어보고... 과학이야.

예지   (깨닫는) 아~

성곤   몸도 쓰고 머리도 많이 써야 하지.

예지   몸 쓰는 건 자신 있는데.

성곤   겨울 되면, 사정없이 손 트구.

예지   고운 손은 포기하라고 들었어요. 그딴 게 무서우면 흙 만지
       지 말아야죠.
성곤   (웃고)

예지의 핸드폰이 울린다. 흙 안 묻게 핸드폰 집어 들고 받으면. 찬희다.

예지   (성곤 안 들리게 한쪽으로 나오며/작게) 고모가 난리쳐도 참
       아. 이번에는 안 돌아가. 절대 (하다가 상대방 얘기 듣고/얼굴
       굳어가는)

고시원 데스크의 찬희와 오가며.

예지   그 사람이 왔었다구? 혼자?
찬희   (흥분해서) 그렇다니까! 완전 멋졌어! 말투는 정중하기 짝이
       없는데 내용은 살벌 그 자체. 엄마한테 한 번만 더 언니 건
       드리면 가만두지 않겠다, 우리 사이도 방해할 생각 마라! 뭐
       그런 거지. 돈 봉투 날리면서.
예지   (사색이 되며) 그걸 받았단 말야?
찬희   오여사 돈 욕심 몰라? 입으로는 틱틱대면서 잽싸게 챙겼어.
       액수가 꽤 되나보던데? 놀래더라구. 오여사가 웬만해선 놀
       랠 사람이 아니잖아.
예지   (미치겠고)

S#19. 공방 앞 (저녁)

퇴근하는 예지, 다운네로 가는데 앞에 와 서는 진의 차. 진이 내린다.

예지 앞으로 다가오는 진.

예지   돈까지 써가며 대체 뭐하는 짓이에요?! 공주님 구하는 기사라도 된 줄 알아요?

진   말했을 텐데? 누굴 구하는 역할은 내가 아니라 그쪽이라고.

예지   !

진   (예지 앞으로 훅 다가오는)

예지   (저도 모르게 물러나며) 난 내 인생 하나도 벅차요.

진   눈앞에서... 아버지가 절벽에서 떨어졌어요.

예지   !

진   그대로 돌아가시는 줄 알았지.

예지   ......

진   아버지가 죽어 가는데... 난 아무 일도 할 수가 없었어...

예지   ... (그 기분 너무나 잘 안다)

진   다리를 잃고 살아나긴 하셨지만... 그 순간에... 내 안에서 뭔가가 죽어버린 거 같아.

예지   ......

진   써킷을 달리고 하늘을 날고... 바닷속에 들어가고... 무슨 짓을 해도 그건 살아나지 않아. 예지씨가 날... 살려주면 좋겠어.

예지   ......

진   (예지의 얼굴 감싸 쥐며 눈을 들여다본다. 환이 그랬던 것처럼) 내가 돌아올 집이 되어줘요.

예지   ......

진   떠날 때마다... 마음이 허해. 돌아갈 데가 없는 사람처럼. 나 좀... 붙잡아주면 안 되나?

예지   (냉정하게 진의 손 떼어내며) 어머니 왔다 가셨어요, 이미 반대하고 계시구요.

진   우린 어른이야. 누군가의 허락 따위, 필요 없어.

예지   나에 대해서 모르기 때문이에요. 알게 되면... 다 그만두고
        싶어질 거예요.

진   알아.

예지   !

진   다 안다고.

예지   ...... (걷잡을 수 없이 흔들리지만/다잡고) 계속 이러면 난 또
        떠나야 해요. 교직도 포기하고 고시원두 나와서... 이 동네서
        새 출발하려는 건데....

당겨서 안아버리는 진. 예지, 밀어내는데. 진, 굳건하고. 이번에는 예
지를 놓아주지 않는다.

진   아무 데도 가지 마요.

예지   !

진   난 이기적인 놈이라... 나 좋자고 붙잡는 거예요. 예지씨 위
        해서가 아니라.

예지   ... (무너질 거 같고)

S#20. 공방 안 (저녁)

공방 창가에서 두 사람 보고 있는 성곤. 성곤의 시야에 보이는 진과
예지.

S#21. 환의 방 (밤)

책 펴놓고 공부 중인 환. 공부가 잘 안 된다. 책 덮었다가... 이내 다시 펴는. 예지 말대로... 자기 할 일 하려는 건데... 결국 일어난다.

S#22. 주방 (밤)

냉장고에서 맥주 캔 꺼내는 환.

S#23. 환의 집 정원 (밤)

들어서는 진. 눈앞으로 맥주 캔 날아온다. 얼결에 잡아채고.

환이 평상에서 기다리고 있다. 다가와 옆에 앉는 진. 캔 따서 한 모금 마시고.

환	엄마 왔다 갔어.
진	알아.
환	(보다가) 쌤은 이미 상처받기 시작했어. 책임질 거 아니면 시작도 하지 마.
진	책임지겠다면?
환	!
진	안 그래두 방해꾼 많아. 너까지 걸리적거리지 마.
환	쌤은 인생을 걸구 우리한테 온 거야!
진	(그걸 내가) 모를 거 같애?
환	(노려보면)
진	평생을 고시원 단칸방에 얹혀살다가! 달랑 가방 두 개 들고 양평으로 온 그 여잘! 부모도 없이 온 세상에서 스스로를

왕따시켜가며 이 악물고 버틴 사람을! 너 정말 감당할 수
있어?

환   ... (당황하고)

진   좋아한다고? 그래서 어쩔 건데? 연애할 거야? 결혼이라도
하게? 언제? 대학 안 가? 너 가진 거 있어?

환   ... (대꾸를 할 수가 없는데)

진   첫사랑이 왜 안 되는지 알아? 다들 그 때는 어리기 때문이야.

환   ......

진   (캔 내려놓고 일어나며) 공부나 해. 지금 니 인생 주요테마는
여자가 아니라 대학이야. (들어가려는데)

가는 진을 허리부터 들이받는 환! 진의 얼굴 향해 한방 날리고! 진도
대응해주는데!

환   형은 언제나 비겁해! 어리다구 찍어누르면! 이번에두 내가
넘어갈 줄 알아?

진   네가 어린 건 사실 아냐?

환, 다시 한방 먹이고! 진, 제대로 붙어주려는데

성곤(소리) 그만두지 못해!

말리러 나오던 성곤이 목발을 놓치고 정원에 넘어진다!

진/환   아버지!/아빠!

동시에 달려가는 형제.

S#24. 거실 (밤)

성곤, 넘어져서 얼굴과 손바닥이 까졌다. 환이 성곤의 상처를 소독하고 밴드 정도 붙이고 있다. 좀 떨어져서 지켜보는 진.

성곤   (쓰라림에) 아...
환   엄살 피지 마세요.
성곤   야, 진짜 아파! 얼마나 쓰린데!
환   그러게 누가 목발 짚고 뛰어오래요?
성곤   누가 다 큰 놈들이 쌈박질하래?
환   아직 덜 컸나부죠 뭐.
성곤   한두 살 차이도 아니고! 어딜 동생이 형한테 대들어!

진, 성곤과 환 사이에서 소외감 느낀다.

환   (아버지에게) 잘못했어요.
성곤   사과는 나한테가 아니라 늬 형한테 해야지!
환   ...... (하기 싫고)

진, 자리 피하는데...

S#25. 다시 정원 (밤)

정원으로 다시 나온 진, 정원에 나동그라져 있는 성곤의 목발을 본다.

챙기려고 가서 보면, 소란 통에 고무캡이 빠져 있다. 수리를 위해 창고로 들고 가는 진.

S#26. 창고 (밤)

창고의 문이 열린다. 필요한 공구 꺼내려다 주춤하는 진. 성곤의 각종 이동 수단들이 한쪽에 몰려 있다. 오래된 휠체어, 전동 휠체어, 보행 보조기, 각종 목발들... 재활의 역사가 한눈에 펼쳐지는데... 가슴이 콱 막히는. 외면하고 공구 찾아서 고무캡 다시 끼우는데... 붉어지는 눈가.

S#27. 용문산 전경 (다른 날 낮)

S#28. 용문산 입구/주차장 (낮)

차에서 내린 등산복 차림의 성곤. 목발을 짚고 스트레칭하며 몸을 푼다. 따라 내린 환, 성곤을 말리는데

환   대체 왜 이러세요... 여기 카트도 다니니까 그거 불러서 용문사까지만 가세요. 가서 절구경이나 하고 오자구요.
성곤   가다 힘들면 돌아오면 돼.
환   돌아오는 건 안 힘들어요? 괜히 또 넘어져서 구조대 부르고 애먼 사람들 고생시키지 말고
성곤   (OL) 아 그놈 참 시끄럽네. 정신 사납게 굴 거면 집에나 가든가.
환   아빠!

앞으로 먼저 나가는 성곤. 환, 마지못해 따라가는데.

S#29. 산길 (낮)

성곤, 목발을 짚고 산을 오른다. 등산객들, 성곤에게 박수 쳐주고. 누군가는 물을 건네고. 오르막길에서는 성곤의 목발을 잡아 이끌어주기도 한다. 걱정스레 그 뒤를 따르는 환.

S#30. 일각 (낮)

가파른 산길. 목발을 어쩌지 못하고 균형을 잃은 성곤, 옆으로 굴러 떨어진다.

환   아빠! (비명을 지르며 따라 내려가는)

어구구... 신음을 내는 성곤. 넘어진 그 자리에 주저앉아 있는데.

환   (다가와 살피며) 괜찮으세요? 어디 다친 데는 없구요?
성곤   물 좀 줘봐라.

환, 배낭에서 물 꺼내주면. 마시고 물병 도로 건넨 성곤, 다시 일어선다.

성곤   끙!
환   (부축하며/속 타는) 이제 그만 내려가세요. 힘들면... 구조대
            부를게요.

성곤, 다시 묵묵히 산을 오르기 시작하는데...

환   (미치겠고) 그냥 내려가자구요! 대체 왜 이러시는 거예요!

성곤   ......

환   잘못했어요. 이제 형하구 안 싸워요!

성곤   ......

S#31. 진의 캠프 앞 (낮)

진의 차가 와 선다. 운전석에서 진이 내리고. 일각에 기석의 차가 서 있다.

S#32. 진의 캠프 (낮)

기석과 우근이 짐을 챙기고 있다. 들어오던 진, 멎어 서고.

진   뭐냐?

우근   ... (긴장하고)

기석   (일부러 냉정하게) 어차피 팀 깨진 거 아냐?

진   ...... 내가 책임진다고 했잖아.

기석   스폰만 해결된다고 될 일이 아냐! 우리 팀은 국내서 완전 찍혔어!

진   우리 팀이 아니라 나야! 내가 찍혔구! 해결한다고!

기석   널 버리면 설 수 있어. 우리는.

진   ! (멎고)

기석, 짐 챙겨서 나가는데.

진   우근이는 두고 가. 미캐닉은 있어야 해.
우근   ... (당황하고)
기석   미캐닉은 나도 필요해.
진   넌 팀을 꾸릴 능력이 없잖아.
기석   어쩌나? 이미 꾸렸는데.
진   !
우근   미... 미안.

기석 따라 나가는 우근. 진, 당황스러운데.

S#33. 동 앞 (낮)

우근, 진에게 미안하고 괴롭다.

우근   우리... 이래도 되는 거야?
기석   (사실은 괴롭지만) 금수저 걱정은 관두자. 우린 저 자식이랑
      달러. 의리 지킨다구 신세 망치면, 누가 책임이라도 져준대?
우근   금수저라구 상처 안 받냐?
기석   쟤는 아프다 말지만 우린 미래가 없어져.
우근   ......

S#34. 동 안 (낮)

열 받아서 자동차 본넷을 내리치며 분노를 폭발시키는 진! 그러다

이내 뛰쳐나가는.

S#35. 동 앞 (낮)

뛰쳐나오는 진, 동료들을 잡고 싶다. 기석의 차에 짐을 싣는 두 사람 보이고. 진, 차마 더 이상은 발길이 떨어지지 않는데... 짐 다 싣고 차에 오르는 두 사람. 진의 눈앞에서 멀어져가는 기석의 차.

진, 보고 서 있는데... 가족 같은 동료들에게 버림받은 것이다.

S#36. 용문산 정상 (낮)

화면 가득 펼쳐지는 용문산 정상의 풍경. 발아래 구름 낀 첩첩산중이 펼쳐진다. 엉망이 된 몰골로 정상에 선 성곤, 풍경이고 뭐고 아버지 걱정에 사색이 되어 있는 환.

성곤   (나지막하게) 환아...
환   예...
성곤   나는... 산에서 다리를 잃었다.
환   ...... (잊을 수 없다. 아직도 생생한 기억)
성곤   사랑하는 대상은... 때로 나한테 가장 소중한 것을 빼앗아가고... 돌이킬 수 없는 상처를 줘.
환   ......
성곤   그 상처를 계속 거부한다고... 내 몫이 안 되는 게 아니더라.
환   ... (아파 오고)
성곤   네가 품은 첫 마음은... 너 혼자만의 것으로 간직해. 세월이

지나면... 아픔도 추억이 될 때가... 결국은 온다.

환   ... (눈물이 나는/아빠가 필사의 산행을 시도한 이유를 비로소
        깨닫고)

성곤   아프지?

환   네...

성곤   죽을 거 같지?

환   (터지는) 네!

성곤   인생은 잔인한 거야... 근데... 그걸 견디고 나면... 어느새 단
        단해져 있는 널 발견할 수 있을 게다.

환   그딴 거 필요 없어요. 저는 그냥... 아빠가... 쌤이... 행복했으
        면 좋겠어요.

성곤   엄마랑 형두... 못지않게 사랑하는 거 안다.

환   ......

성곤   더 사랑하면... 그 사람 꼭 내 께 아니어도... 전부를 갖지 못
        해도... 이 세상 함께 살아간다는 것만으로도 더없이 감사
        한... 그런 날이 와.

환   ......

성곤   미안하다. 이런 말밖에 해줄 수 없어서.

환   ......

성곤   네가 원하는 걸... 줄 수 없어서...

성곤에게 기대는 환. 성곤, 환을 토닥이고. 부자 앞에 펼쳐진 운해.

S#37. 공방 전경 (저녁)

S#38. 공방 (저녁)

예지가 공방 정리를 하고 있다. 하루의 작업을 끝내고 돌아가려는 시간. 남은 흙을 모아두고, 건조 중인 기물들을 초벌, 재벌 단계별로 정리하고. 바닥을 쓸고 있는데... 언제부터인가... 일각에서 보고 선진. 슬픈 눈동자.

예지   언제 왔어요?

진   ......

예지   ......

진   (다가와서) 도와주까?

예지   (술 냄새에) 술 마셨어요?

진   (끄덕이는)

예지   그럼 아무것도 하지 말고 가만있어요. 괜히 기물 깨지 말고.

진   ... (쳐다보는)

예지   되게 부담스럽네.

진   ...

예지   (일 멈추고) 무슨 일 있어요? 그쪽도 티나요.

진   혼자였다가... 더 혼자가 되는 게 기분이 좀 더러워서.

예지   ... (알 것 같다) 은따였다가 왕따 되는 거요?

진   ...... (웃음 터뜨리는)

예지   경험 많아요.

진   그럴 땐 어떡했어요?

예지   ... 미련 없이 돌아섰죠. 세상이 나를 따 시키는 게 아니라, 내가 세상을 따 시키는 거라고 정신승리하면서.

진   ...... (때가 되었다고 느끼는) 이제 차 그만 타려고.

예지   ! (보는)

진   나이 먹음, 어차피 관둬야 되니까.

예지   먼저 버리시겠다?

진   ...... 팀원들한테 까였어요.

예지   !

진   지켜주지 못하는 무능한 감독 밑에서는 비전이 없으니까.

예지   (상처받았구나) 사람은 다 나약해요.

진   (보면)

예지   싫어서 간 게 아니라... 자기들이 필요해서 갔을 거예요. 그
        거 그냥... 이해해줘요.

진   ...

문가에서 두 사람 보게 된 환, 돌아선다.

S#39. 동 앞 (저녁)

그 자리에 가만히 서 있는 환.

S#40. 다운네 집 앞 (저녁)

환이 예지를 기다리고 있다. 공방에서 돌아오던 예지, 환 앞에 서고.

환   나는 안 돼요?

예지   ! (멎고)

환   기다려줄 수... 없는 거죠?

예지   환아...

환   알아요. 그래도... 마지막으로 한번은 묻고 싶었어요.

예지   내가... 떠날게

환	......
예지	널... 더 이상 힘들게 하고 싶지 않아.
환	......
예지	날 아껴주는 사람들한테... 상처가 될 순 없어.
환	좀 나중에 오지 그랬어요.
예지	... (미어지고)
환	내가 어른이 된 다음에.
예지	... (아프다)
환	쌤을... 너무 일찍 만났어요. 그게 너무 기쁜데... 그게 또 원망스러워요.
예지	... (아무 말도 할 수가 없고)
환	......

S#41. 몽타주

환이 예지와의 추억이 서린 장소들을 하나씩 돌아본다. 그 모든 곳에 예지는 없고 환 혼자다.

- 등을 스케치하면서 작업하는 예지를 훔쳐보던 공방.
- 함께 다슬기를 잡던 물가.
- 흙 사러 돌아다니던 이천 공방 거리.
- 함께 이야기하던 구둔역에서 혼자 앉아 있는 환.

S#42. 진환A&C 전경 (다른 날 낮)

S#43. 연자의 사무실 (낮)

성곤이 연자를 기다리고 있다. 앞에는 차 한 잔. 한때는 자신의 집무실이었던 공간을 차례로 둘러보는 성곤. 창가의 블라인드 색깔부터 데스크와 의자, 양탄자까지... 연자의 분위기에 맞춰 여성적으로 변해 있다. 문이 열리고 연자가 들어오는데...

연자   올 거면 미리 말을 하지! 부지 보러 갔다 부랴부랴 들어왔 잖아.

성곤   앉어.

목이 말랐던 연자, 성곤 앞에 놓여 있던 잔 들어 입부터 적시는데... 문득 여기저기 긁히고 다친 성곤의 모습 보게 되고.

연자   당신 왜 그래? 어디 굴렀어? (얼굴에 손대며 여기 저기 살피 는데)

성곤   (연자의 손 밀어내며) 그냥 좀... 넘어졌어.

연자   (속상해서 짜증내는) 휠체어 타구 다녀! 목발 짚구 폼 재다 다치지 말구!

성곤   멀쩡한 사람두 살면서 넘어지구 그래.

연자   할 말 있음 전화로 하지 그 몸으로 뭐 여기까지 와!

성곤, 잠자코 서류 봉투 내놓는다.

연자   뭐야?

성곤   ......

봉투 열어보는 연자. 이혼서류다.

연자	! 다운 엄마가 인제 안방 차지하고 싶대?
성곤	고마운 이웃 모욕하지 마.
연자	(안 믿는다/비웃는)
성곤	서류 정리해서 재산 분할하고 상속까지 마칠 거야.
연자	애들 망칠 작정이야?
성곤	당신 그거 믿구 휘두르는 거잖아. 부모자식 간에 돈으로 하는 갑질 만큼 꼴값이 있는 줄 알아?
연자	(기가 차서) 하!
성곤	진즉에 당신 놔줬어야 하는데... 그러질 못했어. 실은... 나 하나도 추스르기가 벅차서 당신 인생까지 배려, 못 했어.
연자	원하는 걸 말해. 뭐 땜에 이러는지는 알아야 할 거 아냐!
성곤	진이 선택, 존중해줘.
연자	겨우 그거였어? 그 기집애 우리 진이랑 엮이게 하려구?
성곤	... 소송 가면 당신만 불리해.
연자	이런 날만 기다렸니? 결정적으로 엿 먹이고 싶어서? 이제 와서 내가 이런 꼴을 당해야 하는 이유가 뭔데!
성곤	회사만 있으면 되잖아. 이제 자유롭게 살아.
연자	이혼장 걸구 협박하면서 나한테 자유를 준다구?
성곤	회사도 클 만큼 컸고... 굳이 내 지분이 아니더라도... 당신 남매, 충분히 자립 가능. 스스로를 믿어. 혼자가 돼두... 잘해 나갈 수 있을 거야.
연자	누가 당신더러 좋은 사람이래? 이렇게 독하고 무서운데?
성곤	(일어나며) 결정되면 연락 줘.
연자	당신은 나한테 매달리지도 않았어!
성곤	(나가려다 치받치는) 매달리면, 날 안 버렸나?
연자	……

성곤   내가 어떻게 나오건 당신은 자기 하고 싶은 대로 하는 사람
        아냐?
연자   ......

성곤, 나간다. 이혼 서류 박박 찢어버리는 연자.

S#44. 리조트 전경 (낮)

S#45. 리조트 내 사우나/라커룸 (낮)

진과 환 형제가 각자 배정받은 락커 앞에서 옷을 벗고 있다.

진   웬일이냐? 내 앞에서 옷도 안 갈아입는 녀석이 사우나를 다
        오자고 하고.
환   ... 아빠하고는 다녀.
진   ......

S#46. 건식 사우나 안 (낮)

모래시계에서 모래가 떨어지고 있다. 형제가 나란히 앉아 있는데...

진   형한테... 할 말 있어?
환   ... 도망가지 않을 자신 있어?
진   !
환   아빠 저렇게 되고 나선... 도망갔잖아. 형은... 나도 모른 척
        했어.

진   ...... 각자 극복하는 방법이 다른 거야.

환   가장 힘들었던 사람은 아빠야.

진   ......

환   형은... 엄마랑 똑같아.

진   그래서, 지금 나한테 벌이라도 주겠다는 거야?

환   이제는 도망치지 말라고.

진   ......

환   비겁한 형은... 싫어.

진   ...... (보는데)

S#47. 대학교 전경 (다른 날 낮)

한여름의 캠퍼스, 매미 소리가 한창이다.

S#48. 학과 사무실 (낮)

예지가 조교 서안에게서 졸업장을 건네받고 있다.

서안   아무리 코스모스라지만 졸업식엔 와야지. 하계두 다 정식으
        로 하는 건데.

예지   (받아서 챙겨 넣으며) 일하느라... 챙길 짬이 안 났어요.

서안   ... 혼자 서 있기 싫어 안 온 거지?

예지   ......

서안   교생실습 다 해놓고 임용도 안 본다 그러구... 이거 저거 다
        포기할 만큼, 세라믹에 비전이 있는 거야?

예지   지금 제가 할 수 있는, 최선의 선택이에요.

서안   문제 생김 연락해. 혼자 고민 끌어안구 끙끙대지 말구. 넌
             그게 병이야.

예지   (웃는)

S#49. 시외버스 안 (오후)

양평 가는 시외버스를 탄 예지. 자리에 앉아 졸업장을 꺼내본다. 두 번이나 휴학해가며... 어렵게 마친 대학이다. 기쁘다기보다... 어쩐지 쓰라린.

예지   애썼네. 오예지...

그러나 보여줄 사람도, 축하해줄 사람도 없다. 졸업장 다시 챙겨 넣고 창밖을 보는데... 악을 쓰며 살아온 지난 세월이 지나가고...

- 미대 실습실. 밤새 과제 만드는 예지.
- 미술학원. 학생들 가르치며 아르바이트하는 예지.
- 고시원 청소하는 예지.
- 시험 중인 강의실. 늦게 들어온 예지가 헐레벌떡 들어와 자리에 앉 고. 시험지 받아서 풀기 시작하는데...
- 캠퍼스를 뛰어가는 예지. 예지는 늘... 뛰어다니면서 살았다.

S#50. 양평 시외버스터미널 (오후)

터미널을 빠져나오는 예지. 나오다가 멎는다. 자전거를 끌고 온 환이 기다리고 서 있다.

환	서울 갔다 오셨어요?
예지	학교서 뭐 받아올 게 있어서.
환	(미소) 저하구 어디 좀 가셔야겠는데...
예지	?
환	레일 바이크 타보셨어요?
예지	레일 바이크? 그게 뭔데?
환	(자전거에 올라탈 준비하면서) 막차 시간이 얼마 안 남았어요. 타세요.
예지	... (망설이는데)

S#51. 레일 바이크 (오후)

환과 예지가 레일바이크를 타고 있다. 옆으로 펼쳐지는 아름다운 강변, 시원한 바람... 경사진 곳에서 속도를 내는 레일 바이크. 아악! 신나서 소리 지르는 예지. 그런 예지 보면서 웃는 환. 미소가 어딘지 슬픈데...

S#52. 동 (시간 경과)

속도가 줄어드는 레일 바이크. 거의 다 왔다.

환	... 이 끝에 뭐가 있는 줄 아세요?
예지	난 모르지. 첨 타보는데.
환	이 레일은 단선이거든요. 시작점으로 돌아가려면... 레일 끝에서 회차를 해야 해요.
예지	아...

환   거기서부터... 인생이 달라질 수도 있어요.

예지   ?

환   쌤도 더 이상 혼자가 아니고... 외롭지도 않고... 슬프지도 않고...

예지   ???

환   그렇게 사실 수도 있어요.

저 끝에 회차 장소 보이는. 누군가 있다. 예지, 보다가 놀라고.

S#53. 레일바이크 회차 휴게소 (오후)

꽃과 등으로 아름답게 꾸며진 회차 휴게소. 성곤과 진이 기다리고 있다. 바이크가 서고. 먼저 내린 환이 예지를 내리게 도와주는데...

예지   (당황한) 다들 웬일이세요? 여기... 이게 다 뭐에요?

성곤에게 꽃다발 건네받은 환, 예지에게 건네주면서

환   (떨리는) 쌤...

예지   (같이 떨리고)

환   저희의 가족이 되어주세요.

예지   !

진, 다가와 반지 케이스 꺼낸다.

진   (케이스 열며) 혼자서 안 되길래 우리 집 남자들 총출동했어요.

예지   (성곤 보고) 선생님...

빙그레 웃는 성곤.

진   같이 살자구.
예지   !
진   우리가 가족이 되어줄게. 아버지가 되어주고... 남편이 되어
         주고... 오빠가 되어주고... 동생이 되어줄게.

진의 청혼 대사에 가슴이 미어지는 예지. 환, 꿋꿋하게 지켜보고.

진   이제... 혼자이게 하지 않을게. 우리한테... 와 줘요.

무너지는 예지. 지켜보면서 마음 다잡는 환. 예지, 어떻게 해야 될지
를 몰라 성곤을 쳐다보면. 성곤, 허락해도 된다는 듯 인자하게 웃고.
환 역시 슬프고 따뜻하게 웃는다. 예지의 애절한 얼굴. 눈물이 그렁
해지는 환인데.

머뭇거리는 예지에게 다가가 진이 반지를 끼워준다. 그런 진 올려다
보는 예지에서.

S#54. 진환A&C 전경 (다른 날 낮)

S#55. 복도 (낮)

윤실장의 안내를 받아 걷고 있는 예지.

S#56. 대회의실 (낮)

길고 긴 회의 테이블. 텅 빈 회의실 안에 예지가 혼자 앉아 있다. 작아 보이는 그녀. 앞에는 생수병과 빈 잔 놓였고. 윤실장이 문을 열고, 서류 봉투 든 연자가 들어온다. 예지, 일어서는데.

연자   (상석에 앉으며) 앉아요.

예지   ...... (인사하고 앉는)

연자   ...... (빤히 본다)

예지   ... (기다리는데)

연자   주제에... 그래도 내 아들이랑 살구 싶다?

예지   ! (각오했지만/칼이 되고)

연자   잘난 척 하길래 믿었더니, 결국 뻔하게 됐네?

예지   ... (사과는 않겠다는 각오)

연자   우리 집 남자들을 다 꼬셔놨든데, 비결 좀 알자?

예지   ... 그분들이, 좋은 분들이니까요.

연자   (보는)

예지   선생님, 진이씨... 환이... 다 너무 좋은 사람들이라 저한테 잘해주신 거지, 제가 뭘 어떻게 해서가 아닙니다.

연자   그 좋은 남자들이 즈 엄마한테는 어떻게 하는 줄 알아?

예지   ......

연자, 봉투를 예지 앞으로 밀어준다. 예지, 보면. 그대로 보고 있는 연자. 예지, 일어나서 봉투를 가지러 간다. 서서 열어 보는데.

연자   혼전 각서야.

예지   (멎고)

연자   이혼 시 우리가 지급하는 위자료 외에 재산분할 요구할 수
        없다는 거, 내가 나가라고 하면. 이유 불문하고 나가야 한다
        는 거.

예지   ! (이해가 안 돼서 보는)

연자   차라리 반대를 하지, 왜 이런 수고를 하냐고?

예지   외람되지만, 저로서는 이해가 잘 안 갑니다. 저를, 받아주시
        겠다는 건가요?

연자   진실을 다 까발려도 그들이 과연 받아줄까?

예지   ...

연자   모험, 해 볼 테야?

예지   ......

연자   난 카드를 내가 쥐는 걸 좋아해. 가서 사랑 받아. 결국 아가
        씨 운명은 내 손에 달렸으니까.

예지, 알 수 없는 눈으로 연자를 본다. 연자, 시선 물러서지 않고.

S#57. 복도 (낮)

길고 긴 복도를 걸어가는 예지.

S#58. 연자의 사무실 (낮)

연자, 성곤과 통화 중이다. 공방의 성곤과 오가는.

연자   넘기기로 한 지분, 이번 주에 처리해줘. 이혼보다야 싸게

먹히는 거니까 너무 억울해하진 말고.

성곤 자식 가지고 장사하는 거, 나중에 애들이 알면 당신 용서 못 받아.

연자 지금두 별로 안 좋아해. 어차피 미움받는 거, 챙길 거라도 챙겨야지. 안 그래?

성곤 진심으로... 진이 마음 이해해주고 예지 받아줄 순 없어?

연자 지분이 더해지면, 너그러워질 수도.

S#59. 공방 (낮)

성곤, 전화 끊으며 한숨 쉰다.

S#60. 교도소 정문 (다른 날 낮)

예지가 신분증을 보여주고 정문을 통과한다.

S#61. 민원실 (낮)

접견 신청서를 쓰고 있는 예지.

S#62. 접견 대기실 (낮)

기다리고 있는 예지. 교도관이 다가온다.

교도관 (자기가 미안한) 안 나오겠답니다. 오늘도 면회거붑니다.

울컥 오르는 예지, 누르고.

S#63. 교도소/작업장 (낮)

재봉틀이 놓인 작업장. 수감복 생산 현장이다. 저마다 재봉틀 돌리고 있는 여죄수들. 그사이에 예지의 생모, 고운의 모습 보인다. 고운 옆의 동기가 혀를 차는.

동기   독해, 독해. 어떻게 자식이 찾아와도 얼굴을 안 봐? 이게 대체 몇 년째야...
고운   ...... (묵묵히 재봉틀 돌리는/얼핏 눈가에 눈물이 비친 것도 같고)

S#64. 교도소 진입로 (낮)

길고 긴 교도소 진입로. 혼자 걸어 나오는 예지. 걷다가 뒤를 돌아보는 예지. 결심이 섰다.

예지   잘 있어. 이제, 다신 안 와. (해놓고 돌아서질 못하는)

한동안 그렇게 서 있다가 발걸음을 돌리는 예지. 그렇게 영원히 이별하듯 그 길을 빠져나온다. 그 위로 결혼행진곡이 울려 퍼지고.

S#65. 가든 카페 전경 (다른 날 낮) - 계절이 바뀐

결혼행진곡이 흘러나온다.

S#66. 정원 (낮)

사중주단이 결혼 행진곡을 연주하고 있다. 버진 로드 끝에서 기다리는 환, 슈트를 입었다. 다운과 도우미의 케어를 받으며 환 앞으로 걸어오고 있는 신부. 아름다운 드레스를 입고 수줍게 웃으며 환을 향해 걸어오고 있다. 예지의 미소... 예지의 자태... 찬란한 햇살... 사방에서 풍겨오는 꽃향기... 환은 이날의 장면을 평생 잊지 못하게 된다. 리허설 중인 식장. 하객들은 아직 도착하지 않았고.

환 옆에 다가온 예지. 환, 예지를 향해 한쪽 팔을 내밀고. 예지, 환의 팔짱을 낀다.

환   준비되셨어요?
예지   (끄덕이면)

환, 성곤을 대신해 신부입장 리허설을 시작한다. 예지를 이끌고 음악에 맞춰 버진 로드를 걷는데.

연단 끝에 서 있다 돌아보는 진. 예복을 입은 당당하고 멋진 모습. 환과 함께 자신에게 걸어오는 예지를 본다.

환, 기다리고 있는 형을 본다. 그리고 다시 예지를 본다. 가슴이... 찢어진다. 숨기고, 행진을 계속하는.

다가온 형에게 예지를 건네주는 환. 진, 예지를 건네받는다.

예지　선생님하구 연습을 해야 하지 않을까요?

진　아버님.

예지　!

진　이제 선생님 말구 아버님.

예지　(배시시 웃는) 아직 입에 안 붙어서...

환　아빠 어제 종일 저 데리고 연습하셨어요. 사람들 앞에서 연습하긴 싫으신가 봐요. 본식에서는 완벽한 모습만 보여주고 싶으시대요.

예지　... (짠해지고)

진　여기부터는 나하고 걷는 거야.

연단으로 가는 신랑신부. 두 사람의 뒷모습 보고 선 환에서.

S#67. 입구 (낮) - 시간 경과

하객들이 속속 몰려오고. 주차요원들이 하객들의 차를 대고 있다. 차에서 내리는 사람은... 화려한 시스루 스타일의 의상을 입은 캐리다.

S#68. 정원 일각 (낮)

성곤과 연자 부부, 신랑 진이 하객들을 맞이하고 있다. 윤실장도 뒤에 서 있고. 앞에서 캐리가 다가온다. 진, 캐리 발견하고 굳는데.

성곤과 연자 부부에게 인사하는 캐리. 싸늘해지는 진.

캐리　축하드려요~

성곤   감사합니다.

연자   (누구냐고 아들 쳐다보는)

진, 대답 없이 캐리를 끌고 간다. 이상해서 보는 성곤. 연자, 묘하게 진
과 캐리의 뒷모습 보는. 동네 손님 다가오고. 성곤이 응대하는 동안

연자   (윤실장에게) 혹시 걔 아니니?

윤실장   (조사한 바 있다/캐리 얼굴 다시 한 번 확인하고) 맞는 거 같습
        니다.

연자   ......

S#69. 동 일각 (낮)

캐리 끌고 온 진.

진   초대받지 않은 하객 캐릭터를 맡기엔, 자존심이 세지 않았
        던가?

캐리   버림받은 비련의 여주한테 초대장은 별로 중요한 소품이 아
        니라서.

진   미안하지만 여기서 당신은 주인공이 아니야.

캐리   (가까이 훅 다가가는) 신부도 알아? 우리가 어떤 사인지?

진   (물러나지 않으며) 이미 끝난 지 오래된 사이지.

캐리   내가 여기서 깽판 치면, 적어도 여주 괴롭히는 악역 정도는
        되지 않겠어?

진   끌려 나가고 싶어?

캐리   (피식 웃으며 가는데)

진   ... (불안하고)

다가오는 환.

환   여기 직원이 피로연에서 신랑 노래 뭐할 거냐고, mr 준비했
          냐고 물어보는데?
진   저 여자...
환   응?
진   (캐리 의상 가리키며) 저 시스루 입은 여자, 신부 못 보게 막
          아.
환   !
진   책임지구 내보내.
환   !!

가버리는 진. 환, 당황해서 캐리 쫓아가는데.

캐리, 와인이 담긴 잔 하나 집어 들더니 신부 대기실로 움직인다.

S#70. 정원/신부 대기실 앞 (낮)

캐리 따라가는 환, 도중에 뷔페에서 핑거 푸드 집어먹고 있던 정일의
뒷덜미를 잡아채서 끌고 간다.

정일   (못 먹게 하는 줄 알고) 에피타이저야. 지금 먹어도 되는 거라구.
환   저 여자 잡아!
정일   잉?

신부 대기실로 들어가려는 캐리. 달려와 그 앞을 가로막는 환.

캐리   뭐지?

환   여기는 신부 대기실입니다.

캐리   알아요. 신부 보러 온 건데?

환   안 됩니다.

캐리   (보는)

환   죄송하지만 오늘은 이만 가주시죠. 형이... 손님의 축하를 원하지 않습니다.

캐리   서감독 동생?

환   ……

캐리   싫다면?

환   (정일 쳐다보는)

정일, 환 옆에 와 무게 잡고 선다.

환   신부는 건드리지 마세요. 세상에서, 가장 행복해야 하는 날입니다.

캐리   덕분에 세상에서 제일 비참해지는 여자도 하나 생기구?

정일   ? (환의 눈치 보고)

환   할 얘기가 있음 형하구 하시죠.

캐리   새빨간 와인을 눈처럼 하얀 드레스에 부어주는 게 내 계획이었는데 말이야.

환, 캐리의 와인잔 빼앗아 자기가 마셔버린다. 빈 잔은 정일에게 주고.
얼결에 잔 빼앗긴 캐리, 어이없어 쳐다보다가 갑자기 웃음 터뜨린다.

환과 정일, 더 긴장하고.

캐리	다들 겁먹기는. 촌스럽게.
환	가 주세요.
캐리	(웃음 그치고)
환	모셔다드리죠.
캐리	어떻게?
환	......
캐리	질질 끌고 나가게? 아님 한 대 쳐서 기절이라도 시키게? 두 가지 다 대단한 소동이 될 거 같지 않아?

환이 망설이는 사이 신부 대기실로 쑥 들어가 버리는 캐리.

| 환 | (쫓으며/정일에게) 잡아! |

당황해서 헛손질하는 정일!

S#71. 신부 대기실 (낮)

예지가 하객으로 온 서안과 기념 촬영 중이다. 다운과 찬희가 옆에서 도와주고.

서안	(촬영 끝나면) 예뻐. 내가 본 신부 중에 최고로 예뻐!
예지	와줘서 고마워요.
서안	(놀리는) 세라믹을 택한 게 아니라 남잘 택한 거였어~
예지	(부인하지 않는) 결과적으로 그렇게 됐네?

사람들, 웃는데.

다운　(부케 상태 체크하며) 부케는 맘에 드세요?

예지　그럼. 누가 해준 건데.

다운　... (기쁘고)

들어와서 예지의 자태를 살피는 캐리. 따라 들어온 환과 정일. 예지 앞이라 조심하고.

캐리　저두 신부랑 기념사진 하나 찍어도 될까요?

찬희　이쪽으로 오세요.

예지　......

서안은 나간다고 사인 주고. 예지, 손 흔들어 인사하면 신부 뒤쪽에서 포즈 잡는 캐리. 환, 긴장해서 보고. 사진사가 촬영해주고 나면.

캐리　(예지의 귓가에) 행복하세요, 부디 아주 오래.

예지　! (이상한 한기가 의식되는)

캐리　(신부 앞으로 돌아 나오며) 서감독 레이싱팀 식구예요.

예지　아... (이제야 모드가 정해지는) 와주셔서 감사합니다.

캐리　아름다우세요. 서감독이 서둘러 결혼하는 이유를 알겠네~

예지　(미소로) 감사합니다.

캐리　신혼여행은 어디로 가세요?

예지　...

환　(다가와 캐리의 팔을 꽉 쥐는/그만하라는) 가서 형하구두 인사를 나누시죠.

캐리   ... (보다가) 그럴까요?

환, 캐리를 끌고 나간다. 예지, 신경이 쓰이지만 곧 밀어닥치는 하객들, 담임과 학교 선생님들이다. 다시 인사 나누느라 바쁘고.

S#72. 입구 (낮)

환과 정일이 와 대어진 캐리의 차에 캐리를 태운다. 캐리, 불쾌하고.

캐리   서감독한테 전해. 축하도 제대로 못 하고 가서, 아주 서운하
         다고.
환   ... (차갑게 보면)
캐리   신혼여행 다녀와서, 조만간 자리를 따로 만들자고.
환   ......

캐리, 차를 출발시키고.

정일   (이 상황이 믿기지가 않고) 형님 구여친이야?
환   (짜증나는) 몰라. (돌아서는데)
정일   딱 보니 맞는데 뭐. 양다리였던 거야? 아님 오이지 쌤한테
         반해서 저 여자 차버린 거야? 스타일은 완전 죽이는데?
환   (화가 나서 입 다문)

그 위로 다시 결혼 행진곡 들리고.

S#73. 정원 (낮)

본식이 진행 중이다. 목발을 짚고 예지를 이끄는 성곤. 천천히... 성곤의 속도에 맞춰 진에게 걸어가는 예지. 사회는 정일이 본다.

정일   아름다운 행진입니다. 신부를 위해 신랑의 부친, 우리 양평의 자랑인 건암 서성곤 선생님이 함께 해주고 계신데요... 힘찬 격려의 박수 부탁드립니다.

하객들, 흐뭇하게 박수 쳐주고.

혼주석에 연자. 하객석에 기석과 우근을 제외한 진의 팀원들, 다운네 모녀, 반 아이들, 담임과 서안의 모습 등 보인다.

연자   (성곤이 신부 아버지를 대신하는 게 맘에 안 드는) 꼴 사납게...

진이 걸어와 신부를 인계받는데. 기다리고 있던 환이 성곤을 혼주석으로 모신다.

CUT TO

주례 없는 결혼식. 신랑 신부가 혼인 서약을 하고.

진   신랑 서진과
예지   신부 오예지는
진/예지 (동시에) 오늘 이 자리에 참석해주신 모든 분들 앞에서
        인생의 어떤 순간에도 서로를 외면하지 않고
        함께 나누고 곁을 지키는 부부가 될 것을 맹세합니다.

박수 쳐주는 하객들.

정일   이번에는 신랑 신부의 예물 교환이 있겠습니다.

도우미가 반지 케이스를 진에게 주면 진이 받고
정일이 손으로 박수 유도하면 하객들 박수 속에 진이 예지에게 반지
끼우고.
예지, 반지 끼워진 제 손 보다 진을 보며 눈을 맞춘다.

CUT TO

신부 예지가 신랑에게 주는 편지를 읽는 순서다.

예지   오랫동안 혼자였습니다. 어둠이 무서웠고... 세상은 막막했
        습니다. 제 손에는 아무런 무기가 없었고... 당찬 듯 굴었지
        만 속으로는 떨고 있었죠. 사랑한다는 뜨거운 고백보다...
        가족이 되어주겠다는 따뜻한 배려가 사무쳐 그 손을 차마
        놓을 수가 없었습니다.
진   (애틋하게 보고)

가족석의 환은... 예지의 낭독이 가슴을 파고든다.

예지   고맙습니다. 나를 알아봐줘서. 소중한 가족들 속에 나를 받
        아들여줘서.
진   ......
환   ......

예지   좋은 아내가 되겠습니다. 둘도 없는 친구가 되겠습니다. 사
       랑의 씨앗이 열매를 맺어 더 깊어질 수 있도록... 우리의 작
       은 가정을 정성을 다해 돌보겠습니다. 사랑... 합니다.
진   (예지와 시선 맞추고)
환   (애써 담담하게 지켜보는데)

하객들, 박수 쳐주고. 도우미가 예지 레터 케이스 받아간다.

정일   신부의 감동적인 고백에 신랑이 답을 안 할 수가 없겠죠? 신
       랑님, 답장 준비되셨습니까?

진, 준비된 레터 케이스 도우미에게서 받아드는데... 뭔가 오글거려서
도저히 못 읽겠다. 레터 케이스 다시 건네주고 신부 앞에 서는. 예지,
당황하는데. 그 순간, 예지의 얼굴 쥐고 입 맞추는 진! 편지 낭독 대
신 키스로 답하는 것이다! 와아! 휘파람 불며 박수 치는 하객들!

환, 차마 볼 수 없어 시선을 돌리고.

예지에게 입 맞추고 그녀를 가슴에 안는 진. 고개를 든 환의 시선과
부딪히고! 형제의 강렬한 시선! 그 사이의 예지에서 엔딩!

5부

내가 가장 예뻤을 때 1

S#1. 미국 MIT 전경 (낮)

그레이트 돔, 스타타 센터, 시몬스 홀 등... 캠퍼스의 건축물들이 차례로 비춰지고. 인피니티 코리도어(연결통로)를 가득 메운 학생들의 모습. 생기와 열정이 넘쳐나는 캠퍼스 풍경이다.

S#2. 스튜디오 (낮)

컴으로 그리 크지 않은 주택을 설계 중인 환. 에너지 바 먹고 있던 동기 엠버(한국계 미국인, 교포3세)가 들여다보고 참견을 한다.

엠버   (보다가) 천창을 내게? 침실 천장까지 뚫는 건 오버 아냐?
환   ... (대꾸 안 하는)
엠버   깜깜해야 잘 자지!

작업대 위에 걸터앉으며 남은 에너지 바 털어 넣던 엠버, 무심코 책상 위에 놓인 스크랩북에 손이 닿고. 페이지를 열어보는데... 제주도의 여러 건축물을 찍은 사진과 직접 그린 스케치들이다.

엠버   오호~ (맘에 드는) 나 이거 좀 빌려주라.
환   안 돼.
엠버   ?
환   선물 받은 거라... 누굴 빌려주진 않아. 돌리다 잃어버릴까 봐.
엠버   난 또 네가 그린 줄? 누군지 정성이 대단하네... 여친?
환   ......

S#3. 양평/환의 방 (낮) - 회상

예지, 책상에서 공부 중이던 환에게 스크랩북을 내민다.

환   ?
예지   여행 다니면서 찍은 건데, 혹시 도움이 될까 싶어서...
환   ... (받아서 펼쳐보고/뭉클한) 스케치도 있네요?
예지   (쑥스러운) 괜찮을 거 같으면 사진은 파일로 보내줄게.
환   ... 신혼여행 가서 뭐 저까지 신경을 쓰셨어요...
예지   합격, 축하해. 보내는 건 서운하지만.
환   ...
예지   인호일로 여기저기 줄줄이 떨어질 땐... 그게 다 나 때문인
        거 같아서 얼마나 가슴 졸였는지 몰라.
환   그래도 알아준 데가 하나 있잖아요.
예지   지인짜 다행이야.
환   (웃어 보이고)

펼쳐진 스케치북에 예지가 직접 그린 방주교회 스케치가 보인다.

S#4. 다시 스튜디오 (낮)

엠버, 스크랩북을 환에게 돌려주면. 가방에 스크랩북 넣어두는 환.

엠버   파티 올 거지?
환   (빼는) 그런 데 안 가봐서...
엠버   한류 파틴데 니가 와줘야지. 드라마도 틀고 그럴 거야.

환	케이 팝도 드라마도 난 잘 몰라.
엠버	괜찮아. 존재가 코리안인 걸로 다 커버돼. 서환 자체가 한류라고.
환	...... (속셈 알겠는) 술이 모자라?
엠버	한국술로. 많이. (가져오라는)

피식 웃는 환

S#5. 인서트

진과 예지의 제주도 신혼여행 사진들. 앞씬의 스크랩북 사진, 스케치와 배경이 겹친다.

- 탄탄한 상체를 드러내며 서핑 중인 진, 보고 있는 예지가 액션캠에 찍혔다.
- 노을 지는 붉은 바닷가. 입 맞추고 있는 진과 예지.
- 커플 자전거를 타며 행복한 진과 예지.
- 식물원. 이국적인 식물들 앞에서 진과 예지.

S#6. 한국/환의 집/신혼방 (오전)

전자액자에 사진 옮기는 예지. 웨딩사진만 들어가 있던 전자액자에 신혼여행 사진들이 추가된다. 침대 헤드 테이블, 환이 만들어준 등 아래 전자액자를 세팅하면 인서트에 보인 사진들이 액자에 랜덤 플레이되고. 기분 좋게 바라보는 예지. 시선 거두고 작업하던 컴퓨터 오프하려다 다른 사진 파일 보게 되는. 클릭해보면 레이싱 현장 사진들이다.

호기심이 생겨 사진들을 구경하는데... 우승컵을 들고 있는 진에게 매달려 있는 캐리의 사진을 발견한다. 달라붙어 있는 밀도가 심상치 않은데... 다른 캐리 사진들 찾아본다. 한눈에도 연인임이 분명해 보이는 컷들이 보이고.

예지   (기분 나빠지는) 뭐야... 구여친 파일이었어?

화면에 캐리의 얼굴 클로즈업되고. 문득 그 얼굴을 기억해내는 예지, 당황해서 사진 닫아버리는데... 핸드폰 울린다. 액정에 찬희의 이름.

예지   (받으며) 어, 찬희야...
지영(F)   나다.
예지   !
지영(F)   내 전화는 받지도 않으면서 찬희하구만 뒤에서 쏘삭거리니?

표정 굳는 예지.

S#7. 진환A&C 전경 (오전)

진(소리)   안 됩니다!

S#8. 진환A&C/연자의 사무실 (오전)

연자 남매와 진이 대치 중이다.

연철   (답답한) 부지만 받으면 뭐 하냐고! 은행이 대출을 안 해준다는데!

진   차라리 한남동 부지 포기하세요. 회사지분을 남에게 넘길
         순 없습니다.

연자   일부일 뿐이야. 수익지분을 나누는 거지 회사지분은 안전해.

진   주식을 담보로 잡으면서! 회살 넘기는 거 하고 뭐가 다른데요!

연철   (열 받기 시작하는) 서실장이 언제부터 회사에 애정이 있었
         다구 난리야? 엄마하구 내가 다 생각이 있어서

진   (OL) 상무님 나가 계시죠.

연철   !

연자   (아들 보는)

진   대표님하구 할 얘기가 있습니다.

연철   (불쾌해서) 대표님!

연자   나가 있어.

연철   !

진   ······

연자와 진이 서로를 노리듯 보는 가운데 무겁게 일어나 나가는 연철.

S#9. 동 앞 (오전)

연철, 등 뒤로 문 닫고 모멸감에 용트림을 하는데 윤실장이 뻔히 보
고 있다. 흑역사를 추가하는.

연철   (진지하게) 윤실장 나 좋아해? 왜 맨날 나만 따라다녀?

윤실장, 대꾸도 안 하고 시크하게 지나가는데.

연철   저저...

따라가다 이내 돌아서 다시 문 앞에 와 대기모드 되는 연철.

S#10. 다시 연자의 사무실 (오전)

연자를 몰아붙이는 진.

진   레이싱 포기해가며 올인한 결과가 이겁니까? 아부지가 세운
           회사 찢어서 남 주는 거?
연자   한남동서 고급빌라 사업 벌인 업체들, 다 홈런 쳤어. 포기하
           기엔, 예상 수익 규모가 (크다는)
진   (OL) 그럼 기다리세요! 부지 놀려두면 되잖아요!
연자   (진이 답답한) 부동산은 타이밍이 생명이야! 지금이 적기라구!
진   맘대로 하세요 그럼. 전 손 뗄 테니까.
연자   좋아. 이 껀은 김상무한테 맡겨.
진   이 프로젝트를 얘기하는 게 아닙니다.
연자   ?
진   (일어나며) 사표 쓰죠.
연자   야 이 자식아! 들어온 지 얼마나 됐다구!

나가버리는 진.

연자   저게 진짜... 아우! 자식이 상전이지, 상전이야!

S#11. 동 앞 (오전)

씩씩거리며 기다리던 연철, 진이 나오자마자 시비 건다.

연철 서실장! 아무리 대표님과 모자지간이라지만 여긴 회사야!
      조직 내 위계가 있는데 날더러 나가라 마라...
진   (깍듯하게/고개까지 숙여 보이며) 죄송했습니다.
연철 당연히 죄송해야지! 앞으로는 말이야 (뭐라고 더 쏘아붙이려
      는데)

진은 바로 멀어져가고. 다 퍼붓지 못한 연철, 분이 안 풀리는데!

S#12. 버스 안 (낮)

예지가 버스를 타고 서울로 가고 있다. 바깥의 풍경 바라보고.

S#13. 서울/도로 (낮)

진, 운전 중인데...

S#14. 레지던스 전경 (낮)

S#15. 레지던스 객실 앞 (낮)

문이 열리고. 캐리가 나온다. 문 앞에 서 있던 진, 말없이 들어가고.
역시나 말없이 진을 들이는 캐리.

S#16. 객실 안 (낮)

커피 캡슐 하나 들어 보이는 캐리.

캐리   취향은 여전? 아님 탄산수?

진   (다가와서) 은행 막은 거 방회장이지?

캐리   (캡슐 넣고 커피 뽑으며) 글쎄...

진   써킷 뺏어간 걸로 모자라 회사까지 건드려? 원하는 게 뭐야!
         혼자 하는 불륜으로 성에 안 차 나까지 진흙탕에 구르게 하
         고 싶어? 그거면 돼?

캐리   (진을 꿰뚫어보는) 답답하구나?

진   ! (허를 찔려 당황한/굳는데)

다 내려진 커피잔 들고 향기 맡아보는 캐리. 조심스럽게 한 모금 마시고.

캐리   여기서 보는 거, 참 오랜만이야... 그치?

진   ......

캐리   (잔 내려놓고) 아무리 열이 받았대두... 굳이 여기까지 찾아
         온 건... 무의식이 날 원하는 건가?

진   희망사항으로 소설 쓰지 마.

캐리   우리가 한 게 사랑이 아니었다 치자. 그치만 이거 하나는 자
         기도 부인 못 할걸?

진   (보면)

캐리   우리가 똑같은 년놈들이라는 거. 그래서 환상의 커플이었다
         는 거!

진   ......

캐리   좋은 남자 코스프레루 불쌍한 여자 하나 골라 결혼이라는
         걸 했지만. 겨우 몇 달 만에 내 앞에 다시 서 있어.

진	(온 이유는) 너하구 결혼 안 해줬다는 이유로 당해야 되는 범위가 어디까지인지 알아야겠어.
캐리	(다가가) 솔직해지기 싫으면 계속 딴소리해. 모른 척 해 줄 테니까.
진	!
캐리	(진의 얼굴 만지면서) 말하는 거 싫어하잖아. 몸으로 얘기하고... 몸으로 위로받고.

진, 밀어내고. 캐리, 다시 붙잡고. 진, 캐리를 벽으로 밀어붙인다.

진	(위협적으로) 우리가 끝장난 이유는. 방회장 때문이 아니야.
캐리	(보는/흥분되는데)
진	네가 이렇게 날 나쁜 놈으로 만들기 때문이지. (물러나며) 그 사람은... 나를 좋은 사람으로 만들어줘. 그래서 택한 거야.
캐리	(비웃는) 좋은 사람으로 사는 거, 엄청 피곤할 텐데?
진	! (멎었다가) 회사에서 손 뗄 거야. 더 이상 건드리지 마.
캐리	......
진	부수고 싶으면 나 하나만 부숴. 그 얘기하러 왔어.
캐리	......

나가는 진.

S#17. 레지던스 복도 (낮)

진이 가고 있다.

S#18. 고시원 근처 계단 (낮)

계단을 오르고 있는 예지.

S#19. 객실 안 (낮)

캐리, 남은 커피 마시면서 방회장과 통화 중이다.

캐리   김상무 말로는 투자를 받아들이는 쪽으로 결론 내는 중이
        랍니다. (듣고) 사모펀드라 진환에서 배후를 파악하긴 어렵
        죠. (사이) 네.

S#20. 도로/진의 차 안 (낮)

진의 차가 달리고 있다. 고속으로 어디론가 달려가는 진.

S#21. 고시원 앞 (낮)

예지가 앞에 서 있다. 간판을 올려다보며 망설이는. 나온 뒤로 한 번
도 돌아가지 않았던 곳이다.

S#22. 써킷 전경 (오후)

슈퍼레이스가 열리고 있는 경기장. 바글바글한 인파... 서킷을 주파
하는 스톡카들.

S#23. 전망대 (오후)

써킷 내려다보고 선 진. 빠르게 질주하는 차들을 보다가 눈을 감는다. 귀로 들리는 굉음들... 그리운... 손에 힘이 들어가고...

S#24. 지영의 살림집/거실/주방 (오후)

제사음식 준비하는 지영네 식구들과 예지. 거실 바닥에 신문지 편 위로 넓은 전기팬 놓여 있다. 찬희가 생선포를 밀가루에 묻히고 계란물 속에 담갔다 팬 위로 올려주면 경식이 뒤집어 가며 전을 굽고.

주방에서는 예지가 고사리를 볶고 지영이 시금치나물 무치는 중.

지영 이래서 머리 검은 짐승은 거둬봤자 소용이 없는 거야. 네가 부모가 없지, 피붙이가 없냐? 법적으로는 우리가 엄연한 부모인데, 빚잔치하고 야반도주하는 것도 아니고 도둑결혼을 왜 해? 그래놓구 신행인사 한번을 안 오고. 독한 줄은 진즉에 알았지만 이렇게 싸가지 읎이 나올 줄은 (몰랐다는)

예지 ... (묵묵히 일하는데)

지영 내가 지 아부지 제사는 어쩔 건가 벼르고 있었어. 아나나 달라? 도둑결혼이 얼마나 꿀인지 까맣게 잊어먹구!

예지, 그저 나물만 볶고...

S#25. 주차장 (저녁)

차로 가며 예지와 통화 중인 진. 지영의 집 예지와 오가며.

진   오늘 저녁 밖에서 먹자. 지금 용인인데 바로 출발해.

예지   나 서울이에요.

진   서울 어디?

예지   고모네...

진   (듣고/굳는) 거긴 뭐 하러!

예지   일이 좀 있어서...

진   (바로 끊어버리는/데리러 갈 생각이다)

예지   ...... (심란하고)

진, 차에 오르려는데 먼저 빠져나가던 차의 차창이 내려지며 미국 선
수 마크가 아는 척을 한다.

마크   진!

진   (돌아보고)

차에서 내리는 마크, 진과 핸드셰이크하고.

마크   (영) 은퇴했다는 헛소문이 들리던데...

진   ... (쓰게 웃고)

마크   (영) 무대 옮기려고? 해외 진출할 거면 우리 팀으로 와.

진   (영) 난 누구 밑으로는 안 가. 필요하면 내가 너희 팀을 영입
        하지.

마크!   (기가 차서) 하!

진, 손인사하고 차에 오르는데.

S#26. 고시원 전경 (밤)

S#27. 지영의 살림집/거실 (밤)

텔레비전 앞을 병풍으로 막아놓고 그 앞에 제상을 차렸다. 둘러선 지영네 식구들. 술을 올린 예지가 절을 마치는데... 느닷없이 울음을 터뜨리는 지영. 다분히 의도적이다. 식구들, 또 시작이다 싶고. 해마다 하는 짓이다.

지영	(주저앉아 울면서) 불쌍한 우리 오빠... 식구들 먹여 살린다고 그 좋은 머리에 고시 때려치고! 경찰이 되서두 마누라 잘못 만나 그 숭한 꼴을 당하고오- 원통하고 절통하고! 이 분하고 억울한 거는 세월도 소용이 없고오-
찬희	아주 그냥 외우겠네, 외우겠어...
예지	아버지 제사, 제가 맡겠어요.
지영	! (울음 뚝 그치고)
예지	내년부터는 알아서 지낸다구, 그 말씀 드리러 왔어요.
지영	누구 맘대로?
예지	이제 결혼도 했으니까
지영	(OL) 못 줘.
예지	... 그럼 고모는 고모 하고 싶은 대로 하세요. 내년부터 저는 따로 지내요.
지영	있는 집 며느리라 이거야? 뒷배 생겨서 이제 내가 물로 보이니?

예지 (오래 참아온 속내가 무심코 뱉어지는) 고모가... 무서워서 참
    아준 줄 알아요?

지영 뭐?

경식 예지야... (네가 참으라는)

예지 미안해서... 내 반은 엄마 피니까. 고모 말대로 죗값하느라
    구 당해준 거예요.

지영 (파들거리는데)

예지 근데 더 이상은 못 하겠어요. 죄수들 징역살이도 끝이 있는
    데...

지영 (올라서 삿대질하며 다가오는) 야! 니가 뭔데 니 맘대로 끝을
    내니 마니야!

경식 여보! (지영을 안방으로 데려가려 하고)

예지 (터지는) 난 어렸구! 가해자가 아니라 또 다른 피해자일 뿐이
    에요! 고모 기분에 따라 조카였다 죄인이었다 널뛰는 거! 이
    제 그만 사양이라구요!

지영 (의미심장하게) 그게 바루 너야! 반은 내 조카구! 반은 죄인
    인 거!

예지! !

순간 초인종 울리고. 멎는 여자들. 찬희가 현관 확인하러 간다.

모니터 화면에 진의 모습.

찬희 형부 왔어.

지영 !

예지 ......

CUT TO

지영네 식구들과 예지 부부가 거실 테이블에 앉아 있다.

지영   올 거면 제사 시간에 맞춰 오든가. (예지에게) 넌 왜 신랑 온
       다는 말을 안 해서 우리끼리 절하게 만드니?

경식   손님상부터 차려. 쓸데없는 잔소리 그만 하구.

찬희   (준비하러 움직이는데)

진   식사는 됐습니다. (예지 본다/가자는)

예지   (일어나 가방 챙기며) 이 사람 저 데리러 온 거예요. 이만 가
       볼게요.

지영   (기분 더러워지는) 이런 법이 어딨어! 결혼하구 첨 맞는 장인
       기일에! 젯밥두 못 먹겠다?

진   (지영 상대하기 싫은/경식에게) 기일인 건 몰랐습니다. 죄송합
       니다.

지영   (노려보는데)

경식   그냥 보내줘.

지영   우리 집을 완전 개똥으로 보구 있잖아!

진, 목례하고 예지 데리고 나가려는데 그 뒤에 대고 터뜨리는 지영.

지영   하긴, 살인자 딸두 좋다구 끼구 사는데 천지 분간이 되겠어?
       그 딴 앨 데려간 집구석도 알만한 거지. 내가 그렇게 경고를
       해줬구만 소귀에 경 읽기였어!

예지, 얼어붙는데.

찬희   (질려서) 엄마...

경식   (버럭) 그런 쓸데없는 얘긴 뭐 하러 해!

진, 예지의 손을 꼭 잡는다. 예지, 진을 보면

진   제가 예지하구 결혼한 건! 누구 딸이든 부모가 무슨 짓을 했든 간에! 너무나 좋은 사람이었기 때문이고! 저희 집에서도 며느리로 허락한 건! 환경하구 상관없이 반듯하게 잘 자란! 귀하디귀한 여자란 걸 알았기 때문입니다!

예지   ......

찬희   (감동하고)

진   키워주신 은혜는 감사하지만! 제발 연은 끊어주시죠! 도무지 조카딸의 행복은 안중에도 없는 거 같으니까!

지영   (부들거리고) 애 엄마가 누굴 죽였는지나 알아?

예지   (진의 손을 꼭 붙잡는)

진   (보호하듯 예지의 어깨를 당겨 안는다) 이 사람에 관해서라면, 모든 걸 알고 있습니다.

예지   !

지영   (놀라고)

진   속아서 한 결혼 아니구 멋모르고 선택한 것도 아니에요!

경식   미안하네. 그만 가 보게.

진, 예지를 데리고 나간다.

S#28. 고시원 앞/진의 차 안 (밤)

진, 예지를 차에 태운다. 운전석에 오르는 진.

진   (화가 나 있다) 그러니까 여길 뭐 하러 와! 연 끊구! 상대할 일
        있음 나한테 넘기라고 했잖아!
예지   제사까지 모른 척할 순 없어서...
진   ......
예지   안 그래도 내년부턴 내가 지낸다 했어요.

진, 차를 움직인다.

S#29. 다시 지영의 살림집/주방 (밤)

냉장고 문 열어놓은 채 그 앞에서 소주를 병째로 들이키는 지영. 질
려서 보고 선 찬희. 냉장고에서는 타임 오버 알람이 계속 울리고.

찬희   그만 마셔! (병 빼앗으려는데)
지영   (찬희의 손 탁! 쳐내고 다시 병나발 부는)

거실에서 주방으로 와 냉장고 문 닫아주는 경식.

경식   술상 차려서 제대로 마셔. 속 버려.
지영   (여전히 분이 안 풀린) 이 시건방진 것들을 어뜨케 아작을 내지?
경식   인정을 해. 이제 예지, 당신 손아귀 벗어났어. 훨훨 날아갔
        다구.
지영   날개 꺾이면 지가 돌아와야지 별수 있어?
찬희   (지겨워서) 엄마!

S#30. 양평/공방 전경 (밤)

S#31. 공방 안 (밤)

진과 예지가 안채로 들어가지 않고 공방에 자리를 잡았다. 실내는 무거운 침묵이...

예지   자기가 아는 줄은 알았지만... 어디까지 알고 있는지는 몰랐어. 말하려고 했지만... 안 들었구... 그래도 나를 선택해준 게 사무쳐서...

진   (OL) 청혼을 받아들였지.

예지   ...

진   내가 좋아서 허락한 게 아니란 거, 알아.

예지   아니에요.

진   (보면)

예지   (솔직하게) 처음부터 서진이라는 남자가 신경이 쓰였구... 결국 좋아하게 됐어.

진   ...

예지   많이... 좋아해요. 결혼식 때 한 (사랑한다는) 고백... 진심이었어.

테이블 위로 손을 내미는 진. 뭉클해진 예지, 진의 손을 잡는다. 진, 양손으로 예지의 손을 꼭 쥐며 말없이 위로하고... 화를 낸 것에 대한 사과의 마음을 전한다. 다른 손도 같이 진의 손을 가만히 덮는 예지.

진   우리도 이제 서울에 같이 있자. 엄마집이 싫으면... 따로 분가하면 돼. 둘이서만 살 수 있어.

예지 　　　... 그럼 아버님 혼자야.

진 　　　...... (대신 부부가 찢어져 있는데)

예지 　　　환이 오면... 그 때 독립해요.

진 　　　......

예지 　　　어차피 공방일두 해야 하구...

진 　　　(김새고) 생각해 봐.

예지 　　　......

S#32. 미국/엠버의 집 전경 (다른 날 저녁)

S#33. 엠버의 집/거실 (저녁)

인서트) 한국 드라마의 한 장면이 흐르고 있다.

카메라 뒤로 물러나면 한류 파티 중인 엠버 집의 거실. 천정에서 프로젝트가 내려와 영어 자막이 깔린 드라마 '내 이름은 김삼순' 정도 상영 중이다. 다양한 인종의 청춘들이 맥주와 와인 따위를 마시고 있다. 한 켠에 피자와 치킨, 마트 스시가 뷔페 스타일로 차려져 있고 각종 칩스와 트위즐러가 산처럼 쌓여 있다. 드라마는 신경도 안 쓰고 술만 마시는 남자들, 키스에 정신 팔린 커플들도 보인다.

S#34. 현관/거실 (저녁)

사람들이 드나드는데... 술 상자 안고 들어오는 환. 드라마 보던 엠버와 친구들 몇몇이 일어나 환영한다. 박스 열어 복분자주가 나오니 좋아들 하는데!

남1   코리안 와인?

환   (영) 뭐 그런 거지.

엠버   (관심 가지며) 나 이거 마셔봤어. 남자들한테 좋다며.

환   (웃으며) 그것도 한류 정보냐?

엠버   (귀엽게 흘기며) 기본 상식이지~

CUT TO

드라마 상영이 끝나고 싸이의 뮤직비디오가 나온다. 다 같이 노래 부르며 말 춤 따라 하는 사람들! 열광의 도가니인데! 어울려 춤추고 있던 엠버가 문득 환을 찾아보는. 거실 어디에도 환은 없는데...

S#35. 서재 (저녁)

술잔 올려두고 책상에 앉아 있는 환. 핸드폰으로 SNS 확인 중이다. 야생초 사진이 가득한 다운의 인스타, 먹방 사진만 줄줄이 올라가 있는 정일 인스타, 그리고... 예지. 작품 사진 올려둔 예지의 인스타 구경하는데... 책상 위 환의 술잔 앞에 올려지는 다른 술잔. 와인잔에 담긴 복분자주다.

엠버   (파티가) 영 재미없어?

환   고향 친구들 소식 좀 보느라고.

엠버   (건배 제안하고)

환   (마시는데/입가에 보라색 술자국이 남고)

엠버, 웃으며 손가락으로 지워주다가 환과 시선이 부딪히고. 그대로 환의 입술로 다가가는. 환, 얼결에 엠버랑 입 맞추게 되고. 엠버, 술잔 내려놓고 환을 안으려 하는데... 입술 떼어내고 엠버 밀어내는 환.

엠버 ... 환, 너 게이야?

환   그게 아니라... 알잖아. 한국에선 키스 먼저 하지 않고... 사귄 다음에 키스를 하지.

엠버 (이해했다는) 아하~ 좋아. 그럼 우리도 한국식으로 진도를 나가볼까?

환   ... (엠버와 그럴 생각이 없는데/곤란한)

엠버 자, 그럼 오늘부터 1일이야.

환   뭐?

엠버 한드에서 봤어. 썸 타다가 본격적으로 사귀게 되면 날짜 카운팅하는 거.

환   드라마 좀 그만 봐. 네가 그러니까 맨날 과제를 제날짜에 못 내지!

엠버 (상관없이) 참고로 난 진도가 좀 빠른 게 좋아. 한드처럼 16부 내내 아웅다웅하다가 겨우 엔딩에 키스나 하는 거, 딱 질색이야!

환, 남은 술 마셔버리고 엠버 술잔의 술도 자기가 마셔버린다.

환   넌 취했어. 그만 마시고 애들 보내.

엠버 무슨 소리야! 파티는 이제 시작인데!

환   난 간다~

나가버리는 환!

엠버   환! 서환! (따라가는)

S#36. 한국/신혼방 (다른 날 밤)

먼저 씻은 예지가 침대에 자리 잡고 텔레비전 켠다. 채널 서치하다가 슈퍼레이스 소식 전하는 뉴스에 고정하고. 보고 있는데 샤워 마친 진이 들어온다. 손에는 젖은 머리 말리던 수건 들려 있고.

예지   레이스 시즌이네? 저번에 용인이라더니... 경기장 갔던 거야?

진, 텔레비전 꺼버린다.

예지   ? (보는)
진   시끄러운 거 싫어서.
예지   ... (보다가 수건 받는다) 이리 앉아요.
진   (침대에 걸터앉으면)
예지   (진의 다리 사이로 들어가 머리 말려주고)

진, 그런 예지를 안는다. 예지, 상실감을 외면하고 싶은 진의 심정이 느껴지고. 그를 위로하듯 안아준다.

예지   드라이기 가져오께.
진   (풀어주지 않는) 잠시만 이러구 있자.
예지   ......
진   잠시만. (말은 그래놓고 딴생각에 빠진다)
예지   ...... (진의 젖은 머리칼 만져주는)

S#37. 동 (밤)

환이 선물한 등이 켜져 있다. 자다 깬 예지, 문득 침대가 비어 있음을 깨닫고. 일어나 방 안을 둘러보는데. 진이 없다. 로브 걸쳐 입고 나가는 예지.

S#38. 집안 일각/정원 (밤)

집안 곳곳을 살피며 진을 찾는 예지. 정원에도 나가보지만 아무도 없고... 이 밤중에 사라진 진이 걱정되는데...

S#39. 도로/진의 차 안 (밤)

어두운 도로. 스포츠카를 타고 질주하는 진.

S#40. 진환A&C 전경 (다른 날 낮)

S#41. 연자의 사무실 (낮)

연자 앞에 불려와 있는 지영 모녀. 입사 제안을 받고 어안이 벙벙한 찬희.

찬희   저를 여기 입사시켜 주신다구요?
연자   인턴 석 달 해보구 적성에 맞는 부서 찾아서 자리를 잡아보도록 하죠.
찬희   (지영 보는/어떡하냐는)

지영   우리 애를 왜요?

연자   며느리에 대한 배려랄까?

지영   (보는데)

연자   사돈댁 처자가 취업이 안 된다는데, 이만한 도움도 안 되면 남하구 다를 게 뭐겠어요?

지영   남보다 못한 사이로 지내는 거, 아실 텐데요?

연자   그거야 애들 짧은 생각이구, 부모가 돼서 그 장단에 놀아나면 안 되죠.

지영   (보다가) 우리 예지, 왜 들이셨어요?

연자   ... 자식 이기는 부모 없다잖아요.

지영   이길 수 있었을 거 같은데.

연자   (피식) 고모님은 자식, 이기세요?

지영   ......

찬희   (조심스럽게) 예지 언니도 알아요? 저 여기 들어오라고 하신 거?

연자   내 회사야. 며느리한테 허락받을 일은 아니지.

지영   어차피 들인 거, 구박은 하지 마세요. 속인 것도 아니고 사기를 친 것도 아니니까.

연자   구박하고 싶어도 그럴 틈이 없네요. 우리 집 남자들이 어찌나 싸고도는지.

지영   ...... (못마땅해하는 게 느껴지고)

연자   잡다한 집안일에 신경 쓸 여력이 없을 만큼, 제가 바쁘기도 하구요.

지영   전에는 걔가 우리 집 치부였지만... 이제는 그 집 치부가 된 거예요.

연자   ! (굳는데)

지영 　제 소관을 떠났으니 사부인께서 책임을 지셔야죠.
연자 　……

노크 소리. 문이 열리고 윤실장이 보인다.

윤실장 　대표님, 상무님 기다리십니다.
지영 　(일어나는) 바쁘신 거 같으니까 이만 가볼게요.

찬희, 엉거주춤 따라 일어나고.

연자 　(문가로 배웅하며) 멀리 안 나가겠습니다.

서로 목례하고. 지영 모녀 나가면 엇갈려 들어오는 연철. 윤실장이
문 닫아주고.

연자 　(투자에 관한) 법무팀 검토 끝났어?
연철 　몇 가지 체크사항이 있습니다. 직접 브리핑 받으실래요?
연자 　그래야 두 번 일 안 하지.
연철 　법무팀 오라고 하겠습니다.
연자 　회의실로. (부르라는)
연철 　진이 녀석... 괜찮을까요? 기를 쓰고 반대하는데...
연자 　대표는 나야.
연철 　……

S#42. 복도/엘리베이터 앞 (낮)

지영과 찬희가 가고 있다.

찬희   엄마가 웬일이야? 언니 편을 다 들고?
지영   내 새끼 구박은 해도 내가 하는 거야. 남이 하는 꼴은 못 봐.
찬희   차암 성격 이상해~
지영   (째리고)

엘리베이터 앞에 서는 모녀.

S#43. 양평 전경 (낮)

S#44. 공방 앞 (낮)

다운이 작은 화분을 들고 온다.

S#45. 공방 (낮)

스케치북의 야생화 그림을 도자기로 옮기고 있는 예지. 다운이 들어온다.

예지   (기척에 고개 들고) 왔어?
다운   (화분 보여주며) 요번에 캐온 거. 꼭지연잎꿩의다리.
예지   (붓 내려놓고 맞이하며) 꼭...뭐?
다운   꼭지연잎꿩의다리.
예지   그런 이름 참 잘도 기억해, 다운인?
다운   야생화들은 보면 알아요. 조상님들이 딱 보고 뭐랑 닮았네~

하면서 이름을 지으니까.

예지 　얘가 꿩 다리를 닮았다고?

다운 　그럼요. 꿩 병아리 때 다리랑 요 줄기랑 똑같애.

예지 　(아...핸드폰 들어 바로 사진 찍는) 야생초들이 그래도 제법 팔린다며?

다운 　택도 없어요. 어느 세월에 티켓값을 모을지...

예지 　언제 갈 건데?

다운 　돈만 있음 올여름에라도 가죠. 환이가 방학 때 안 들어온다니까.

예지 　모자란 건 내가 보태줄게.

다운 　(흥분하는) 진짜요?

예지 　누구 덕에 야생초 시리즈 하게 된 건데 그거 하나 못 해줄까.

다운 　(덥석 끌어안으며) 사랑해요.

예지 　(웃고)

다운 　언니도 환이 없으니까 허전하죠?

예지 　...

다운 　진이 오빠도 너무 바쁘고...

예지 　그이는... 첨부터 주말부부나 다름없으니까 부재가 익숙한데... 환이가 없는 거는... 아직도 어색해.

다운 　걔가 워낙에 형수님 보필을 잘했잖아요. 웬만한 신랑보다 낫지 뭐...

예지 　......

S#46. 몽타주

- 길가. 흙자루를 메고 오던 예지. 옆에 따라붙은 환이 흙자루를 채간다.

저만치 앞서가던 환, 사라지고.

- 주방. 어설프게 오이 썰고 있는 예지. 물 마시던 환이 컵 내려놓고 온다. 개수대에 손 씻고 예지에게서 칼자루 빼앗으며

환   제가 할게요.

오이를 돌려 깎아 편을 만들고. 그걸 모아서 얇게 채를 썬다. 어슷썰기로 채 써는 것보다 훨씬 가늘게 나오고.

예지   (감탄하며) 이런 건 어서 배웠어?
환   아빠한테요.
예지   (보면서 계속) 어머어머...

- 신혼방. 등을 내려놓는 환. 사라지고. 그 등을 켜보는 예지. 어디든 함께 해줬던 환이 이제는 없다는 게 자각되고.

S#47. 골프연습장 (다른 날 낮)

땅! 시원한 타격 소리와 함께 큰 포물선으로 날아가는 공. 타석에 진이다. 옆 타석에서 보던 예지, 본 대로 골프채 잡고 포즈 취하는데... 뭔가 어설프다. 그래도 표정만은 다부지고. 샷을 날리면...! 공 그대로. 헛스윙이었다. 진, 웃고.

예지   안 되네?
진   (그게) 될 줄 알았어?

진, 자기 골프채 세워놓고 옆 타석으로 넘어가 예지를 백허그로 감싸 안는다. 예지의 채를 같이 쥐는 진. 밀착된 두 사람.

진 (자세 같이 해 보면서) 왼팔을 일자로 펴고... 채를 던지듯이!
예지 (뒤돌아보는/가까워진 얼굴) 이렇게 몇 명의 제자를 가르치셨나?
진 당신이 처음.
예지 (설마)
진 내가 만난 여자들은 다 잘했거든.
예지 !
진 집중!

진과 예지, 같이 치는데 제법 날아가는 공. 예지, 재밌어하는데. 의자에 올려둔 진의 핸드폰이 울리고. 가서 받는 진. 예지는 계속 채를 휘둘러본다.

진 (액정 확인하고 받는) 마크?
예지 (돌아보고)

S#48. 도로 (낮)

양평의 도로를 달리는 차, 운전석에 캐리다.

S#49. 공방 앞 (낮)

공방에서 쓰레받기 들고 나와 정원에 흙 버리던 예지, 진입로에 들어오는 낯선 차를 발견한다. 손님인가 해서 보는데... 차가 와서 대어지고. 운전석에서 캐리가 내린다. 예지, 멎는데. 다가오는 캐리. 예지의 시야에 들어오는 캐리의 얼굴! 그 여자다!

예지   (당황을 감추고) 그이... 집에 없는데요.
캐리   ? (알아봤구나) 눈썰미가 좋으시네. 결혼식 때 한번 본 건데.
예지   ...... (긴장하고)
캐리   서감독 만나러 온 거 아니에요.
예지   ...
캐리   작품 좀 볼 수 있죠?
예지   !

S#50. 양평/카페 (오후)

전면 유리창으로 꾸며진 카페. 진이 동네까지 찾아온 마크를 만나고 있는 모습이 전면 창으로 보인다. 열심히 뭔가를 설득 중인 마크. 대꾸는 없지만 집중해서 듣고 있는 진의 모습이 보이고.

S#51. 도로/진의 차 안 (오후)

운전하고 있는 진, 생각이 많은데...

S#52. 공방 앞 (오후)

캐리의 차가 서 있다. 진의 차가 대어지고 진이 내리는데. 캐리의 차 확인하고 설마 싶은. 공방으로 들어간다.

S#53. 공방 (오후)

캐리가 성곤에게 차 접대를 받고 있다. 옆에서 찻물 보충해주며 시중 드는 예지. 캐리의 방문이, 이 자리가 편치 않다.

캐리   즈이 회장님이 도자기 엄청 좋아하시거든요. 선생님 작품두 벌써 몇 점 갖구 계세요.

성곤   감사한 일이네요.

예지   찾으시는 작품은 어떤...

캐리   회사 로비에 놓을 오브제랑 회장실에 진열할 도자기 몇 점?

성곤   오브제는 주문이 들어오면 제작하는 경우가 많아서... (예지에게) 지금 마땅한 게 있나?

캐리   명장의 작품을 받아가는 건데 기다려야죠. 기왕이면 사이즈 큰 걸루...

예지   일단 몇가지만 보여드릴게요. (일어서는데)

진이 들어선다.

예지   ... (멎었다가) 친구분 오셨어요. 결혼식에 오셨던 분... 맞지?

성곤   (일어나며/진에게) 마침 잘 왔다. 네 손님이니 말동무 좀 해드리고 있어. 우린 가서 샘플 좀 가져오마.

성곤, 예지와 함께 나가고. 예지, 두 사람만 두고 가기가 좀 그런데... 성곤이 앞장선다. 할 수 없이 따라가고.

캐리 앞으로 간 진, 열 받아서 어이없는 웃음이 나온다.

진	(웃다가) 뭐 하자는 플레이야?
캐리	버림받았던 비련의 여주가 반격을 시도하는 거지.
진	몇 번을 말해? 넌 주인공이 아니라고.
캐리	내 인생에선, 내가 주연이야. 물론 당신이 남주고.
진	난 다른 드라마에 출연 중이라는 거 잊었어?
캐리	겹치기 중이지. 잠시.
진	!

S#54. 전시실/혹은 창고 (오후)

작품 골라낸 성곤, 예지에게 건넨다.

성곤	이거 먼저 보여주구...
예지	......
성곤	(다른 작품 찾아보는)
예지	제가 다시 올게요. 들고 움직이지 마세요.
성곤	잔소리가 점점 는다?
예지	(웃어 보이고 나가는)

S#55. 공방 (오후)

캐리, 차를 한 모금 마시고. 마주 앉은 진.

진	그만 가.
캐리	지금 내가 사라지면, 그게 더 이상하지...
진	......

캐리	까먹었어? 다시 찾은 건 자기가 먼저야.
진	보고 싶어서 갔어? 경고하러 간 거야!
캐리	(여유 있게) 더 좋은 사람으로 만들어주는 거? 그거... 어떻게 하는 건데?
진	......
캐리	나하구 뭐가 달라? 신부 앞에서도 끝까지 솔직해? 바닥도 드러내고, 욕도 하고? 약해지면 무너지기도 하고?
진	......

S#56. 일각 (오후)

예지가 오고 있다.

S#57. 공방 (오후)

진	내 여자 앞에서 망가지고 싶은 남자는 없어.
캐리	...
진	(어느새 환의 대사를 하게 된) 그 사람이 원하면, 아무것도 거부하지 않아. 절대로 상처 주지 않아.

깔깔대고 웃는 캐리.

진	......
캐리	그러자니 얼마나 인생이 피곤하겠어. 상처투성이 욕망덩어리 인간 서진이 완벽한 남자 흉내를 내려니.
진	넌 죽었다 깨나두 모르겠지만, 그걸 사랑이라고들 하지.

완벽해서가 아니라! 사랑해서 노력하는 거.

캐리   누구였더라? 와이프 너무 사랑해서 감히 손끝 하나 못 대고
      거리의 여자만 찾아다녔다는 예술가...

진   ...... (상대를 말아야지)

캐리   아무것도 모르는 순진한 신부한테... 진짜 서진이라는 남잘
      한번 보여주지 그래?

진   ......

캐리   인정해. 힘들다고. 숨 쉴 곳이 필요하다고.

진   설사 내가 그렇다 해도 너한테 돌아가진 않아.

캐리   안 돌아와두 돼. 난 반쪽이면 충분해.

진   !

입구에서 두 사람의 대화 듣고 선 예지, 얼굴이 굳는다.

S#58. 공방 앞 (오후)

캐리의 차 트렁크가 열려 있다. 작품 박스 실어주는 예지.

캐리   아까 초이스한 시그니처대루 사이즈만 크게 뽑아주세요. 필
      요하면 즈이 회사 한번 나오셔두 좋구요. 로비 분위기를 살
      펴보시면... (도움이 될 거라는)

예지   거래는 이게 마지막이었으면 좋겠네요.

캐리   ! (멎었다가) 왜요?

예지   남편의 구여친을 아무렇지도 않게 손님으로 대할 만큼 쿨하
      지가 못해서요. 그이하구 어떤 관계였는지... 알거든요.

캐리   생각보다 눈치가 빠르시네?

예지   이러는 거... 부인인 나에 대한 모욕 아닌가요?

캐리   난 그저 도자기가 필요한 건데?

예지   굳이 저희꺼 안 사주셔도 돼요. 아버님도 내막 아시면 달가 워하지 않으실 거예요.

캐리   그럼 내막을 까던지.

예지   ?

캐리   난 오브제 주문 취소할 생각 없으니까.

예지   !

차에 올라 가버리는 캐리. 예지, 기가 차서 서 있고.

S#59. 진입로/캐리의 차 안 (오후)

캐리의 차가 가고 있다. 아직 공방 앞에 서 있는 예지. 백미러로 그런 예지 확인하는 캐리.

캐리   (혼자서 인사하는) 또 보자구요, 사모님~

돌아서 들어가는 예지의 뒷모습.

S#60. 공방 (오후)

진이 마크와 통화 중이다. 캐리를 보낸 예지가 들어오는데...

진   (영) 해외 레이싱은 경험도 부족하고... (사이) 차 안 타기로 마음 굳힌 지 오래다. 제안은 고맙지만 사양하겠다. (끊는데)

예지 ... (보고 선)

진 아부진 들어가셨어. 손님 응대가 피곤하셨는지 좀 누웠다 나오신대.

예지 ... 스카웃 제안이에요?

진 거절했어.

예지 ......

진 ......

예지 저 여자...

진 (멎고)

예지 지금도... 만나는 사이예요?

진 !

예지 내가... 만만한가?

진 (보는데)

예지 결혼식에서 신부대기실로 찾아왔을 때부터 이상했어. 구차한 의심은 하지 말자고... 믿었지만... 저 여자, 선을 넘은 거 아냐?

진 군대 가기 전에 끝난 관계야.

예지 (그녀는) 포기, 안 했던데.

진 난 아냐. 지나간 여자들 시시콜콜 다 보고해야 해?

예지 ... 그럼 무슨 일이 있어도 난 입 다물고 살라는 거예요? (폭발하는) 집까지 찾아왔어!

진 ... (피곤한데)

예지 이래서 날 고른 거야? 약점이 한 가마니는 되니까! 무슨 일이 있어도 참아줄 거라고! 찍소리 없이 넘어갈 거라고! 그래서 데려왔어요?!

진 ! (멎고) 내 맘, 그렇게 몰라? 어떻게 날, 그따위 수준으로!

예지   말을 안 하는데 어떻게 알아!

진   느끼잖아! 이미 다 알잖아!

예지   솔직하게 말로 해야 되는 것도 있어! 회사 일은 어떤지, 레이
       싱 그만둔 게 후회는 안 되는지, 우리 생활에 불만은 없는
       지! 당신 기분! 감정! 느낄 순 있지만 이유를 몰라! 그래서 불
       안해!

진, 예지를 당겨 안는다.

진   어떻게 말하는지... 몰라.

예지   !

진   난... 내 속을 얘기하는 거... 오래전에 그만뒀어.

예지   사실은 내가... 힘든 거지? 내 비밀... 버거웠던 거잖아.

진   (떼어서 얼굴 보는) 감당할 수 없었음, 애초에 결혼도 안 했어!

예지   (보는)

진   더 솔직히 말할까? 당신 과거나 집안사, 별 상관없었어. 사랑
       해서? 아니, 이기적이라서. 난 원래 남 일에 관심 없는 놈이야.

예지   ... (그렇게 위악적으로 말하는 진의 진심이 느껴지고) 난 자존
       심밖에 가진 게 없어. 그게 무너지면 나는 없는 거야.

진   이제 그렇게 곤두설 필요 없어. 안 그래도 돼. 난 신경 안 쓴
       다고!

예지   차... 다시 타요.

진   !

예지   너무 애쓰는 거 같았어. 행복해보이질 않아. 내가 당신을 행
       복하게 해줄 수 없다면... 적어도 방해는 안 하고 싶어. 나 때
       문이라면 참을 필요 없어.

진	(보다가) 내가 레이싱하는 거 좋아하는 사람, 아무도 없어. 식구들은 다 저러다 말겠지고 친구들은 있는 놈 호사취미 취급이지. 여자들은 다 위험하다며 말리고!
예지	자기는 좋아하잖아!
진	!
예지	그 순간에! 살아 있다고 느끼잖아!
진	운전도 안 하는 사람이 레이서 심정 아는 척 하는 거야?
예지	뭐가 됐든 원하는 걸 하고 살아. 환이처럼.
진	!

S#61. 진환A&C 전경 (다른 날 낮)

S#62. 진의 사무실 (낮)

창밖을 보고 선 진. 윤실장이 빈 박스 가져와 책상 위에 올려준다.

윤실장	정말 짐 쌀 거야?
진	그럴 필요 없겠어.
윤실장	(안도하며) 잘 생각했어. 대표님하구 지금은 생각이 다를지 모르지만 차츰 맞춰가다보면
진	(OL) 그냥 다 버려.
윤실장	!
진	후임자한테 넘길 거 넘기고, 나머진 다 버려.
윤실장	아직 사표수리 안 됐어. 아무리 모자지간이래두 이렇게 감정적으로 일처리를 하면 수습이 어려워.
진	나 지금 지극히 이성적이야.

윤실장   서진!

진   내가 조직생활에 안 맞는다는 거, 다시 한 번 깨달았구 아직
        은 피가 뜨거워지는 일을 하구 싶다는 걸 알았어.

윤실장   그럼 말씀을 드려! 납득을 시킨 담에 움직이란 말야...

진   내가 얘기하나 안 하나 우리 여사님이 이해를 못하는 건 똑
        같아.

윤실장   그래두

진   기관투자만 받고 사모펀드는 받지 말라구 해.

윤실장   직접 말해.

진   안 믿겠지만, 회사를 위해 그만두는 거기도 해.

윤실장   말두 안 돼.

진   ...... 사모펀드는 안 돼.

S#63. 미국/도시 전경 (밤)

S#64. 미국/환의 기숙사 (밤/한국은 낮)

환과 정일, 다운이 스카이프로 3인 영상통화 중이다.

정일   진이 형 미국 간다며?

환   ?! (금시초문이다) 우리 형이? 언제?

다운   너 몰랐어?

환   나 보러 온대?

다운   가면 보기야 하겠지. 무슨 랠리에 나간다던데?

환   차 타는 거 그만둔 줄 알았는데...

다운   다시 하고 싶은가부지 뭐. 예지 언닌 말릴 생각이 없더라고.

환	...... (무슨 일인가 싶고)
정일	너네 학교 여자들 예쁘냐?
다운	(한심하고) 넌 물어볼 게 그런 거밖에 없냐?
정일	너도 궁금하잖아~ 환이한테 여친 생길까봐 안달복달이면서...
다운	내가 은제!
환	(엠버 생각나지만) 우리 학곤 대부분이 남자라서.
다운	(안도하고)
정일	그럼 나 안 갈래.
다운	누가 부르기나 했니!
환	(웃고)

S#65. 양평/밭/연자의 차 안 (다른 날 낮)

성곤과 다운모가 풋고추 따고 있다. 목발에 바구니(혹은 봉지) 걸어놓고 한 손으로 고추 따서 담는 성곤. 다운모는 손이 안 보일 지경으로 빠른 속도. 밭 가장자리에는 전동 휠체어가 서 있다.

고추밭을 지나가는 연자의 차. 윤실장이 운전 중인데... 성곤과 다운모 발견하는 연자.

연자	완전 시골부부가 따로 없네.
윤실장	(백미러로 확인하고)
연자	... (심기 불편한데)

S#66. 공방 안 (낮)

채색을 끝낸 도자기들을 시유 중인 예지. 작은 찻사발은 위아래를 한 손아귀로 잡고, 접시는 집게로 잡는다. 두껍게 발리면 안 되는 유약 작업. 예지, 그릇 하나를 들고 넣고 빼는 호흡을 허공에서 연습해본다. 한 번 해보고 침착하게 그릇을 유약통에 담아 한 바퀴 돌린 후 잽싸게 빼낸다. 예지의 손에도 색이 물들고. 삼십 초. 빠르게 마르면서 도자기에 스며드는 유약. 유약이 마른 그릇을 조심스럽게 채반에 올리고 또 다른 그릇을 집어 드는데. 그때 문득 고개 들면. 문가에 와 있는 연자.

예지   (놓고 다급히 일어나며) 언제 오셨어요?
연자   ……

S#67. 환의 집/거실 (낮)

예지와 마주 앉은 연자.

연자   내가 지금 너한테 부탁하는 걸로 보이니?
예지   어머니두 못 하신 걸, 제가 할 수 있다고 생각하세요?
연자   너 땜에 나하구 의절도 각오했던 앤데, 말발이 그 정도도 안 먹혀?
예지   제가 그 사람 못 말리면, 어떻게 되는 건데요?
연자   …
예지   며느리 자리, 반납해야 하나요?
연자   형편없는 조건을 눈감아 준 건, 적어도 내 아들을 붙잡아 앉힐 깜냥은 되는 줄 알아서였어!
예지   전 그 사람 인생 좌지우지하고 싶지 않아요. 그럴 힘도 없고…

	다만 그이 선택을 이해하고 존중할 뿐이에요.
연자	지 목숨 갖다 버리겠다는 게 존중받을 선택이야?
예지	아무 일 없을 거라고, 무사히 돌아온다고... 약속했어요.
연자	(기가 차서 비소하며) 여러 말 섞을 거 없고 무슨 수를 써서라도 잡아 앉혀! (가방에서 약 봉투 꺼내 티 테이블 위에 던진다)
예지	?
연자	말발이 안 먹히면, 약 먹구 쇼라두 해. 죽네사네 난리치면 마지못해 주저앉겠지.
예지	(말문이 막히는)
연자	(일어나며) 너만 믿는다?
예지	......

S#68. 정원 (낮)

연자, 나온다. 밭에서 온 성곤도 정원으로 들어서는데... 전동 휠체어에 고추 보따리를 싣고 자동운전으로 운반해 왔다.

성곤	언제 왔어?
연자	(기가 차서) 그 비싼 걸 달구지로 써?
성곤	어차피 편하자고 산 건데 나 편하면 됐지 뭘.
연자	농사도 지어?
성곤	다운네 밭에서 딴 거야. 고추지 담글라고.
연자	인심도 좋아? 밭도 내주고?
성곤	... 저녁 먹구 갈 거지?
연자	(가겠다는) 바빠.
성곤	바쁜데 여긴 뭐 하러 왔구..

연자	며느리한테 미션 주려고. 진이 잡아 앉혀야지.
성곤	... 회사에, 무슨 일 있는 거야?
연자	(설명해주기 싫은) 그냥 벌린 게 많으니까.
성곤	어려운 게 있음, 얘길 해. 필요하면, 나라도 다시... (힘이 되어 줄 수 있다는)
연자	그 몸으로?
성곤	...... (참고) 장애인 사업가도 많아.
연자	그냥 그릇이나 빚어.
성곤	...... (상처받고)
연자	뭐 농사꾼도 괜찮겠네. 어울리는 파트너도 있고.
성곤	?

나가버리는 연자. 성곤, 먼지 털고 집안으로 들어간다. 고추는 정원에 그대로.

S#69. 거실 (낮)

성곤이 들어선다. 찻자리 치우던 예지, 다급히 약 봉투 숨기고.

성곤	뭐냐?
예지	암것두 아니에요.
성곤	(걸리는) 뭐 또 (연자가) 말도 안 되는 소리 하드나?
예지	그이 랠리 못 가게 하라구요...
성곤	볶을라면 자기 아들을 볶지, 왜 남의 딸을 볶아...
예지	(웃고)
성곤	모욕은 참지 마라.

예지   (엎어서 보면)

성곤   그게 누구든.

예지   ......

성곤   때리면 물어버리고. 욕을 하면 쓰레기통이라도 갖다 부어.

예지   ... 근데... 굳이 그렇게까지 안 해도 될 거 같아요.

성곤   (보면)

예지   인제 제 편이 셋이나 되잖아요. 그이랑 아버님이랑... 환이랑.
        요새는 누가 뭐래도 신경이 안 쓰여요.

성곤   너는 짖어라, 나는 간다?

예지)   (끄덕끄덕)

성곤   (웃으며 주방으로) 저녁은 뭐해 먹을까?

예지   냉장고 한번 보실래요? 생닭두 한 마리 있구... 냉동실에 고
        등어도 있어요.

성곤   고추가 잔뜩인데, 고추잡채 하까?

예지   (찻잔들 챙겨서 주방으로 따라가며) 확 땡기는데요? 매운 거
        좋아요.

S#70. 양평 전경 (저녁)

해가 지고 있다.

S#71. 공방 (저녁)

빈 공방에 진이 혼자 있다. 건조기에 건조 키트 설치, 예지의 신발을
걸어서 열풍을 작동한다.

S#72. 환의 집 현관 (저녁)

예지 나오는데. 진이 준비해둔 신발을 신겨준다.

예지   (신다가 놀라는) 뭐야? 신발 속이 따뜻해!
진   건조기로 덥혔어.
예지   ?
진   일본 료칸에서 쓰는 거. 당신이랑 아버지, 새벽에 가마 볼
         때... 발 시린 거 신경 쓰여서.
예지   신발 데우는 기계도 있어?
진   원래는 이불 속 덥힐 때 쓰는 건데 온천 같은 데서 손님들
         젖은 신발 말릴 때도 쓰더라고. 인터넷으로 주문했어.
예지   난 더 낭만적인 그림 생각했는데.
진   (보면)
예지   (흉내 내며) 아궁이 앞에 쪼그리고 앉아서 양손에 내 신발
         들고 데워온 줄.
진   뭐 비슷은 해. 아궁이 대신 건조기 썼을 뿐이야.
예지   자상한 건 환이만 하는 줄 알았더니...
진   걔가 누구한테 배웠겠어.
예지   (부러) 아버님?
진   (데리고 나가며) 나두 좀 해.

웃으며 따라가는 예지.

S#73. 양평/길 혹은 공원 일각 (밤)

진과 예지가 걷고 있다. 캐리에 대해 제대로 설명하기 시작하는 진.

진   군대 가기 전에 만났어. 관계 정리하려구 협찬도 끊고 연락
      도 안 했는데... 제대하면서 일 핑계 대구 얼쩡거려서...

예지   (OL) 다 그만 두구 어머님한테 갔던 거야?

진   겸사겸사. 어머니도 원하구, 나도 다시 엮이기 싫어서.

예지   왜 정리하려고 했던 건데?

진   사랑하지 않았으니까.

예지   사랑하지도 않으면서 연애는 하구... 그런 남자 별루야.

진   인정해. 자기 만나기 전까지... 나 그렇게 좋은 남자는 아니
      었어.

예지   ...

진   필드가 같으니까 선수들을 잘 이해하고... 자주 부딪히다 보
      니까 그렇게 됐지만... 오래 갈 사이는 아니었어.

예지   (진에게) 자신감이 있던데?

진   (그게 아니라) 지는 게 싫은 거야, 캐리는.

예지   내 남자한테 뭔가 자신이 있어 보여서... 그게 아팠어. 난 아
      직 그런 거 없거든.

진   내 인생에 여자가 당신이 처음은 아니야.

예지   ......

진   그치만 결혼하고 싶은 여자는 오예지가 첨이었어. 지켜주고
      싶은 기분이 든 것도, 기대고 싶은 맘이 든 것도.

예지   (본다)

진   아버지나 환이보다 순위에서 밀리는 거 같긴 했지만... 나야
      걱정은 안 했지. 한 명은 유부남이고 한 명은 미성년이니까.

예지   (피식 웃고)

예지의 손을 잡는 진. 두 사람, 그렇게 다정하게 걸어가는데. 문득 서는 예지

예지   근데 우리 어디 가는 거야?

진   ......

S#74. 연밭 (밤)

예지, 아름다운 연밭의 야경에 입을 막는다. 끝없이 펼쳐진 연꽃의 향연. 그 위를 수놓은 불꽃들.

예지   연꽃 천지야!

진   낮에도 좋지만 밤에 더 이쁘거든. 아직 한 번도 못 본 거 같아서.

예지   (놀리는) 선수라 다르긴 다르구나~

진   우리 화해한 거 아니었어?

예지   대체 이런 건 어떻게 알았대?

진   ... 양평 사람들은 다 알아.

핸드폰으로 열심히 연꽃 찍는 예지.

예지   내가 그리면 이렇게 이쁘게 안 나오겠지?

진, 그런 예지를 찍어주는데

예지   (알아채고/진 끌어당기며) 독사진 싫어~ 같이 찍어요!

진, 팔을 뻗어 커플 셀카를 찍는다. 찬란한 연꽃을 배경으로 두 사람의 행복한 순간이 담기고.

S#75. 동 일각 (밤)

벤치에 앉은 진과 예지, 한동안 같이 수련들 보며 말이 없다가...

예지　　예쁜 것들은 질리지가 않아.

진　　　여기 말구두 이 동네 갈 데 많더라. 난 사실 서울 있을 때가 많아서 잘 몰랐는데 리버 마켓두 열리고 카누 타는 데도 있고... 천천히 하나씩 다 해보자구.

예지　　... 양조장도 있던데...

진　　　(웃는) 막걸리 땡겨?

예지　　아니 뭐... 양조장에서 갓 나온 막걸리가 그렇게 맛있다길래...

진　　　가자 가.

예지　　... (같이 웃다가) 낮에 어머님 왔다 가셨어.

진　　　(웃음기 가시고)

예지　　자기 못 가게 하래.

진　　　회사일 부려먹구 싶어서 그러지 뭐.

예지　　막상 가라고 했으면서... 자기가 간다니까 흔들려. 보내도 되는 걸까... 위험하다는데...

진　　　약속해. 건강하게 돌아온다고.

예지　　빗방울도 조심해.

진　　　?

예지　　당신이 원하는 길을 가. 행복한 일을 해. 그치만... 다치면 안 돼.

진, 보다가... 예지에게 키스한다.

예지 (부드럽게) 나 이거 싫어하는 거 알지? 대답 안 하고 이딴 식
     으로 때우는 거.
진   (장난스럽게 다시 입술로 막아버리고)
예지 (웃으며 밀어내는) 하지 말라고!

막무가내인 진, 결국 항복하고 받아주는 예지. 두 사람의 오랜 입맞춤.

S#76. 환의 집 전경 (다른 날 낮)

S#77. 신혼방 (낮)

책상에서 뭔가 쓰고 있는 예지. 옆에는 브레히트의 시집이 놓였다.
문이 열리고 진이 들어오자 종이 바로 뒤집어 숨기는 예지.

진   당신, 아직도 여권 없어?
예지 응.
진   일단 여권부터 만들어. 같이 미국 가게.
예지 나두?
진   신혼여행두 제주도 밖에 못 갔잖아. 경기 끝나구 미국 투어
     하자. 환이도 만나고. 돌아다니기 싫으면 하와이 가서 쉬어
     두 좋고
예지 (가고는 싶지만) 내가 있음 아무래도 자기 집중하는 데 방해
     되잖아.
진   그런 건 어떻게 알았대?

예지　　내가 뭐 능력은 없어두 눈치는 있다. 영어두 잘 못하는 해외 초짜, 달구 나가봤자 짐밖에 더 돼?

진　　　(웃으며) 그럼 경기 끝나구 넘어와.

예지　　(괜찮을 듯싶고) 그러까?

진　　　경기는 혼자, 여행은 같이.

예지　　(좋다고 끄덕이는)

진　　　(미소)

S#78. 미국 도시 전경/혹은 호텔 전경 (다른 날 낮)

S#79. 미국/호텔 안 (낮)

출전 준비하는 진. 처음에는 맨몸이었다가... 그 위에 레이싱용 방염 내의를 입고... 그 위에 드라이빙 슈트. 슈트 상의는 허리에 걸친 채 얼굴에 두건 쓴다. 얼굴 가려지면 슈트 마저 입고 준비를 마치는데. 헬멧 집어 드는데 바닥으로 툭 떨어지는 메모지. 주워서 접힌 메모지 펴보면. 예지의 편지다.

예지(소리) 내가 사랑하는 사람이 나에게 말했다. "당신이 필요해요" 그래서 나는 정신을 차리고 길을 걷는다. 빗방울까지도 두려워하면서. 그것에 맞아 살해되어서는 안 되겠기에.

진　　　……

예지(소리) 브레히트의 시를 보고... 난 울었어. 사무치는 내 마음이... 여기에 있더라. 빗방울도 조심하라는 내 얘기 잊지 마. 건강하게 돌아온다는 약속도 꼭 지켜. 자기는 혼자가 아니야. 사랑하는 마누라가 있다구.

진, 피식 웃고 메모지를 가슴팍 주머니에 넣는. 헬멧을 들고 밖으로 나가는데...

S#80. 호텔 로비 (낮)

헬멧을 손에 들고 출구로 향하는 진과 마크. 마크 페이스노트 보고, 진은 마크에게 뭔가 얘기해주려다 앞으로 지나가는 캐리와 기석 팀 들 본다. 잠시 멎는 진. 같이 멈추는 마크.

진   (영/마크에게) 출전팀 중에 한국팀이 있어?
마크   (영) 몰랐어? 멤버들이 다 예전 너네팀이던데...
진   ......
마크   (영) 본때를 보여주자!
진   ......

진, 이내 상관없다는 기분으로 다시 걸어 나가고. 마크 걸음 맞춘다.

진   (영/나가면서) 페이스노트, 내가 수정한 데 있으니까 확인해
         봐.
마크   (영) 어, 봤어.

S#81. 미국/환의 기숙사 안 (낮)

공부 중인 환.

S#82. 한국/공방 전경 (새벽)

S#83. 가마터 (새벽)

재벌이 끝난 가마. 기물들을 꺼내려는 성곤과 예지. 첫 가마를 경험하는 예지의 얼굴이 긴장과 기대에 차 있는데... 구멍이 생기고, 성곤이 안의 기물들을 눈으로 확인하는데. 뭐가 잘못됐는지 입구 흙을 떼어내는 성곤의 손길이 빨라진다. 예지, 긴장하고.

S#84. 가마 안 (새벽)

엉망이 된 내부. 성곤이 굳은 얼굴로 보고 있다. 밖에 선 예지도 굳어 있고. 기물 몇 개가 깨지면서 다른 작품들에 파편이 튀어 모두 망쳐 버렸는데...

예지   (속상한) 왜 이런 거예요? 제가 뭐 잘못했어요?
성곤   물레 작업에서 뭔가 잘못된 거야. 흙에 공기가 들어갔어.
예지   ......
성곤   가마를 이 정도루 망친 적이 없는데...
예지   죄송해요. 중간에 제가 뭘 놓쳤나 봐요.
성곤   네 잘못이 아니다. 이건 그냥... 이렇게 되고 말 운이었던 거지.
예지   ......

핸드폰 벨소리가 울리고. 이 새벽에? 싶어 보는 성곤.

예지   (작업용 앞치마 주머니에서 핸드폰 꺼내며) 그인가 봐요.
성곤   ...

가마에서 떨어져 전화 받는 예지.

예지   네... (듣고) 맞는데요... (듣고/사색이 되어 성곤을 돌아보는)

예지의 낯빛에 불길한 예감 느끼는 성곤. 덜덜덜 떨면서 핸드폰 끊고 다가오는 예지.

예지   ...... (뭐라 해야 할지 모르겠고) 아부지...
성곤   ... (불길한데)

S#85. 미국/환의 기숙사/복도 (낮)

탕! 거칠게 문이 열리고! 안에서 뛰쳐나오는 환! 어디론가 미친 듯이 달려가는 데서 엔딩!

6부

내가 가장 예뻤을 때 1

S#1. 미국/병원 전경 (낮) - 3년 후

S#2. 시체 안치소 (낮)

환이 서 있다. 3년 전보다 성숙한 분위기. 남자가 됐다. 냉동고 문이 열리고 천에 덮인 시신이 나온다. 직원이 환을 쳐다보면. 환, 익숙한 일이다. 보겠다고 고개 끄덕이면. 직원이 천을 내려준다. 드러나는 시신의 얼굴. 진이 아니다. 안도와 좌절감이 동시에 덮치고.

환   (영) 내 형이 아니다.

직원, 신속하게 천 올리고 시신을 다시 냉동고에 안치한다.

S#3. 화장실 (낮)

세면대 비어 있는데... 어디선가 욱욱! 토하는 소리 들리고. 잠시 후 물 내려가는 소리. 화장실 칸에서 사람이 나온다. 환이다.

세면대로 와서 입 헹구고 손 씻는 환. 아무리 반복돼도 여전히 고역인... 시체 확인이다. 거울 속 제 얼굴을 보는데...

S#4. 병원 일각 (낮)

환이 탐정에게 브리핑을 받고 있다.

탐정   (영) 미국 전역 병원을 업데이트하는 일은 더 이상 의미가

없는 것 같고... 뉴욕 주변으로 한정, 리스트를 만들어서 주
기적으로 체크하는 게 좋겠습니다.

환   (영/많이 지친) 그게... 현실적인 거겠죠...

탐정   ... (영) 사실 이렇게 지속적으로... 몇 년이 지나도 포기하지
          않고 사람 찾기를 계속하는 가족은 드물어요. 저희야 계속
          일을 의뢰해주시니 감사하지만... 성과도 없이 오랜 시간이
          흘러서... 뵙기가 민망합니다.

환   (영) 한국의 가족들은 시신이라도 찾기를 원하니까요.

탐정   (영/안쓰럽게 보며) 비슷한 연령대의 동양인 남자들은 놓치
          지 않고 체크 중이긴 한데... 번번이 힘드셔서...

환   (영/담담하게) 그래도 해야죠.

S#5. 병원 복도 (낮)

아무도 없는 빈 복도. 혼자 빠져나가는 환의 뒷모습.

S#6. 한국/교도소 진입로 (다른 날 새벽)

텅 비어 있는 길. 아직 아무도 오가는 이가 없다.

S#7. 교도소 전경 (새벽)

동트기 전, 푸르스름한 공기가 내려앉은.

S#8. 교도소 앞 (새벽)

.

두부를 들고 기다리고 있는 가족들, 친구들. 육중한 철문이 열리면 일제히 그 앞으로 몰려들고... 출소자들이 나온다. 가족들과 만나 끌어안고 눈물 흘리는 출소자, 혼자서 빠져나가는 출소자, 반갑게 맞이하는 젊은 친구들... 각양각색이고. 그중 나이에 맞지 않는 허름한 스타일의 (반바지에 슬리퍼 정도?) 차림의 한 여인이 눈에 띈다. 고운이다. 외롭게 멀어져가는 그녀의 뒷모습에서.

S#9. 갤러리 전경 (아침)

S#10. 갤러리 안 (아침)

접시들을 벽에 걸고 있는 여자의 뒷모습. 접시를 연결하면 하나의 큰 그림이 되는 작품이다. 다른 벽면에도 야생화 시리즈로 보이는 접시 그림들이 걸려 있고. 연결을 맞추고 뒤로 물러나 균형을 살펴보는 여자. 성숙해진 분위기의 예지다.

뒤에서 박스 열어 접시 건네주는 사람은 이제 청년이 된 정일. 작업복 차림의 아가씨 다운이 접시를 건네받아 천으로 닦는다. 닦아낸 접시를 작업대 위에 쌓아놓으면, 예지가 가져가서 벽에 거는데... 제법 멋을 낸 정일이 다운에게 잔소리를 한다.

정일 넌 전시회 오면서 꼬라지가 그게 뭐냐?
다운 일하러 왔지, 놀러 왔어?
정일 선생님하구 형수 체면이 있지, 아무리 일하러 왔대두 여기가 뭐 너네 장미밭이냐? 애가 티오피를 몰라...
다운 티피오겠지.

정일　　그거나 저거나! 순서만 다르지 글자는 똑같네 뭐.

다운　　(한심해서) 티피오 약자가 뭔지는 아냐?

정일　　(발끈하며) 그걸 왜 몰라? 타임! (외쳐놓고 바로 말문 막히는)

다운　　타임밖에 모르면서 누구한테 잔소리야! time! place! o...
　　　　o... (에서 막히고)

정일　　(비웃으며) 그래, 네가 겨우 한 개 더 안다.

예지　　(웃으며 다가오는) occasion.

다운　　그래 그거! occasion!

정일　　(바로) 무슨 뜻인데?!

다운　　(다시 막히고)

예지　　도와줄라구 작업복 입고 온 사람한테 왜 그래... 이거야말
　　　　로 훌륭한 티피오지...

정일　　... (그래도 다운이 얄밉고)

다른 박스에서 꽃바구니 꺼내는 다운.

다운　　이거요... (예지에게 주며) 엄마가 갖다 드리래요...

예지　　(뭉클하고) 이쁘다...

다운　　생색만 엄마가 내는 거지, 그거 다 제가 만들었어요.

예지　　고마워...

다운　　(살짝 쑥스럽고)

예지　　첨이야, 이런 거.

정일　　그르네! 우리 형수 데뷔전이니까 꽃다발도 처음인 거네~

다운　　지 몸뚱이만 꽃단장하면 다냐? 빈손으로 온 주제에 누구한
　　　　테 지적질이야!

정일　　(팔꿈치로 툭 치면서) 이런 건 미리 좀 갈쳐줘야지!

다운	기본상식 아냐? 남의 집에 갈 때도 빈손이 예의가 아닌데!
예지	둘 다 와 준 게 어디야~ 욕먹을까봐 걱정이 태산인데 두 사람 있어서 든든해.
다운	욕을 왜 먹어요...
예지	자격도 안 되는데 공간만 얻어서... 낙하산 소리 들을까봐...
다운	빽두 다 능력이에요~
예지	(웃고)
정일	(큰소리치는) 걱정 마세요! 즈이가 다 막아드릴게!
다운	오늘은 기뻐만 하세요. 그동안 맘고생 한 게 어딘데...

울컥 오르는 예지, 감추려고 꽃향기 맡아보는. 그 위로 음악이 시작되고.

S#11. 동 (낮)

전시회가 오픈했다. 손님들과 관람객들이 들어차기 시작한 내부. 분청 위주인 성곤의 작품이 대부분이고 한쪽에 예지의 도자그림이 걸려 있다. 찾아온 손님들에게 인사하고 있는 예지, 다소 긴장해 있다가 서안과 과 동기들 방문에 놀라고.

예지	웬일이야! 여긴 어떻게 알구~
동기1	조교 언니가 연락 싹 돌렸어.
서안	나 지금은 조교 아니거든? 강사거든!
예지	(서안에게) 언닌 창피하게 뭐 애들한테까지 말을 하구...
서안	보여줄라구 전시하는 거 아냐? 창피하면 내놓지를 말아야지~
동기2	겸사겸사 얼굴도 보고 좋지 뭐. 이게 얼마만이야? 결혼식에서

보구 첨이지?

일동, 순간 조용해지고. 서안, 동기2 팔꿈치로 찌르면.

예지   (분위기 무마하는) 내 껀 쪼끔이라 뭐 볼 것도 없어. 우리 선
        생님꺼 천천히 돌아보구 로비에서 뭐 좀 먹어. 머릿고기 잘
        하는 집서 받아왔어. 막걸리두 마시구 그래.
서안   한바퀴 돌아볼까?
예지   (동선 알려주는) 이 라인 따라가며 보시면 돼요.

서안 일행 빠지면 학교 담임과 선생들 몰려오고.

예지   선생님!
담임   축하해~

담임과 허그하며 인사 나누는 예지

예지   (다른 선생들에게) 다들 바쁘신데 서울까지 어뜨케 오셨어요...
선생   오 선생 유명해지기 전에 미리 하나 사두려구
담임   혹시 알아? 주식처럼 올라갈지?
예지   제가 따루 챙겨드릴게요. 사긴 뭘 사세요... 부끄럽게...
담임   그래두 그런 게 아니지...

웃으며 응대하는 예지의 모습.

S#12. 동 로비 (낮)

머릿고기와 시루떡, 색색의 바람떡과 백김치에 막걸리가 즐비한 한국식 스탠딩 주안상이 차려져 있다. 목발에 기댄 성곤이 손님들과 막걸리를 나누며 담소 중인데... 전시 경험이 많은 작가답게 여유로운 분위기.

일각. 로비를 지나가는 백발 여인의 뒷모습이 보이고. 머리는 하얗게 세었지만 날씬한 뒤태가 힘이 있다.

S#13. 동 일각 (낮)

예지의 작품 앞에 서 있는 앞 씬의 백발 여인. 카메라가 앞으로 돌아가면 다름 아닌 연자다. 차가운 눈길로 작품을 보고 섰는데... 일각에서 방문객들 맞이하던 예지가 연자를 발견하고 다가온다.

예지   오신 줄 몰랐어요... 전화라도 하시지, 제가 맞으러 나갔을 텐데...

연자, 예지는 쳐다도 안 보고 그대로 작품 앞으로 직진한다. ? 쳐다보는 예지. 연자, 걸려 있는 접시를 내팽개치는데! 쨍그랑! 연이어 닥치는 대로 집어 던지는 연자! 관람객들, 파편이 튈까 비명을 지르며 도망가고! 더러는 무슨 구경인가 싶어 몰려드는데... 얼어붙어 그 자리서 꼼짝도 못 하는 예지! 연자, 예지에게 다가온다. 다운, 기겁해서 성곤을 데리러 달려 나가고!

예지   ...... (쳐다보는데)
연자   나머지, 당장 내려!

예지	(멎고)
연자	신났니? 좋아 죽어?
예지	어머니.
연자	남편은 죽었는지 살았는지 생사도 모르는데! 에미는 머리가 허옇게 셀 만큼 괴로운 세월인데! 너 혼자 잔치하니?
예지	어머니, 그게 아니구요
연자	(막무가내) 예술? 네 이름 내는 게 그렇게 중요해?! (버럭) 지금 때가 어느 땐데!
예지	여긴 선생님 전시회예요! 저 때문에 화가 나신 건 알겠지만... (선생님 전시회를 망치면 안 된다는)
연자	(코웃음 치는/OL) 네 선생두 마찬가지야! 시아버지가 돼 갖구 자숙해야 할 며느리를 이렇게 내돌려? 제정신이냐구! (분에 못 이겨 예지의 다른 작품 팽개치는)

예지, 고스란히 당하고 서 있다.

S#14. 로비 (낮)

승민과 함께 들어서는 찬희.

찬희	언니한테 디지게 욕먹는 거 아닌가 몰라...
승민	난 그냥 문화생활 즐기러 온 거야.
찬희	출처가 난데?
승민	그건 비밀로 하고.
찬희	그럼 입장부터 따로 해야는 거 아냐?
승민	입구에서 만난 거지. 우연히.

찬희   솔직히 말해. 혼자 가면 바로 까일까봐 겁나는 거지?

승민   ... 응.

찬희   오빠, 디게 소심해졌다?

승민   오랜만이잖아... 예진 결혼도 했고...

찬희   몇 달 살지도 못했는데 뭐.

승민   ······

손님 응대 중인 성곤 근처에서 열심히 먹고 있는 정일 발견하는 찬희.

찬희   (반가워서 다가가며) 만두야!

정일   (우물거리며 보는) 어, 찬희 누나!

엉거주춤 따라가는 승민인데... 급하게 달려 나온 다운이 성곤을 찾는다.

다운   아저씨! 빨리요! 아줌마가 난리예요!

바로 움직이는 성곤. 다운, 성곤과 함께 안으로 들어가는데. 정일, 따라갈까 하다가 미련이 남는다. 도로 눌러앉아 먹방에 집중하고.

찬희   (정일에게) 언니 안에 있어?

정일   네.

찬희   (평소 귀여워하는 편이다/볼 꼬집으며) 이따 보자?

정일   (터치가 싫지는 않은) 들어가 보세요.

찬희, 승민과 함께 안으로...

S#15. 전시장 안 (낮)

연자가 그릇을 부수고 있다. 가슴이 무너져 내리는 예지. 지난 세월을 감수할 수 있게 해준 분신 같은 작품들이 산산조각 나는 광경이 고통스러운데...

그때, 소란통을 말리러 들어온 성곤의 뺨으로 도자기 파편이 튀고! 성곤을 모시고 들어온 다운, "아저씨!" 소리를 지른다.

예지   (사색이 되고/급하니까 선생님 소리 대신 튀어나오는) 아부지!

성곤에게 달려가 살피는 예지! 연자, 씩씩거리면서 멈추는데...

소동 모르고 들어온 승민과 찬희, 눈앞의 광경에 멈칫!

성곤   (괜찮다고 팔로 예지와 다운을 다독이며/눈빛은 서슬이 퍼렇다) 무슨 짓이야! 초대받지도 못한 주제에 어디 와서 행패를!
연자   (올라오는) 우리 진이, 당신 자식 아니야? 생사 모르는 자식 두고 부모가 돼 갖구 끼니 챙겨 먹는 것도 켕겨서 날마다 얹히는데! 좋다구 술판까지 벌여?
성곤   우리 자식, 죽었어.
예지   ! (멎고)
성곤   당신만 인정 안 하는 거야!

연자, 다가와 성곤의 뺨을 친다! 파편으로 생겼던 핏자국이 더 벌어지면서 연자의 손으로, 예지의 얼굴로 피가 튀고! 예지, 굳어버린다.

얼굴을 만져 보는. 손바닥에 묻어나는 피... 어느 날의 기억이 온몸에
차오르고... 공포가 엄습하는데...

연자　　다시 말해봐!

성곤　　......

연자　　그런 재수 없는 소리, 한 번만 더 뱉었다간 당신부터 내 손에
　　　　죽을 줄 알아!

성곤　　(진심은 아니다/예지 방어하기 위해 공격하는) 당신은 회사 관
　　　　뒀어? 일 안 하고 진이만 찾아다녔어? 식음 전폐하고 따라
　　　　죽었어?! 자기는 할 거 다 하고 맘대로 살면서! 왜 우리는 기
　　　　다림에 말라가야 하는데! 산 사람은 살아야지!

연자　　하긴. 자기가 반병신이 됐어두 기를 쓰고 여기까지 온 사람
　　　　인데! 자식 없어진 게 대수야? 사업할 때보다 더 유명해져서
　　　　예술가 타이틀 달았으니 좋겠지! 목발이 되려 훈장 아니야?

다운　　(말리는) 아줌마! 좋은 날 왜 이러세요!

연자　　좋은 날? 내 자식 사라진 지 몇 년인데! 좋은 날이 어딨어!

쿵! 굳어 있던 예지가 기어이 쓰러진다! "예지야!" "언니!" 성곤과 다
운이 달려들고. 연자도 입 다물고 물러나는데... 승민과 찬희가 다가
온다. 바닥에 쓰러져 있는 예지, 그 피 묻은 얼굴... 놀란 승민이 아픈
얼굴로 예지를 안아 드는데... 찬희, 속상하고. 승민과 예지를 보는
연자.

S#16. 동 로비 (낮)

승민이 예지를 안고(여의치 않으면 업고) 나온다. 따르는 다운, 찬희...

머릿고기 먹고 있던 정일, 사태 파악 못 하고 있다 눈이 휘둥그레지고! 다운이 정일의 뒷목을 잡아챈다.

다운 아저씨 챙겨!

정일 왜 그래? 형수 어디 아파? 쓰러진 거야?

다운 언니는 내가 따라갈 테니까 넌 현장 수습 좀 하라구!

정일 ?!

다운 (정일 놓고 가버리는)

뒤늦게 따라 나온 성곤, 다른 사람 속도를 따라가지 못해 처지는데... 정일, 다가가 성곤을 챙기고...

S#17. 동 앞/연자의 차 안 (낮)

구급차가 와 있다. 예지를 이동식 병상에 올리는 구급대원들. 다운이 따라 타고. 승민은 찬희와 함께 서둘러 자기 차에 오르는데...

일각. 차에서 지켜보고 있던 연자. 운전석의 윤실장에게 묻는다.

연자 법무팀에 전시회가 고지됐었나?

윤실장 그럴 리가요. 대표님도 기사 보고 아신 거잖아요.

연자 류변이 와 있더라구.

윤실장 찬희씨랑 아는 사이 같던데... 예지씨와도 친분이 있는 거 아닐까요?

연자 ... 알아봐.

윤실장 네.

연자   (가자는) 회사로.

윤실장, 차를 출발시킨다.

S#18. 관장실 (낮)

구급상자 열려 있다. 성곤의 얼굴 상처를 소독하고 반창고(혹은 밴드) 붙이는 정일.

정일   선생님도 병원 가실 걸 그랬나봐요.
성곤   난 이만하면 됐구 다운이한테 전화 좀 해봐. 예지 어떤지.

정일, 핸드폰 꺼내 전화 건다. 다운이가 받으면.

정일   형수 좀 어때?

대답도 듣기 전에 핸드폰 가져가는 성곤.

성곤   나다. 예지 괜찮니?

S#19. 병원 복도 (낮)

다운이 성곤과 통화 중이다. 커피 빼온 찬희가 다운에게 한잔 건네주고.

다운   (받으며) 괜찮아요, 아저씨. 구급차에서 바로 깨어나더라고요.

그래도 혹시 몰라서 링거 맞고 있어요. (듣고) 네... 회사 변호
사래요. 데려다주신다고 했어요. (사이) 네~ (끊는데)

커피 마시며 한숨 돌리던 찬희, 혼잣말처럼 내뱉는다.

찬희   있는 집 시집살이, 무시무시하다. 막말로 신랑도 없는데.
다운   아줌만 미워할 사람이 필요한 거예요. 언니가 제일 만만하
        죠 뭐.
찬희   신랑두 없는데, 자동 이혼 아냐? 울 언니 대체 왜 저러고 사
        는 거야?
다운   아저씨하구는 정이 깊으니까. 사제 간이기도 하고.
찬희   그게 뭐가 중요해, 저런 시어머니가 있는데.
다운   ... (사실 자기도 이해 안 간다)
찬희   (승민) 오빠가 확 채갔으면 좋겠네.
다운   ?

S#20. 응급실 (낮)

예지가 링거 맞으며 누워 있다. 지켜보는 승민.

예지   (몸을 일으키며) 간호사 좀 불러줘. (수액) 그만 맞고 싶어.
승민   끝까지 맞아. 사람이 기절을 한 건, 몸 상태가 그만큼 안 좋
        다는 거야. 이참에 이것저것 검사도 해 보고.
예지   변호사 아니라 의사였어?
승민   ... 누가 봐도 네 상태 심각해보이거든?
예지   요 며칠 과로했어. 그래서 그래.

승민	... 작품 멋있더라.
예지	(피식 웃는) 보기도 전에 다 깨지지 않았어?
승민	... 이게 끝은 아니잖아. 다음이 있겠지.
예지	잊고 있었어. 내 인생에 쉽게 얻어지는 건 하나도 없다는 걸.
승민	회사에서 우연히 찬희 만날 때까지... 네 신랑 그렇게 된 거 모르고 있었다.
예지	...... 전시는... 오지 말지 그랬어... 이런 꼴까지는... 안 보이는 게 나았을 텐데.
승민	(농담조로 던져보는) 난 너무 다행이다 싶은데? 때마침 내가 챙길 수 있게 돼서.
예지	...... 아직 결혼 안 했어?
승민	집안 등쌀에 선은 좀 보구 다녔어. 근데 집에서 좋다는 여잔 내가 싫더라고.
예지	연애를 해. 오빠 성격에 선으로 만나서 잘되긴 어려울 거야.
승민	나에 대해... 아직 기억은 하나 보다?
예지	...... (지나가는 간호사 불러 세우는) 여기요! 저 이거 좀 빼주세요.

다가오는 간호사. 물러나는 승민에서.

S#21. 전시장 (낮)

잔해로 남은 예지의 작품들. 얼굴에 반창고 붙인 성곤, 참담한 심정으로 파편을 하나 주워보는데... 양동이 안에 쓰레받기와 빗자루 넣어오던 정일, 달려와 말린다.

정일	제가 치울게요! 손 다치세요!
성곤	...... 우리 예지 첫 자식인데... 이렇게 산산조각이 나서.
정일	......

성곤, 아프고 안타깝다.

S#22. 서울의 거리 (저녁)

S#23. 고시원 앞 (저녁)

고운이 서 있다. 혹시나 예지가 있을까, 안으로 선뜻 들어가지 못하는데... 찬희가 온다. 고운을 지나쳐 안으로 들어가려다 문득 돌아보는.

찬희	방 보러 오셨어요?
고운	(보는데...)
찬희	(먼저 들어가며) 들어오세요. 빈방 있어요.
고운	... 혹시... 찬희니?
찬희	! (돌아보는) 누구세요? 저 아세요?
고운	... (그저 보고 선)

S#24. 고시원/공용 주방 (저녁)

고운이 컵라면을 먹고 있다. 그 앞에 앉아 있는 지영.

| 지영 | 예지, 내 딸로 시집보냈어요. 엄청 부잣집에 갔으니까 그런 줄 알아요. |

고운	...... (라면 국물 마시고 빈 컵 내려놓는) 잘... 사나?
지영	작가랍시구 전시회도 한답디다. 시댁 부자지 남편 잘났지, 지 일 잘되지, 아쉬울 거 하나 없는 팔자야~
고운	......
지영	내가 그 비싼 미대 공부시켜가며 어울리지도 않는 부잣집에 시집보내느라 얼마나 가랑이가 찢어졌는지... 힘 있는 거 가려가며 기죽지 말라고 혼수고 지참금이고 아주 그냥 최고루다가! 최상으로다가 해서 보냈어요!
고운	......

S#25. 동 앞 복도 (저녁)

등 기대고 팔짱 낀 채 엿듣고 있던 찬희, 제 엄마 거짓말에 기도 안 차고...

S#26. 다시 동 안 (저녁)

지영, 고운에게 경고한다.

지영	그니까 예지 앞에 나타나면 절대 안 되는 거예요. 그 집서 알면 그 결혼, 하지도 못했어!
고운	......
지영	나는 뭐 올케가 보고 싶겠어요? (손 흔들어 보이며) 마주 앉은 지금도 이 손이 벌벌 떨리는데...
고운	......
지영	(작정하고) 우리 앞에도 안 나타나줬음 해. 사람 목숨값이

그깟 감옥살이 몇 년으로 때워지는 건가? 지금도 그 끔찍한 날... 어제 일처럼 생생한데... (울음이 차오르는/작정하고 악 지르기 시작한다) 우리 오빠... 생때같은 우리 오빠 그렇게 아작내고! 내 앞에 다시 이렇게 얼굴을 들고 와? 사람이 양심이 없으면 겁이라도 있어야지! 배고프단 말이 나와? 그 입에 먹을 게 들어가?! 감히 내 집에서?

고운   (담담하게) 옷 좀 줘요.

지영   ?

고운   이 꼴루 들어가서... 사람들 눈이... 남의 이목 끄는 게 좀 그래서.

지영   ......

S#27. 양평/도로 (저녁)

예지와 다운을 태운 승민의 차가 달리고 있다.

S#28. 환의 집 앞/승민의 차 안 (저녁)

승민의 차가 와 선다. 뒷좌석에서 입 벌리고 자고 있던 다운, 스읍- 침 닦으며 일어나고. 조수석의 예지, 벨트를 풀며 내릴 준비한다.

다운   (먼저 내리며) 감사합니다.

내려서 '어구구' 소리 내며 스트레칭하는 다운.

예지   암튼 고마워. 이래저래. (차 문 열려는데)

승민   아줌마 나오셨대.

예지   ! (굳고)

승민   그 얘기 해주러 간 거야. 모르고 있을 거 같아서.

예지   ......

승민   너네 엄마 말이야...

예지   나하구 상관없는 일이야. (차에서 내리는)

승민도 차에서 내리는데.

다운   언니, 저 가볼게요. 얼른 들어가서 쉬세요.

예지   다운이 고생 많았어.

꾸벅 인사하고 자기 집 쪽으로 가는 다운.

예지   (보다가 승민에게) 그런 일로 일부러 나 찾아오고 그럴 필요
       없어. 앞으로 만날 일도 없겠지만. (돌아서는데)

승민   정말 안 볼 거야?

예지   ......

승민   그럴 수 있어? 그게 가능해?

예지   (다시 돌아보며) 내가 안 본 거 아니야. 나 버리고 간 거 엄마
       구! 그동안 수없이 면회 거부하면서 십수 년을 얼굴 한번 안
       보여준 거! 내가 아니라 그 여자라구!

승민   기다렸잖아!

예지   !

승민   날마다 하루하루 세면서! 아줌마 나오는 날 기다렸잖아!

예지   우리도 남 된 지 오래야. 나에 대해서 아는 척하지 마!

집으로 가버리는 예지. 승민, 착잡하게 보는데...

S#29. 고시원 입구 (밤)

찬희가 고운에게 안 입는 긴 치마와 카디건 정도를 내어준다. 받아서 대충 입는 고운.

찬희   갈 데는 있으세요? 하루 이틀은 제가 엄마 몰래 방 하나 내
           드릴 수 (있다는)

고운   착하게 컸구나.

찬희   ......

고운   내가... 안 무섭니?

찬희   ... 예지 언니 닮으셨어요.

고운   ......

찬희   그래서 그런가... 무섭진 않아요.

고운   예지한텐... 암 말 하지 마.

찬희   ......

고운   엄마 말이... 맞아. 시집도 갔다는데... 시댁에 알려짐 안 되
           지. 이런 날 생각해서 입양도 시킨 건데.

찬희   ... (갈등되고)

고운   (엄마한테) 걱정 마시라 해. 다신 볼 일 없을 거라고. 한 번
           만... 예지 소식 땜에 처음이자 마지막으로 찾아온 거라고.

찬희   ......

S#30. 고시원 앞 (밤)

도시의 어둠 속으로 걸어 나가는 고운의 뒷모습. 저릿하게 그 모습 보고 선 찬희. 그 앞으로 확! 뿌려지는 굵은 소금!

찬희   뭐야!

남은 소금 마저 뿌리며 바가지 탈탈 터는 지영.

찬희   조선 시대야? 소금 뿌리게?
지영   재수 옴 붙을까봐 그런다 왜!
찬희   (기가 차고)
지영   너 쓸데없는 소리 안 했지?
찬희   왜 거짓말을 해? 엄마가 언제 언니 시집갈 때 바리바리 싸줬어? 오늘도 언니 대표님한테 작살나는 거 보구 왔는데! 생과부 팔자로 시들어가는 거 그렇게 포장해놓으면 뭐가 달라져?
지영   알아봤자 좋을 게 뭐 있는데? 저 모녀는 악연이야! 만나면 안 되는 사이라구!
찬희   그걸 왜 엄마가 정하냐구!
지영   하여간 넌 입 닥치구 있어! 예지가 아는 날엔 네 다리 몽둥이를 분질러 놓을 테니까!
찬희   안 보구 산대면서 취직은 왜 시켰는데?
지영   그 여자가 오랬지, 내가 가랬니?
찬희   엄마가 넙죽 받아먹었잖아!
지영   싫으면 보란 듯이 다른 데 취직하구 관둬! 언감생심 그 학벌, 그 성적으루 갈 데두 없는 주제에!
찬희   내가 엄마 구박 지겨워서 그냥 시집가고 만다.

지영   제발!

들어가는 모녀.

S#31. 거리 (밤)

고운이 하염없이 걷고 있다. 초라하고 외로운... 고운의 뒷모습.

S#32. 공방 전경 (밤)

S#33. 공방 안 (밤)

성곤이 골라놓은 다른 작품들을 보고 선 예지.

성곤   낼 새벽에 가서 바꿔 걸자... 도록을 새로 찍을 순 없지만... 급한 대로 제목이랑 작품 설명은 프린트해서 붙이고
예지   최선이 아닌 차선으로... 첫선을 보일 순 없어요.
성곤   ... 이건 지금의 최선이야.
예지   ... 안 그래도 욕먹을 낙하산 데뷔에 그런 소동까지 벌였는데... 작품이 후지면 걷잡을 수 없을 거예요. 이번은 포기할래요.
성곤   아가...
예지   (울컥 오르고/성곤의 '아가' 소리는 특별할 때만 나온다) 전 원래... 처음엔 좀 재수가 없어요. 액땜했다 치고... 다음번 준비하께요.
성곤   ......

예지   죄송해요. 어려운 기회 만들어주셨는데... 이거밖에 안 돼서.

성곤   미안하다. 지켜주지 못해서.

예지   (성곤 얼굴의 반창고 신경 쓰이는) 얼굴은 괜찮으세요? 흉터, 안 남을까요?

성곤   (괜찮다는) 그냥 스친 거야.

예지   ...... 어머니 입장에선, 충분히 미워 보일 수 있는 일이에요...

성곤   그 사람은... 현실을 인정하는 게... 오래 걸리는 사람이야. 내 일도 그랬고... 진이도...

예지   ......

성곤   들어가서 쉬어라. 내일은, 집에 있고. 서울은 정일이 데리구 나만 가마.

예지   ......

다른 박스 하나 들고 온 정일.

정일   이건 어뜩하죠? 혹시 몰라서 그림이 온전히 남아 있는 거는 몇 개 골라왔는데...

박스 안에 깨진 파편들 보이고.

예지   ......

정일   제가 무식한 짓 한 거죠? 다 갖다 버릴게요.

예지   내가 할게.

성곤   (보는)

예지   (정일에게) 한 며칠 갖구 있다 버리고 싶어.

성곤   (대신 설명하는) 작품도 자식이라... 이별할 시간이 필요한 거야.

정일   (연민으로 보고)

예지, 박스를 끌어오는데...

S#34. 다운네 집 전경 (밤)

S#35. 다운네 집/툇마루 (밤)

다운네 모녀가 김치전에 동치미 한 그릇 올려놓고 막걸리 마시고 있다.

다운   (막걸리 한 사발 비우고/내려놓으며) 아우 술이 꿀이네...

다운모 (김치전 찢어서 딸 입에 넣어주며) 예지 쌤도 부를까? 속상해
       서 잠도 안 올 텐데...

다운   응급실 갔다 온 사람한테 무슨 술을 먹여.

다운모 그렇지 참. 내일 닭이라도 한 마리 삶아다 줘야겠다.

다운   오늘 아줌마가 그 사단만 안 냈어두 서울에서 광란의 뒤풀
       이하고 있을 텐데. 아우! 정말.

다운모 차라리 첨부터 전시한다고 말을 하지, 그랬음 그 난리는 안
       쳤을지도 모르잖아.

다운   얼굴 보는 날이 있어야 얘기도 하지. 진이 오빠 그렇게 된 뒤
       루 더 남처럼 사는데.

다운모 이래저래 예지 쌤이 고생이다. 시엄마 구박에 시아부지 건사
       에...

다운   자기가 의지하는 것두 있어. 언니는 갈 데가 없으니까.

다운모 너 나한테 잘해.

다운   ?

다운모　넌 적어두 시집갔다 돌아올 친정이 있잖니.

다운　　(난 또 뭐라구) 눈물 나게 고마우니까 오래나 사셔.

다운모　(막걸리 들이키고)

S#36. 환의 집/신혼방/고시원 데스크 (밤)

책상 위에 박스를 내려놓는 손. 진이 떠나기 전과 모든 것이 그대로인 방이다. 파편을 하나 꺼내보는데...

인서트1) 6부 15씬. 성곤의 얼굴에서 예지의 얼굴로 튀던 피!

인서트2) 고운이 "안 돼!" 필사적으로 비명을 지르고! "탕!" 총구가 불을 뿜으면! 어린 날의 예지 얼굴 위로 쫙! 끼얹어지는 피!

어지러워진 예지, 파편 도로 넣어놓고 침대에 걸터앉는데... 핸드폰이 울린다. 찬희다.

예지　　(받는) 여보세요?

고시원 데스크의 찬희와 오가며

찬희　　언니, 괜찮아?

예지　　응, 멀쩡해.

찬희　　병원에선 뭐래? 다른 데 아픈 덴 없대?

예지　　(나무라는) 승민 오빠는 뭐 하러 데려왔어...

찬희　　회사 식구잖아... 오며 가며 부딪히는 처지에 쌩깔 수도 없구... 내가 전시회 간다니까 따라나서는 걸 어째...

예지   다음부턴 안 된다고 해. 우리, 얼굴 보는 사이 아니야.

찬희   ... 언니 근데...

예지   ...

찬희   외숙모 왔었어.

예지   !

찬희   엄마두 숙모두 말하지 말랬는데... 언니가 알아야 할 거 같아
       서. 내가 옷은 대강 챙겼는데... 봉투라도 쥐여드릴걸... 그냥 보
       낸 게 너무 걸리고...

굳어 있는 예지.

S#37. 길 (밤)

예지가 진의 차를 몰고 있다. 진이 틀어주던 음악 나오고 있고...

S#38. 연밭/벤치 (밤)

연꽃은 흔적도 없는 같은 공간. 진과 앉았던 벤치에 혼자 앉아 있는
예지. 눈을 감으면 그 밤의 찬란했던 연꽃들이 눈앞에 떠오른다.

인서트) 5부 74씬. 예지에게 만발한 연꽃의 바다를 보여주던 진의
모습.

옆에서 예지에게 키스하던 진의 환영이 나타났다 사라지고. 고개 숙
인 예지의 어깨가 들썩인다. 아무도 몰래 혼자 우는 예지의 서러운
밤. 괴로웠던 하루가 그렇게 저문다.

S#39. 카페 전경 (다른 날 낮)

S#40. 카페 안 (낮)

빈 테이블 옆에 선 우근이 전화 중이다. "전원이 꺼져있어 삐 소리 후 소리샘으로 연결되오며..." 안내음 들리고. 한숨에 전화 끊고 돌아서면 뒷 테이블에 앉아 있는 캐리. 우근이 다가와 앉고. 캐리, 앉는 우근의 표정 보더니 얼음물 들이키고 컵 내려놓는다.

우근   (걱정이 가득) 잠수 탄지 한 달이 넘었어요.
캐리   (불안하지만 태연한 척) 한두 번이야? 또 어디 카지노에 박혀 있겠지.
우근   이렇게 오래 연락이 끊긴 건 첨인데...
캐리   우리가 너무 오래 봐줬다는 생각이 드네?
우근   ... 형을 날리겠다고?
캐리   자선사업은 보람이라두 있지. 지난 3년 동안 포디움은 구경도 못한 팀을, 이 정도 갖다 바쳤으면 나두 할 만큼 한 거 아냐?
우근   ... (할 말이 없고)
캐리   (일어나며) 캠프 비우고 해산시켜. 미캐닉이 갈 데 없겠어? 자기는 서로 데려가려고 난릴 텐데.
우근   그래도 형이 오면 얘긴 해봐야죠...

무시하고 가버리는 캐리. 난감한 우근인데...

S#41. 레지던스 주차장 (낮)

캐리의 차가 들어온다. 빈자리에 차 세우고 엘리베이터로 가는 캐리.

S#42. 캐리의 레지던스 앞 (낮)

행색이 말이 아닌 기석이 주저앉아 있다. 캐리, 기석 발견하고 멈칫하는. 기척에 고개 드는 기석. 다가오는 캐리를 보고 일어나는데. 빠르게 다가가는 캐리, 기석의 뺨을 후려갈긴다. 맞아주는 기석. 우근 앞에서 태연을 가장하던 모습과 달리 기석을 보자 폭발하는 캐리.

캐리　　전환 왜 안 받어! 경기는 안 해도 전환 받으랬잖아!

기석　　돈 필요해.

캐리　　! (기가 차고) 내가 니 은행이니?

기석　　이번이 마지막이야.

캐리　　... (의심하고)

기석　　차 타는 거 그만둘 거야. 한국에선 못 살아. 홍콩이든 필리핀이든 네 눈에 안 띄는 대로 꺼져줄 테니까, 만들어줘.

캐리　　......

기석　　내가 없어져야 너도 좋은 거 아냐?

캐리　　난 상관없어.

기석　　상관없는 사람이 꼴찌팀에 그렇게 돈을 댔어?

캐리　　......

기석　　내 입 막으려는 거잖아.

캐리　　자폭하면 너만 죽는 거야. 내가 무슨 상관?

기석　　(눈앞으로 훅 들어오며) 정말 상관없어?

캐리　　..... (흔들리고)

기석　　(노려보는데)

캐리   (맞서고)

S#43. 미국/대학 전경 (다른 날 아침)

S#44. 스튜디오 (아침)

엠버, 커피 한잔 들고 들어온다. 그러다 발에 뭐가 걸려 넘어질 뻔한! 으악! 비명 지르며 커피 안 흘리려고 중심 잡는데! 간신히 중심 잡고 돌아보면. 침낭 속에서 빠져나오는 환. 학교에서 밤을 샌 참이다.

엠버   시체 밟은 줄 알았네. 또 여기서 잔 거야?
환   (엠버의 커피 빼앗아 마시며) 과제 마감이라서.
엠버   넌 공부 열심히 하는 게 아니라 자기 학대를 하는 거 같아.
환   ... (묵묵히 커피 마시는)
엠버   형은... 아직도 소식이 없어?
환   (딴청하는) 배고프다. 뭐라도 좀 먹자.
엠버   나 니가 해주는 블랙누들 먹고 싶어.
환   짜장면?
엠버   어, 그거!
환   빨간 건 어때?
엠버   (손가락으로 거부 표시하면서) No No No!

S#45. 엠버의 집/주방 (낮)

환이 두 개의 화구를 다 열어놓고 짜파게티와 불닭볶음면을 따로 끓이고 있다. 예지의 회상 속 모습처럼 오이를 돌려 깎기 해서 얇게 채를 썰고. 오~ 맥주 마시며 구경하던 엠버가 감탄음을 낸다.

아일랜드 식탁 위. 접시에 담기는 짜파게티와 불닭면. 그 위에 반숙 계란 후라이가 올려지고. 짜파게티 위에만 오이채가 담긴다. 신나서 짜파게티 냄새 맡아보는 엠버.

엠버   (먹을 준비하며) 내가 끓이면 이 맛이 안 나드라?
환   한국인의 유전자에는 라면 잘 끓이는 DNA가 있거든.
엠버   (끄덕이며 입 안 가득 면을 밀어 넣는다) 나는 그게 사라졌나?
환   (먹기 시작하는데) 넌 이제 미국인에 더 가까우니까.
엠버   (궁금한) 솔직히 말해. 진짜 안 매워?
환   맵지.
엠버   근데 왜 먹어?
환   맛있으니까.
엠버   너는 매운 거 잘 참는 DNA도 있는 거지?

맛보라고 한 젓가락 집어주는 환. 엠버, 고개를 절레절레. 강하게 사양하는데. 환. 계속 권하고. 엠버 마지못해 받아먹다가...

S#46. 엠버의 집 전경 (낮)

주택 전체로 울려 퍼지는 엠버의 비명과 욕설! 영어 욕이 난무한다.

S#47. 다운네 화원 전경 (다른 날 낮)

S#48. 화원 (낮)

다운네 모녀가 가지치기하고 있다. 한쪽에 이젤 세우고 모녀와 꽃밭을 스케치 중인 예지.

다운모　서선생 그릇은 많이 팔렸다면서?

예지　완판됐어요.

다운　언니가 살신성인했지 머. 아줌마 깽판 친 게 소문나서 마케팅이 저절로 됐다니까?

예지　선생님 전시까지 망쳤음 나 정말 못 살아.

다운모　그래서 장르 바꾸는 거야? 그릇 말고 그림으로다가?

다운　맨날 보고도 몰라? 스케치하는 거잖아... 접시에다 그리는 거...

다운모　난 또...

예지　아줌마랑 다운이 모티브로 엄마와 딸 시리즈로 해보려구요.

다운모/다운 ?/! (귀가 솔깃한)

다운모　우릴 모델로 쓴다고?

다운　모델 아니고 모티브!

다운모　엎어치나 메치나 그게 그거지!

예지　(웃으며) 맞아요... 제 작품에 모델 되시는 거예요.

다운모　! (뭔가 기쁘고)

다운　... (자기도 나쁘지 않은데)

CUT TO

다운모가 하이힐에 옷 갈아입고 메이크업하고 나왔다. 작업에 전혀 안 어울리는 나들이 모드. 꽃 농사에 까맣게 탄 얼굴이 화장을 전혀 안 먹고 있는데...

다운   뭐하자는 거야?

다운모   아니... 오 선생 작품에 누가 될까봐 그러지... 사진 한 장을 찍
        어도 제대로 찍어야 하는데, 하물며 우리가 모델이라잖아...

예지   ... (당황하고)

다운   일하는 거 그리잖아! 농사짓는 촌년들이 컨셉인데 이러구
        나오면 어쩌자는 거야!

예지   (촌년 소리에 당황한) 아니 그런 건 아니고...

엄마한테 달려들어 차고 있던 땀수건으로 다운 모 얼굴 벅벅 문지르
는 다운.

다운모   아 아퍼 이년아!

다운   내가 못 살아! 이렇게 눈치코치가 전멸이니 남자가 없지!

다운모   남자가 있는지 없는지 네가 어케 알아!

다운   왜 몰라? 하루 24시간, 일주일 내내 붙어 있는데!

다운모   나도 사생활 있어! 이거 왜 이래!

옥신각신하는 다운네 모녀를 보며 웃다가 웃음 끝이 흐려지는 예지.
부럽고... 아프다.

S#49. 갤러리 전경 (낮)

S#50. 전시장 (낮)

성곤의 작품들이 철수되고 있다. 정일이 인부들한테 부탁하듯 지시
내린다.

정일   (에어캡 뭉치 들고 나눠주며) 에어캡 아끼지 말구 팍팍 쓰세
      요! 작품 깨지면 그게 더 손해예요!

인부1 (작품 감싸서 박스에 넣으며) 이 정도문 두부도 안 깨져.

정일   두부도 그냥 두부가 아녜요. 연두부, 순두부. 어어!! (황급히
      다른 데로 가는)

인부2가 박스에 빨간 딱지(팔린 작품)가 붙은 포장된 큰 다기를 넣으
려 하고 있다.

정일   팔린 작품은 더 조심조심! (에어캡 주며) 두 장 더 쓰세요!

S#51. 관장실 (낮)

성곤이 관장과 대화 중이다.

관장   사모님 등장이 판매에 도움은 됐습니다. 소문 듣고 구경하
      러 온 손님들이 너도나도 선생님 작품을 사가는 바람에...

성곤   (쪽팔려서 한숨 푹)

관장   미판매작도 그냥 두고 가세요. 제가 나머지도 다 팔아드릴
      수 있을 거 같습니다.

성곤   우리 애 데뷔전을 죽 쒔으니 미안해서... 돕는다고 자리 준
      게 괜한 화근만 돼서 낯이 뜨거워.

관장   바로 몰아서 전시 다시 열죠?

성곤   (보는)

관장   단독 전시 가는 겁니다. 이슈 시들기 전에 일정 잡고.

성곤   좀 조용해진 담에 하는 게...

| 관장 | 가라앉기 전에 하는 게 좋아요. 신인한테 필요한 건 이슈입니다. 지금 이 바닥에 며느님만큼 이슈 된 신인, 없어요. |
| 성곤 | ...... |

S#52. 한국/카페 (다른 날 낮)

창가 테이블에 앉아 있는 승민과 예지의 모습. 승민, 핸드폰으로 지도와 주소를 보내준다.

예지	다시는 보지 말자 해놓고... 좀 민망하네...
승민	나밖에 물어볼 데가 없었을 테니까.
예지	고모한텐 죽어도 싫구... 대체 어디 가 있는 건지... 막막해서...
승민	같이 가 줄게.
예지	아냐.
승민	......
예지	그거까지는 정말 안 해도 돼. 알아서 갈 수 있어.
승민	...... (가주겠다는)
예지	혼자 가고 싶어.
승민	사람이 있잖아... 감당하기 어려운 일은 누가 있는 게 좋더라. 극기훈련두 같이 겪으면 좀 낫잖아. 산골에서 화장실 갈 때도 누가 따라가주면 덜 무섭고.
예지	근데 결국은 혼자 감당해야 돼. 타인은 그 누구도 끝까지 책임져주지 않잖아.
승민	......

S#53. 동 앞 (낮)

창가에서 보이는 두 사람의 모습을 누군가 촬영 중이다. 찰칵! 찰칵! 정지 화면으로 남는 두 사람의 모습들.

S#54. 시장통 (낮)

예지가 걷고 있다. 중간중간 멈춰 서서 핸드폰 맵으로 위치 확인하고.

S#55. 수선집 앞 (낮)

도착한 예지가 주소를 다시 한 번 확인하는데...

S#56. 동 안 (낮)

문이 열리고, 문틀에 달린 종이 울린다. 예지가 들어선. 각자의 작업대 앞에서 작업 중이던 수선공들 몇몇이 돌아보는데. 고운은 아랑곳없이 재봉질에만 열중이고. 안을 둘러보는 예지, 엄마를 찾아내려 애쓰는데... 여전히 예지의 방문 모르는 고운의 등.

임 반장이 예지에게 다가온다,

임반장　뭐 맡기시게?
예지　　사람을 좀... (찾아왔다는)
임반장　누구?
예지　　김고운... 씨

고운의 등이 멎는다. 딸의 목소리를 본능적으로 알아듣는다.

임반장	누구? 김 뭐?
예지	(재봉틀 소음에 좀 더 크게) 고운이요! 김고운! 들어온 지 얼마 안 된...
임반장	(작업대 향해 소리치는) 아줌마들 이름 중에 김고운이라고 있어요?

그때 예지의 눈에 띄는 고운의 등. 작업을 멈추고 긴장으로 경직된 그 등에서... 예지는 엄마임을 직감한다. 차마 고개도 못 돌리는 고운인데...

S#57. 옥상 (낮)

예지 쪽 보지 않고 아래를 내려다보고 선 고운. 그런 고운 보고 선 예지.

고운	시집... 갔다며...
예지	...... (울컥 올라오고)
고운	잘 사는 집이라구... 고모가 그러더라.
예지	! (그거면 다인가 싶고)
고운	어련히 알아서 잘하겠지만... 밉보이지 말구... 순하게 굴어. 넌 수틀리면 앞뒤 안 보잖아.
예지	(반발심 드는) 크는 거 보지도 못했으면서. 그런 건 어떻게 알아! 이제 아무것도 모르면서.
고운	하긴... 어려서 성질 핀 거 본 게 다니까.
예지	(터지는) 왜 그랬어!
고운	......
예지	난 왜 버렸어! 왜 안 봤어! 잘못했다구 싹싹 빌어두 모자랄

판에! 그렇게 모질게 끊어내구! 나오기는 왜 나와! 거기서 콱
죽어버리지! 살아서 뭐할 건데!

고운   ......

예지   왜 그랬냐구! 바람핀 거 맞아? 엄마가 딴 짓 한 거야?

고운   (천천히 돌아보는)

예지   !

고운   이딴 거 물어볼까 봐 안 본 거야.

예지   !!

고운   잊어.

예지   (미치겠고)

고운   다 잊어. 난, 네 엄마 아니야.

예지   !

가버리는 고운. 가다 돌아서서

고운   다시는 찾아오지 마. 한 번만 더 찾아오면 여기 그만 두고 딴
        데 가야 해. 힘들게 구한 직장이라, 잃고 싶지 않아. (가는데)

예지   그게 다야?

고운   (멎고)

예지   (억장이 무너지는) 나한테 할 말이... 그게 다야?

고운   (위악 떠는) 과거가 들통나서 곤란해지는 건 피차 마찬가지
        야. 나도 새 인생 살아야지.

빠르게 다가와 고운의 주머니에 거칠게 봉투 찔러 넣는 예지.

고운   !

예지   걱정 마. 다시는 안 올 테니까.

고운   ······

예지   옷은 입고 다녀!

먼저 내려가 버리는 예지. 딸이 준 봉투 꺼내보는 고운. 봉투에 남아 있는 딸의 온기를 느껴보려는 듯 덜덜 떨리는 손으로 쓰다듬어 보는데.

S#58. 계단 (낮)

미친 듯이 뛰어 내려가는 예지! 엄마에게 우는 모습을 들키고 싶지 않은.

S#59. 시장통 (낮)

예지가 사람들을 헤치며 가고 있다. 울면서···

S#60. 옥상 (낮)

가는 딸의 모습을 내려다보고 선 고운, 더 이상 못 보고 뒤돌아서 주저 앉는다. 가슴이 찢어지는. 담벼락에 기대어 속울음을 삼키는··· 엄마.

S#61. 시장 입구 버스 정류장/혹은 벤치 (낮)

시장통을 빠져나온 예지, 벤치(혹은 연석)에 주저앉아 서럽게 우는데··· 일각에 차 세우고 기다리고 있던 승민, 놀라서 내린다. 예지에게 뛰어가 달래주고···

승민   괜찮아?

예지, 대답도 못 하고 꺽꺽대며 운다. 저도 모르게 승민의 팔에 매달리는. 승민, 그런 예지를 달래는데...

승민   그러게 같이 가준다니까...
예지   (꺽꺽대며) 이게 뭐야... 이게 다 뭐야...
승민   ... (가슴 아픈데)

울음 그치지 않는 예지. 우느라 승민에게 매달려 있는 모습이 다시 카메라에 찍히고.

S#62. 수선집 (저녁)

휴대용 가스레인지 위에서 보글보글 끓고 있는 김치찌개. 임 반장과 수선공들이 모여 저녁을 먹고 있다. 각자 가져온 반찬통에 깻잎과 무말랭이, 오이지무침 등 보이고. 김도 두어 통 까놨다. 고운은 밥에 손도 안 대고 소주 병나발만 불고 있는데... 잔 따위는 필요 없다. 맥주 캔 하나씩 차지하듯 각자 소주병 하나씩 끼고 앉아 반주회식 중인 수선공 아줌마들.

이씨   (돼지고기 하나 건져서 한 모금 술 넘긴 고운 입속에 넣어주며)
            속 버려, 좀 먹어가며 마셔.
고운   (눈물 나는/이 지경에도) 왜 맛은 있구 지랄...
이씨   우리 집 김치가 끝내주잖여~
의순   그게 네 김치냐? 친정 김치잖아! 엄마 김치 가지구 어디서

　　　　사기를 쳐...

이씨　　야, 그 김장 내가 가서 다 한 거여! 이게 다 내 손맛이라구!
　　　　울 엄만 배추 제공에서 임무 끝이여~

고운　　......

의순　　고운인지 미운인지 노래 하나 해봐. 저번에 환영회 때 보니
　　　　까네 노래가 보통이 아니더마.

고운　　......

임반장　하세요! 오늘 일은 그냥 여기서 작파합니다!

이씨　　작파를 안 할래믄 병을 따지를 말았어야지~

"맞어, 맞어..." 웃고 떠들고 즐거운 자린데... 고운의 노래가 그 속을
가른다.

고운　　연분홍 치마가... 봄바람에... 휘날리드라...

'오늘도 옷고름 씹어가며♬ 산제비 넘나드는 성황당 길에...'

수선공 아줌마들이 따라 부르기 시작하고... 고운, 일어나서 춤을 추
며 남은 노래를 부른다. 온몸으로... 온 가슴으로... 딸의 얼굴을 보고
돌아선 회한을 곱씹는데...

고운　　꽃이 피며어언 같이 웃고오오 꽃이 지며어언 같이 울더어언
　　　　~ 알뜨으을한 그 매에엥서어어에 보옴날은 가아아안다아~

웃는 듯 우는 듯... 종잡을 수 없는 고운의 얼굴.

S#63. 양평/길 (다른 날 낮)

연자의 차 오고 있다. 뒤에 직원 차량 따르고.

S#64. 환의 집 앞 (낮)

차에서 내리는 연자와 윤실장. 직원 차량에서도 직원들이 내리고. 심상치 않은 분위기...

S#65. 공방 전경 (낮)

S#66. 가마터 (낮)

빈 가마터 앞에 서 있는 예지.

마치 현재인 듯, 과거 어느 한때의 진이 옆으로 다가와 선다. 불타고 있는 가마. 진, 부드럽게 예지를 뒤로 빼낸다.

진 (백허그하며) 너무 가까워. 1,200도야. 닿으면 흔적도 없이 녹는다구. 물러나 있어
예지 내가 왜 서진이라는 남자한테 끌렸는지 알았어.
진 왜?
예지 뜨거워서
진 ...
예지 나는 늘 추웠거든. 한여름에 땀을 한 바가지 흘리면서두... 몸이 떨릴 때가 많았어.

진   맘이 추웠구나?

예지   여기 와서 알았어. 내가... 일생을 바들바들 떨면서 살았다
      는 거.

진   (예지를 더 폭 감싸 안으며) 이제 그럴 일 없어. 내가 늘 안아
      줄게. 다시는 춥지 않을 거야.

예지   ......

현재. 다시 혼자가 된 현재의 예지, 빈 가마 안으로 들어갈 듯 위태롭
게 다가선다. 싸늘해지는 공기에 저도 모르게 옷깃을 여미는데... 그
위로 물건이 내던져지는 둔탁한 소음들! 예지, 멎어서 돌아보고.

S#67. 정원 (낮)

예지의 짐이 함부로 내던져지고 있다. 윤실장이 지휘하는 가운데 비
서실 직원들이 예지의 짐을 꾸려 내가고 있는데... 정원에 서서 보고
있는 연자. 환이 만들어준 등이 금이 간 채 팽개쳐져 있다. 들어선 예
지, 놀라고.

예지   지금 뭣들 하시는 거예요? (등부터 살피고) 당장들 나와요!
      어디다 손을 대는 거예요!

윤실장 (연자 보면)

연자   (나서는) 이 집, 나갈 작정 아니었어?

예지   !

S#68. 공방 (낮)

연자, 예지 앞에 사진을 들이민다.

- 6부 52씬. 카페. 승민을 만나고 있는 예지
- 6부 61씬. 시장 입구. 승민에게 매달려 울고 있는 예지.

한쪽에는 예지의 핸드폰이 놓였고.

예지   남자 만난다고 생각하시는 거예요?

연자   생각이 아니라 사실 아니니? 사진이 말해주는데.

예지   ......

연자   인정은 해. 요즘 애들치고는 그래도 오래 버텼다고.

예지   (모욕감 느끼고)

연자   약속대로, 위자료는 없어. 오피스텔은 하나 얻어줄게. 진환 며느리가 길바닥에 내쫓겼단 소리는 안 들어야 하니까.

예지   못 나갑니다.

연자   왜?

예지   안 나가요. 여기가 제 집이에요.

연자   남편 없는 집에, 더군다나 딴 남자 보면서?

예지   오해세요.

연자   (피식) 자지는 않았다? 그게 그렇게 중요해?

예지   ......

연자   벌써 잤니?

예지   모욕하지 마세요.

연자   ... (보는)

예지   제 거취는 어머님이 결정하실 수 없는 문젭니다.

연자   시아버지 빽?

예지	......
연자	내가 여기 같이 안 산다구 까먹는 모양인데, 내 남편이야.
예지	......
연자	네 시아버지기 전에! 그 잘난 니 선생이기 전에! 내 남자! 내 남편이라구! 어디서 유세를 떨어?
예지	끝을 내야 하는 순간이 오면... 말씀드리겠어요. 부당한 오해로 쫓겨날 순 없어요!
연자	그럼 행동을 조심했어야지!
예지	......
연자	(일어나며) 한 번만 더 허튼짓 해봐. 그땐 방 한 칸도 없을 줄 알아.
예지	......
연자	이 집에서 나간다고 늬 고모가 도루 받아줄 것도 아니잖아? (알아서 기라는)
예지	(멎는데)

나가는 연자. 예지, 무참하고.

S#69. 정원 (낮)

윤실장과 직원들이 대기 중이다. 연자가 나온다.

연자	철수!
윤실장	원상복구 할까요?
연자	놔둬. 지 손으로 치우게. (나가고)

윤실장과 직원들, 연자의 뒤를 따른다.

S#70. 환의 집 앞/연자의 차 안 (낮)

윤실장, 연자에게 차 문 열어준다. 연자가 차에 오르면 직원들도 차량에 오르고.

운전석에 오른 윤실장, 출발하지 않고 백미러로 연자 가만 보는데...

연자   왜?

윤실장   연타라... 예지씨가 버틸 수 있을까 싶어서요.

연자   버티면 정말 이 집 귀신인 거지.

윤실장   테스트 중이세요?

연자   아니. 진짜로 꼴 보기 싫어. 전시도, 딴 짓도.

윤실장   ...

연자   그래두 무시는 안 해. 물건은 물건이야.

윤실장   ... (인정하는/시동 걸고 차 출발시키는데)

떠나는 연자의 차. 뒤따르는 직원 차량.

S#71. 정원 (낮)

아무렇게나 던져져 있는 예지의 짐들. 망연하게 보고 선 예지. 환의 등부터 들고 들어가는데...

S#72. 신혼방 (낮)

원래 자리에 등이 놓인다. 금 간 등을 살펴보며 속상해하는 예지.

S#73. 다시 정원 (낮)

다시 나온 예지, 널브러진 짐들을 정리하려는데... 치미는... 속에서 뭔가가 툭 끊어진다. 방으로 들어가는.

S#74. 신혼방 (낮)

서랍 뒤지는 예지. 여권 찾아낸다. 지갑 같은 파우치 속에 여권 집어넣고. 입은 옷 그대로 뛰쳐나간다.

S#75. 두물머리 (저녁)

양평에 노을이 내려앉고...

S#76. 정원 (저녁)

난리 통인 정원에 서 있는 성곤과 정일.

정일   도둑 들었나 봐요! (걱정에) 형수! 형수님! (안채로 들어가 보는데)

성곤, 예지에게 전화부터 걸고. 핸드폰 벨소리가 공방에서 들린다.

S#77. 공방 (저녁)

탁자 위에서 저 혼자 울리고 있는 예지의 핸드폰. 성곤이 들어와 확인한다. 전화 끊으면 예지의 핸드폰도 벨소리가 멎고. 다가가 예지의 핸드폰을 집어 드는 성곤. 걱정이 와락 몰려오는데!

S#78. 도로/택시 안 (저녁)

택시를 타고 어디론가 가고 있는 예지. 집에서 신는 뮬 슬리퍼 차림이고...

S#79. 연자의 집/거실 (저녁)

연자가 소파에 앉아 전화를 받고 있다. 테이블에는 비어 있는 와인잔 하나. 반쯤 비워진 와인병.

연자   아, 그래 야단 좀 쳤어. (듣다) 시어머니가 며느리 야단도 못 쳐? (사이) 들어오겠지! 걔가 갈 데나 있어? 이참에 아주 나간대두 안 무서워. (상대편이 뭐라고 하는데/그냥 끊어버리는)

S#80. 환의 집/거실 (저녁)

성곤이 전화로 화를 내고 있다.

성곤   대체 왜 가만있는 앨 자꾸 건드려! 심심해? 안 그래도 힘든 애, 왜 동네북을 만들어 괴롭혀! (하는데 이미 끊겨 있는/어이가 없는데)

S#81. 다시 연자의 집/거실 (저녁)

비어 있는 와인잔에 술 따르는 연자. 옆에는 아무도 없다. 열 받아서 혼자 마시는.

연자   마누라 걱정을 그렇게 좀 해봐라.

S#82. 미국/환의 기숙사 전경 (다음날 낮)

S#83. 동 안/공방 (낮/한국은 새벽)

노트북 앞에 앉아 통화 중인 환, 공방의 성곤과 오가며

환   쌤이 갑자기 여길 왜 와요... 그런 얘기 없었잖아요.
성곤   여권을 갖구 나간 거 같아서 혹시 너 보러 갔나 하구...
환   (걱정이 더럭) 그럼 어딨는 줄 모르는 거예요? 왜요! 며칠이나 된 건데요!
성곤   ... (한숨) 니 엄마가 사단이지 뭐. 전시장에서도 깽판을 쳤는데, 그걸로도 성에 안 찼는지... 집에 오니 난장판이 되어 있더라.
환   (열 팍!/가까스로 누르고) 쌤, 차라리 일루 보내는 게 어때요? 이쪽 아트스쿨에서 세라믹 배우는 것도 나쁘지 않잖아요.
성곤   ... 거깄으면 진이나 찾으러 다니겠지. 제정신으로 공부가 되겠냐?
환   ......
성곤   그래도 집에 있으니까 일도 하면서 잊어가는 거지.

환	......
성곤	걱정 마라. 홀쩍 여행이라도 간 거 같은데... 좀 가라앉으면 돌아오겠지.
환	......

S#84. 바닷가 (다른 날 낮)

파도가 밀려왔다 물러가는 바닷가. 어느 바닷가인지 아직 모를.

S#85. 펜션/방 안 (다른 날 낮)

커튼이 쳐진 어두운 방 안. 커튼 사이로 햇살이 끼어들지만... 침대 위의 예지, 입고 나간 옷 그대로 죽은 듯 자고 있다.

CUT TO

밤이다. 문득 눈을 뜬 예지, 베드 테이블의 등을 켠다. 어슴푸레한 조명이 방안을 밝히자 이내 다시 잠이 드는 예지.

S#86. 펜션/체크인 데스크 (다음날 낮)

전면 유리창 안으로 캐리어 끌고 온 환의 모습이 보인다. 주인에게 뭔가를 묻고, 주인이 손가락으로 바깥을 가리키면. 환, 주인에게 캐리어를 맡긴다.

S#87. 방주교회 안 (낮)

기도를 드리고 있는 예지. 며칠 동안 잠만 잔 그녀의 얼굴이 파리하다.

S#88. 둘레길 (낮)

환이 부지런히 걸어 다니며 예지를 찾고 있다. 긴 머리 여자가 보이면 쫓아가보는. 예지가 아님을 깨닫고 물러서는데.

둘레길 벤치, 포장마차... 하나하나 일일이 들춰보며 확인한다. 그 어디에도 예지는 없다.

길가에 서서 난감해하던 환, 문득 스크랩북의 장소를 떠올리는데.

인서트) 스크랩북에 스케치된 방주교회, 기타 장소들.

환, 어디론가 달려가고.

S#89. 방주교회 앞/길 (낮)

환이 교회 주변을 살피고 있다. 예배당 입구를 지나가면. 예배당 안에서 예지가 나온다. 어딘가 낯익은 환의 뒷모습. '환일 리가 없어... 내가 미쳤지...' 하며 그냥 앞으로.

S#90. 방주교회 일각 (낮)

환이 걷는다. 미련에 다시 예배당을 돌아보는. 예지의 뒷모습이 보인다. 무심코 고개를 돌리는 환... 가다가 다시 멈추는. 뒤늦게 번개가 지나간다. 예지?! 확 돌아서는데!

비어 있는 그 자리.

다시 예배당 쪽으로 달려 들어가는 환!!

S#91. 예배당 안 (낮)

안으로 뛰어드는 환! 기도하는 여자들의 얼굴을 확인하고!

S#92. 예배당 앞 (낮)

다시 나와 본 환, 주위를 둘러보는데. 예지는 없다. 비슷한 방문객의 어깨를 돌려보는 환. 그녀가 아니다. 사과하고. 근처를 확인해 보는데, 어디에서도 예지의 모습은 찾을 수 없다. 잘못 본 걸까...

S#93. 방주교회 일각 (낮)

포기하고 나오려는 환. 그러다 물길에... 거짓말처럼 예지가 서 있다. 물을 보고 있던 예지가 고개를 돌리는데...

멎어 서 버린 환이 보이고.

시선이 마주치자마자 예지를 향해 걸어오기 시작하는 환.

꼼짝도 않고 바라보고 선 예지. 꿈인가 싶은데...

환이 다가오고 있다. 그 시선은 예지에게 꽂혀 있고. 오가는 사람들 무시한 채 뚜벅뚜벅 걸어오는 환.

자리에 붙박힌 듯 움직이지 않는 예지...

그런 예지를 와락 끌어안는 환! 품안에 들어온 그녀의 실체에 감격하고! 공허 속에 안도하는 예지의 눈가가 젖어드는데...

예지   우리 환이... 맞지? 환이가 왜 여기 있어?

말없이 예지를 더 깊이 끌어안는 환. 허공에서 방황하던 예지의 손이 환의 등에 얹히고. 옷자락을 꼭 그러잡는다. 그들의 시간만 천천히 흐른다. 빠르게 스쳐가는 주변의 움직임 속에 영원처럼 멈춰 있는 두 사람에서 엔딩!

7부

내가 가장 예뻤을 때 1

S#1. 미국/환의 기숙사 전경 (낮) - 6부 83씬에서 연결

S#2. 동 안 (낮)

예지에게 전화를 걸어보는 환. "전원이 꺼져 있어 삐 소리 후 소리샘으로 연결되오며..." 안내 음성 나오고... 통화 시도 포기한 환, 열려 있는 노트북으로 SNS 접속해서 예지에게 보낼 DM을 작성한다.

환(소리)　쌤! 어디 계세요? 혹시 미국 오시는 거예요? 여행 가신 거면... 어딘지만 알려주심 안 돼요? 식구들한테는 얘기 안 할게요. 걱정이 돼서... 혹시 이상한 생각하고 계신 건 아니죠?

메시지 전송하는 환. 다시 핸드폰 찾아서 전화번호 열어놓고 고민하는. 다운이 번호 찾았다가 아니지, 다운이는 모를 거야. 찬희? 찬희 번호 찾아보는. 이것도 아닌 거 같은데... 미치겠고... 의자를 박차고 일어나 방 안을 서성거리며 고민하는 환.

S#3. 한국/환의 방 (낮) - 과거 회상

진이 들어와 있다. 의자에 앉아 있다가 어이가 없어 돌아보는 환. 책상 위에는 노트북이 열려 있다.

환　　　제주도? 진심이야?
진　　　신부가 원해.
환　　　수학여행이 아니라구! 신혼여행이야!
진　　　한달살이하다 오려구.

환	......
진	그니까 숙소 좀 찾아봐. 조용하고 근사한 데루.
환	(행선지 납득 안 되는) 이건 아닌 거 같은데...
진	(웃으며) 네가 가는 거 아니니까 그냥 찾아주기나 해.

툴툴대면서도 서치 시작하는 환.

S#4. 미국/환의 기숙사 (낮) - 다시 현재

노트북으로 옛날에 서치했던 진의 신혼여행 숙소를 다시 찾아본다.
홈페이지 확인하고 바로 전화 걸어보는데...

CUT TO

침대 위에 열려 있는 캐리어. 다급한 환이 아무렇게나 짐을 챙겨 넣
는다.

S#5. 바닷가 (다른 날 낮)

파도가 밀려왔다 물러가는 바닷가. 어느 바닷가인지 아직 모를.

S#6. 예배당 앞/방주교회 일각 (낮) - 6부 92씬과 동

다시 나와 본 환, 주위를 둘러보는데. 예지는 없다. 비슷한 방문객의
어깨를 돌려보는 환. 그녀가 아니다. 사과하고. 근처를 확인해 보는
데, 어디에서도 예지의 모습은 찾을 수 없다. 잘못 본 걸까... 포기하고

나오려는 환. 그러다 물길에... 거짓말처럼 예지가 서 있다. 물을 보고 있던 예지가 고개를 돌리는데...

멎어 서 버린 환이 보이고.

시선이 마주치자마자 예지를 향해 걸어오기 시작하는 환.

꼼짝도 않고 바라보고 선 예지. 꿈인가 싶은데...

환이 다가오고 있다. 그 시선은 예지에게 꽂혀 있고. 오가는 사람들 무시한 채 뚜벅뚜벅 걸어오는 환.

자리에 붙박힌 듯 움직이지 않는 예지...

그런 예지를 와락 끌어안는 환! 품안에 들어온 그녀의 실체에 감격하고! 공허 속에 안도하는 예지의 눈가가 젖어드는데...

예지   우리 환이... 맞지? 환이가 왜 여기 있어?

말없이 예지를 더 깊이 끌어안는 환. 허공에서 방황하던 예지의 손이 환의 등에 얹히고. 옷자락을 꼭 그러잡는다. 그들의 시간만 천천히 흐른다. 빠르게 스쳐가는 주변의 움직임 속에 영원처럼 멈춰 있는 두 사람에서!

S#7. 카페 (낮) - 바다가 보이는

환과 예지가 마주 앉아 있다. 두 사람 사이에 커피잔 놓여 있고.

환   아부진 쌤이 미국 온 줄 아시더라구요.

예지   첨에 그럴라구 했어. 공항서 꼴을 내려다보니까... 미친 여자 같
        더라고. 괜히 가서 놀래키지 말자 싶어 그냥 여기로 온 거야.

환   (아쉬운) 비행기 타지 그랬어요... 그래두 괜찮았을 텐데...

예지   (피식 웃었다가) 한국 온 거는 어른들 아셔?

환   곧장 제주도로 온 거예요. 아직 전화두 안 했구.

예지   (신기한) 나 어떻게 찾았어?

환   옛날에 여기 예약한 사람이 저거든요.

예지   ... (몰랐던 사실이다) 아무도 못 찾을 줄 알았는데...

환   여기두 안 계심 실종 신고 할라 했어요.

예지   ......

환   왜 하필 신혼여행지로 제주도를 택하셨어요?

예지   (당시 생각하며 미소 짓는) 그이가 여기만 안 와봤더라구.

환   ... (그랬나)

예지   난 아무데도 가본 데가 없구... 그이는 전 세계 안 가본 데가
        없구... 둘 다 경험 없는 제주도를 시작으로... 차근차근 추억
        을 쌓고 싶었어.

환   ......

S#8. 길 (낮)

예지와 환이 숙소로 돌아가고 있다.

예지   (망설이다 기어이 묻고 마는) 여전한 거야? 그이 흔적, 어디에도

환	분기별로 미국에서 보고서 보내잖아요. 그게 다에요.
예지	어머님이 우리하구 공유 안 해. (환에게) 볼 수 있어? 지난 1년 치, 아니 그동안 수색한 거 다!
환	나중에요... 지금은 쉬러 오신 거잖아요.
예지	그냥 계속 미국에 있을 걸 그랬어.
환	......
예지	포기하고 돌아오는 게 아니었는데.
환	3년이에요.
예지	(보는데)
환	식구들만 돌아갔을 뿐이지 현지 탐정들이 수색을 계속했어요. 3년을 뒤져두 흔적이 없는 건... (더 이상 말을 잇지 못하고)
예지	시체라도 있을 거 아냐!
환	......
예지	(가다가 서는) 온타리오! 펜실베니아! 버몬트! 매사추세츠! 코네티컷! 뉴저지! 주변 도시 병원은 이 잡듯이 뒤졌어! 우리가 놓친 게 있어? 빼먹은 데가 있어?
환	(진정시키려는) 쌤...
예지	수색 범위를 더 넓혀야 했을까? 캐나다도 넘어가 봐야 했을까?
환	우린 최선을 다했어요. 모두가 할 만큼 했다구요.
예지	근데 못 찾았잖아! 아무것도 모르잖아!
환	......
예지	(절망적인) 어머님은... 백발이 되셨어.
환	!
예지	난 이제 밥두 잘 먹구 접시두 만들구 그림도 그리는데... 기어이 전시까지 욕심냈는데... 어머님 하얗게 센 머리 앞에서...

난 입이 열 개라두 할 말이 없구...

환   같이 나가요.

예지   (보면)

환   나랑 같이, 미국으로 가자구요. 거기서... 다시 시작해요.

예지   !

단호한 환의 얼굴, 그를 보는 예지의 당황한 얼굴에서!

S#9. 서울/진환A&C 전경 (낮)

S#10. 연자의 사무실 (낮)

연자를 찾아온 성곤.

성곤   놔주자.

연자   (멎고)

성곤   난 그저... 공방을 이어갈 전수자라고 생각하지만... 세상이
        보기엔 아니겠지. 남은 인생, 제대로 살게 하려면 내보내구

연자   (OL) 누구 좋으라고?

성곤   ... 당신도 원하는 바 아니었나?

연자   진이가 돌아오면 뭐라고 할 거 같아? 지 마누라 쫓아냈다구
        지랄지랄할 걸?

성곤   ......

연자   지들이 지지구 볶다 싸우고 헤어지는 거야 할 수 없지. 그치
        만 그 전에는 (감히) 어딜?

성곤   어거지 그만 피워.

연자	(진심 나온다) 걔 나가면 당신도 불편하잖아.
성곤	!
연자	전에는 환이라도 있었지. 지금 걔까지 나가면 당신 그 몸으로 혼자 있어야 돼.
성곤	그거 무서워 앞길 창창한 며느리 붙잡고 있어? 말이 되는 소릴 해.
연자	새장가 가고 싶어?
성곤	(불쾌한) 여보!
연자	(그거 아님) 그냥 데리구 있어. 정말 내보낼 일 생기면, 내가 알아서 할 테니까.
성곤	(일어나며) 당신하구 뭔가 의논이라는 걸 하려구 한 내가 어리석었지.
연자	의논하러 온 거 아니잖아. 통고하러 온 거지.
성곤	당신 태도가 달라지면, 의논이 되는 거야.
연자	식상해. 무슨 대화든 간에 엔딩은 언제나 내 문제로 끝나는 거.
성곤	......

S#11. 동 앞 (낮)

성곤이 나온다. 앞에서 대기하던 윤실장, 나선다.

윤실장	가시게요?
성곤	(보면)
윤실장	대표님 저녁 스케줄 없거든요. 두 분이 오랜만에 식사라도 하시면...
성곤	애쓰지 마.

윤실장   (멎고)

성곤   윤실장이 애쓴다구 우리 사이가 달라질 것도 아니고...

윤실장   (망설이다) 대표님, 이제 아무도 안 만나세요.

성곤   ......

윤실장   서실장 그렇게 되고 나서... 주변 정리하셨습니다.

성곤   (별다른 반응 없는) 윤실장이 잘 챙겨.

윤실장   ......

성곤   그러면 돼.

윤실장   죄송합니다, 제가 주제넘었네요.

가는 성곤. 윤실장, 배웅을 위해 따른다.

S#12. 제주/펜션/거실 (오후)

예지가 환의 노트북으로 미국 탐정사무소에서 보낸 수색보고서 살펴보고 있다. 거실 소파에서 풋잠 든 환.

노트북 화면에 현지 병원 체크리스트 보이고... 시신 확인 항목에 동일 인물 아님. 확인자 동생 서환의 수많은 사인들. 예지, 눈물이 터지고. 새어 나오는 울음소리를 손으로 막는데... 기척에 눈을 뜬 환, 예지 모습에 놀라 벌떡 일어난다.

환   (다가와서) 그니까 보지 말랬잖아요... 다 지난 거 뭐하러 확인을 해요. 들여다봤자 속만 터지지...

진 때문이 아니다, 환이 아파 묻는 예지.

예지   이거였어?

환   ......

예지   거기서... 맨날 하고 다닌 게...?

환   ......

예지   생판 모르는 사람들... 시체 확인하고 절망하고... 이렇게 많이... 이렇게 자주...

환   누군가는 해야 하잖아요.

예지   미안해...

환!   ! (울컥 오르는/사실은 너무나 괴로웠다)

예지   혼자서... 이런 거 겪게 해서.

환   (아파오고)

예지   말을 하지... 힘들다고... 괴롭다고... 투정이라도 부리지... 왜 암말도 안 했어! 왜... 왜... 왜...

환   ... (노트북 덮어버리며) 형이 죽었다는 확신이 필요한 거면 이런 거 안 봐도 돼요! 3년이나 지났는데! 살아 있음 우리 앞에 있겠죠. 형은 이 세상에 없는 거예요!

예지   그 사람이 죽은 게 아니라, 날 버린 거라면?

환   쌤!

예지   나한테 돌아오기 싫어서... 그래서 안 오고 있는 거라면?

환   (안타까운) 왜 그런 생각을 하세요! 형이 얼마나 쌤을 원했는데! 얼마나 사랑했는데!

예지   ...... (흔들리는)

S#13. 서울/거리 (오후)

고운과 이씨가 같이 걷고 있다.

S#14. 은행 (오후)

이씨가 창구에서 공과금 내고 있다.

번호표 들고 대기하던 고운. "00번 손님!" 번호 호출에 벌떡 일어나 창구로 간다. 싸구려 파우치에서 현찰을 우루루 쏟아놓으며 통장을 두 개 내놓는다.

고운   반은 여기, 나머지 반은 여기다 너주세요.

만 원짜리부터 지폐계수기에 넣는 직원. 고운, 직원이 입금 처리하는 과정을 지켜본다.

S#15. 거리/진환A&C 아파트 건설 현장 (오후)

수선집으로 돌아가는 고운 일행, 아파트 건설현장을 지나다가 안내판 앞에서 멈춰 선다. 고운이 건설사 이름 유심히 보는데... 진환A&C다.

이씨   맨날 땅만 고르고 있는 거 같더니... 어느새 많이 올렸네?
고운   여기, 잘 되죠?
이씨   돈이야 잘 벌겠지. 근데 그러문 뭐해? 생때같은 자식은 어디 가서 죽었는지 살았는지 모르는데.
고운   ?
이씨   저 집 장남이 어디 외국 가서 실종됐잖여. 인터넷에 한참 떠들고 난리였는디... 결국 못 찾구 말았을 걸?
고운   여태 못 찾은 거면...

이씨   죽었다고 봐야지. 살았어두 지 정신이 아니거나.

고운   !

S#16. 수선집/고운의 작업대 앞 (밤)

모두 퇴근하고 고운만 남아 있다. 재봉틀 앞에서 핸드폰으로 '진환 A&C' 검색해보는 고운. 최근 사업 기사들 내려 보면 지난 기사들 중에 진의 실종 기사들 보이고. 충격에 입을 틀어막는다. 예지가 생과부 상태임을 비로소 알게 된!

S#17. 제주 전경 (다음날 아침)

아침이 밝아온다. 어둠이 걷히고 아름다운 풍경을 드러내는 섬.

S#18. 제주 시장 (아침)

- 싱싱한 해산물 사는 예지. 생새우, 전복, 꽃게 등을 조금씩만 고른다.
- 옥돔도 한 마리 사고
- 야채전에서 호박, 양파, 얼갈이배추 고르는 예지.

S#19. 펜션 전경 (아침)

S#20. 펜션/게스트 침실 (아침)

침대에서 자고 있는 환 위로 도마 소리가 들린다. 소리에, 음식 냄새에 잠에서 깨어나는 환.

S#21. 주방 (아침)

- 화구에서 해물 된장찌개가 끓고 있다. 호박과 양파를 썰어 넣는 예지의 손.
- 유리 볼에 계란 두 알을 깨서 넣는 예지. 물을 붓고 젓가락으로 계란 풀어내는데... 소금 간하고 랩을 씌워 전자레인지 안에 넣고.
- 팬에서 익어가는 옥돔.

얼갈이배추를 찢어서 볼에 넣고 겉절이 양념을 하는 예지. 자다 깬 환이 나와 보는데...

환   언제 일어나신 거예요? (주방 상황 보고) 그냥 나가서 사먹음 되는데... 기력도 없는 사람이...

예지   한국 음식 고팠을 거 아냐. 집밥 먹이고 싶어서 흉내만 좀 냈어. (겉절이 간 볼 수 있게 조금 집어주는)

환   (받아먹고/진심 놀란) 언제 이렇게 늘었어요?

예지   (웃으며) 나도 인제 좀 해.

CUT TO

두 사람의 식탁. 싱싱한 해물 된장찌개. 금방 무친 겉절이. 계란찜. 옥돔구이와 김 정도가 차려진 아침상이다.

환   잠깐! 이건 찍어야 돼요! (핸드폰으로 식탁을 찍어두는)

예지   (웃으며 앉는) 그냥 앉어.

웃는 예지의 모습도 한 장 찰칵!

CUT TO

환   (된장찌개 맛보며 감탄하는) 죽이는데요?

예지   재료가 좋아서 그래.

환   (맛있게 먹는데)

예지   서울 가서 인사만 하구 얼른 돌아가. 방학 때두 아닌데 괜히
        수업 빼먹다 낙제하지 말구.

환   저두 좀 쉬었다 가려구요.

예지   (보면)

환   미국에선 너무 여유가 없었거든요. 공부하랴... (더 이상은 말
        을 안 하고)

예지   여기 식구들보다... 힘들었을 거야. 우린 사실... 더러 잊기도 하
        는데... 거기 혼자 남아서... 계속 형 찾으러 다녀야 했으니까.

환   ...... 땡땡이 한번 치죠?

예지   (보는)

환   인생에도 가끔 그런 휴식이 필요하잖아요.

예지   그래... 며칠만 쉬다 가자. 미국 가는 거... 나두 생각해볼게.

환   ... (기대가 커지고)

예지   아버님만 아니면... 어쩌면 그게 더 날 수도 있을 거 같아.

환   자기자신만 생각하세요. 아부진... 케어할 사람 구하면 돼
        요, 다운이 아줌마도 계시구.

예지   ...... 나가서 옷을 좀 살까봐. 맨몸으로 무작정 내려와서...

환   같이 가요. 저두 급하게 오느라 없는 게 많아요.

예지   ...

S#22. 제주시장 전경 (낮)

S#23. 제주시장/BB탄 사격장 (낮)

예지와 환이 시장 구경을 하며 걷고 있다. 인형들을 맞추는 간이 사격장 앞에 멈추는 환.

환   (인형) 뭐가 예뻐요?
예지   (보면)
환   (주인에게 돈 건네고 총 받으며) 맘에 드는 걸루 뽑아드릴게요.
예지   (웃으며 골라본다) 저거랑... 저거...?

환, 자세 잡고 사격 시작하는데! 탕! 탕! 번번이 빗나가는 총알들!

환   (총 살피며) 이거 총이 이상한 거 같아요. 가늠쇠가 문젠가?

환에게서 총을 가져오는 예지.

예지   (지정된 위치로 가 조준하며) 내가 한번 쏴보께.

폼이 예사롭지 않은데... 탕! 첫발에 바로 인형이 넘어간다! 주인, 박수 치고! 탕! 탕! 연달아 인형을 두 개나 넘어뜨리는 예지! 환, 놀라서 보고!

주인   (인형 한아름 건네주며) 아가씨가 낫네! 총각, 군대 안 갔다왔나 봐?
예지   (환에게 인형 안겨 주면서) 선물.

환	(입이 딱 벌어진) 군대라도 갔다 왔어요?
예지	(자기도 신기한) 아직도 맞출 줄은 몰랐어. 초등학교 때 잠깐 사격부였거든.
환	(뜻밖이고) 사격부요?
예지	아빠가 경찰이라... 사격장에 데리고 가곤 하셨어.
환	원래는 화가가 아니라 사격선수가 꿈이었던 거예요? 올림픽 나가구 뭐 이런 거?
예지	... 그냥 한 학기 흉내 좀 내다 끝난 거야.
환	우와...
예지	(아버지 얘기가 나와 불편해져버린) 옷이나 고르자. (둘러보면서) 저기 옷가게 있네.
환	......

S#24. 제주 시장/옷가게 (낮)

시장에서 옷 고르는 예지. 싸구려 원피스 이것저것 몸에 대보는데... 안에서 몸빼 바지로 갈아입고 나오는 환, 시치미 뚝 떼고 포즈 취해 보는. 코믹한 스타일과 대조되는 진지한 분위기에 주인과 예지, 웃겨서 넘어가고. 환, 예지랑 같이 셀카 찍는다.

환	이거 두벌에 만원이래요. 깔별로 다 사줄 테니까 원 없이 고르세요!
주인	(제주 사투리) 지꺼진 날인디 세장에 만원만줭 가정갑써~

? 못 알아들은 환과 예지

환	뭔지 몰라도 좋은 말 같죠?
예지	세장 준다는 거 같아.
환	아싸! 모델을 알아보시네~ 커플룩으로 빼입구 보말 잡으러 가자구요!
예지	(웃다가) 보말?
환	바다의 다슬기 같은 거예요.
예지	...... (옛날 생각나고)

예지, 환의 마음 느낀다. 예지를 웃게 해주려는... 환의 노력.

S#25. 제주 해안 도로 (낮)

렌트카가 달리고 있다. 뒷좌석에 사격으로 딴 인형들이 옹기종기 앉아 있고. 운전하는 환, 조수석에 예지는 시장에서 산 원피스를 입었는데... 아름다운 풍경 속에서 진을 떠올리는.

인서트) 신혼여행에서 진에게 운전 연수 받던 예지

지나다니는 차가 거의 없는 한적한 제주 도로. 렌트한 오픈카 운전석에 예지, 조수석에 진이 앉아 있다. 핸들 위 예지의 왼손등에 손을 얹은 채인 진. 천천히 나아가는 차.

진	어때? 감이 와?
예지	(긴장한 가운데 흥미로운) 면허 따구 첨이야~ 이런 데서 운전하니까 할 만한데?
진	(웃기고)

예지   차가 엄청 착해! 내 손이 움직이는 대로 따라와!

진   컨트롤을 놓치면 바로 흉기로 변해. 조심해야 돼.

예지   집에 가면 자기 차도 몰아봐야겠다.

진   그건 안 돼.

예지   치...

진   적당한 걸로 하나 사줄게.

예지   (신나서 어깨춤) 아싸!

진   (귀여워서 보는)

CUT TO

해안 도로. 오픈카가 빠르게 달리고 있다. 운전석에 진, 예지와 자리 바꾼. 음악이 울리고! 두 사람, 차 안에 앉은 채로 춤추며 달리고 있다. 앉아서도 흥에 겨운 두 사람의 행복한 한 때...

다시 현재. 진 생각에 빠져 있는 예지에게 시선이 가 있는 환.

렌트카가 바닷가 주차장으로 접어들고. 확 트인 바다가 보이며 제주의 절경이 펼쳐진다.

S#26. 서울/카페 (낮)

찬희를 만나 저간의 사정 전해들은 고운, 충격받은 상태고

고운   (기가 막힌) 어떻게... 날 그르케 감쪽같이 속여?

찬희   죄송해요. 어른들 일에 나서기가 좀 그래서...

고운	(정신 차리려 애쓰며/자초지종 더 물어보는) 애초에 어떻게 그런 결혼을 했어? 시집은, 늬 엄마 말대루 제대로 보낸 거 맞아?
찬희	... 형부가 적극적이었어요. 시댁 반대 다 꺾어가며 강행한 건데... 바리바리 싸줬다는 건 다 거짓말이구
고운	!
찬희	맨몸으로 시집가면서 인연 끊다시피 했어요.
고운	(충격에) 결국 우리 예진... 고생만 하구 살다... 시집가자마자 혼자 몸 된 거구나.
찬희	......
고운	(미어지는) 기댈 데가 없으니 그 집서 나오지도 못하고...

S#27. 제주/해수욕장 입구 (오후)

노점에서 과일과 핫도그, 옥수수 따위를 사는 환과 예지. 환은 종이 백에 든 샴페인을 안고 있다.

S#28. 바닷가 일각 (오후)

모래밭을 달리는 사람들, 선탠 중인 여자들, 모래놀이 중인 아기들, 바라보는 가족들... 물놀이 하는 사람들... 다양하게 바다를 즐기는 모습들 보이고.

환, 바위에 붙어 있는 보말을 주워서 예지에게 보여준다.

| 환 | 보세요! 이게 보말이에요! |
| 예지 | 다슬기보다 큰데? |

환   삶아서 안줏거리 만들어드릴게요. (**열심히 찾아보는**)

예지, 그런 환을 애틋하게 보는데...

CUT TO

인적 없는 한적한 모래밭에 자리 잡은 환과 예지. 피크닉 매트 위에는 좀 전에 산 먹거리가 펼쳐져 있고. 환이 잡은 보말들이 비닐에 들어가 있다. 펑! 작은 소리를 내며 샴페인 마개가 따진다. 컵도 없이 샴페인을 봉지째 건네는 환.

예지   (**한 모금 마시고 돌려주며**) 근데 왜 이렇게 마셔? 종이컵이라두 쓰면 안 돼?
환   (**샴페인 내려놓으며**) 술 아닌 척 하려구요. 안전요원이나 경찰이 보면 뭐라구 하거든요.
예지   ! (**진심 걱정하며**) 잡혀가?
환   (**아니다/놀리는**) 그니까 빨리 마셔요. 완전범죄를 위해.

예지, 샴페인 봉지 들어 벌컥벌컥 들이마신다. 환, 웃겨 죽고.

CUT TO

취기 오른 예지가 하늘을 보고 누워 있다. 그런 예지 지켜보며 옆에 앉아 있는 환. 예지의 눈에 보이는 하늘... 구름... 햇살...

환   갑자기 가출했대서 얼마나 놀랐는지 알아요?

예지   ... (햇살에 눈가를 찡그리며) 그냥... 좀 답답해서.

환   ... (보는)

예지   살면서 한번쯤... 그래보고 싶을 때 있잖아...

환, 예지의 이마 위에 손을 가져가 그늘을 만들어준다.

예지   ... (가까워진 환이 의식되고)

환   그만 포기해요. 쓸데없는 자책은 하지 말고.

예지   ......

환   그래두 돼요. 아무도 뭐라고 안 해요. 못해요.

예지   (울컥울컥 올라오는데/눈물이 비져나오고)

구름이 해를 가린다. 어두워지는 바닷가. 환, 예지의 이마를 가려주던 손으로 눈물을 닦아주는데. 예지, 고개를 돌리려 하고. 환, 예지의 뺨을 막는다. 그대로 예지의 얼굴에 내려앉는데! 곧 입술이 닿을 듯 다가온 환의 얼굴! 차마 더 이상 가지 못하고. 흡! 놀라는 예지. 단번에 환을 밀어내며 거칠게 일어나고!

예지   미쳤어?

환   ...... (바로 후회되는)

예지   내가... 우습니? 맨몸으로 집 나왔다구! 함부로 굴어도 된다고 생각한 거야?!

환   그런 거 아니에요!

예지, 벌떡 일어나 가버리는데. 황급히 뒤쫓아 가는 환! 예지의 팔을 붙잡으면! 예지, 뿌리치는데!

환   가지 마요!

예지   왜? 대체 뭘 하려고!

환   !

예지, 매몰차게 가버리고!

환   언제까지 그렇게 살 건데요?

예지   (멎는)

환   오지 않는 사람 기다리면서! 말라죽어가는 거! 이제 그만 하
        란 말이에요!

예지   내가 그 사람 포기해두... 너한테 가진 않아!

환   선택은 이제 나두 할 수 있어요.

예지   !

환   같이 떠나요. 다른 세상으로 가요!

예지   !!

다가가는 환. 꼼짝 않는 예지! 다가오는 환을 바라보는 예지의 두려운
얼굴. 마음을 다잡은 예지가 매몰차게 돌아서 그대로 가버린다. 홀로
남겨진 환의 쓸쓸한 모습.

CUT TO

비어버린 피크닉 자리. 쓰러진 샴페인 봉지. 비닐에서 기어 나오는 보
말들.

S#29. 서울/거리/체육사 앞 (오후)

고운이 고시원 향해 걷고 있다. 지나가다 체육사 앞에 멈춰서는.

CUT TO

체육사에서 나오는 고운, 손에는 야구 방망이 들렸다.

S#30. 고시원 앞 (오후)

야구 방망이 든 고운이 고시원으로 들어간다.

S#31. 고시원 입구/데스크 (오후)

들어선 고운, 잠시 숨을 고르더니 다짜고짜 방망이를 휘둘러 데스크 유리부터 부순다. 무표정한 얼굴로 사방팔방 방망이를 휘두르는데!

살림집에서 지영이 다급히 내려온다. 아수라장 보고 경악하는.

지영   미쳤어요?! 감옥 다시 갈라구 발악해?
고운   (멈추고) 그래, 신고해! 경찰 오면! 니 죄가 큰지 내 죄가 큰지
         어디 대보자!
지영   ......
고운   (악에 받친) 내 새끼만 맡아달라고... 다 주고 갈 테니 내 새
         끼만 제대로 키워달라고 그거 하나 부탁하고 갔는데... 밥상
         에 숟가락 하나 더 놓는 게 그렇게 어렵디? 남의 돈으로 니
         새끼는 그리 잘 먹이고 잘 입혀 키우고! 서러운 내 새끼! 구
         박덩일 만들어?

지영   어디서 헛소릴 듣고 와서 지랄이야! 고아원에 처박을 거 애 써 거둬줬더니 이제 와 무슨 딴 소리?!

고운   빈손으로 맡겼어? 있는 거 다 줬잖아!

지영   애초에 그게 누구 껀데! 우리 오빠 꺼야!

고운   그렇다구 니 꺼니? (아니다) 우리 예지 꺼야!

지영   ! (당황하고) 이러니저러니 당신은 입 댈 자격 없어! 경찰 부 르기 전에 꺼져! 맘 같아선 이대루 다시 감옥에 처넣구 싶지 만 인생이 불쌍해서 봐준다!

고운   찔리는 게 있어서 못 부르겠지! 내 새끼 내가 어떻게 지키는 지 한번 볼래? 서방두 죽인 년, 뭔들 못하까!

지영   주제에 협박까지? 가지가지 한다?

고운   입으로만 나불대는 협박에 그칠까? (아니라는)

지영   ... (질리고)

고운   날마다 밤마다 찾아올 거야. 내 새끼 몫은 동전 한 닢까지 다 뱉어.

지영   난 뭐 호구야?!

고운   예지는! 니 오빠 딸이기두 해. 친조카라구!

지영   나한테는 피붙이 죽인 원수년 딸이야! 조카가 아니라! 원수 라구!

고운   그럼 받지를 말았어야지!

지영   누가 그런 짓 하래? 딸자식 인생 망친 건 내가 아니라 당신 이야!

고운   !

S#32. 제주/펜션 마당/펜션 입구 (저녁)

마당으로 들어서는 예지. 뒤따라온 환, 쫓아간다.

환   잘못했어요. 용서해주세요. 다신 안 그럴게요.
예지   서울로 가. 비행기 있을 거야.
환   쌤!
예지   (버럭) 형수라고 해!
환   ······

문 열고 안으로 들어가는 예지. 환, 따라 들어가려는데 문 쾅! 닫고
잠가버리는 예지. 안에서 들리는 락 소리에 굳는 환.

S#33. 펜션 마당 (밤)

일각에 주저앉아 있는 환. 예지가 머무는 공간을 떠나지 못하고 밤새
기다린다.

S#34. 펜션/방 안 (밤)

블라인드며 커튼이며 다 쳐버리는 예지. 환을 보고 싶지 않다, 흔들
리고 싶지 않다! 그대로 주저앉는데... 집 안팎에서 같은 자세로 무너
져 있는 두 사람.

S#35. 다시 마당 (밤)

꿈같았던 예지와의 지난 며칠을 돌아보는 환.

- 6씬. 방주교회 일각. 예지를 찾아내 서로를 안아주던 순간
- 21씬. 환에게 겉절이 먹여주던 예지
- 24씬. 시장에서 원피스 사던 예지
- 28씬. 바닷가의 피크닉... 샴페인
- 28씬. 모래밭에 누운 예지에게 키스하려던 순간

환, 후회로 미칠 것 같다.

S#36. 동 (다음날 아침)

밤새 기다린 환이 아직도 앉아 있다. 문이 열리고 예지가 나오는데. 환 보고도 모른 척하고.

환	어디 가시게요?
예지	내가 가주려고.
환	!
예지	(가면)
환	같이 가요. 가서 식구들 보고
예지	(OL) 난 너 한국 온 거 없었던 일로, 모르는 일로 할 거야. 집에 가고 싶음 따로 가.
환	... 공항까지라두 모셔다드릴게요.
예지	택시 타면 돼.
환	(잡으며) 이렇게 가면... 나는 어떡해요.
예지	미국으로 돌아가.
환	...

예지, 나가버리고.

S#37. 펜션 앞 (아침)

예지가 나온다. 대기 중이던 택시가 예지 앞으로 와 서고. 뒤따라온 환이 잡을 새도 없이 택시 타고 가버리는 예지. 서둘러 세워둔 렌트카에 올라타고 따라가는 환.

S#38. 제주 공항 전경 (오전)

S#39. 제주 공항/발권 데스크 (오전)

발권을 마친 예지가 돌아선다. 뒤에서 기다리는 환. 예지, 무시하고 게이트로 간다. 따라가는 환.

S#40. 게이트 앞 (오전)

게이트 앞까지 간 예지. 마음이 급해지는 환.

환   쌤!
예지   ......
환   ... (안타까이 보는데)
예지   (돌아서는)
환   !
예지   다 잊구 돌아가...
환   (쿵! 정말 실수했구나 싶은)

예지   돌아가면 형 찾으러... 그거 또 혼자 계속할 거 생각하니까
            맘 아픈데... 미안한데...

환   (보는데)

예지   그치만 나... 이제 연락 안 할 거야...

환   (가슴이 무너지고)

예지   건강해야 해. 잘 먹고 잘 자고... 그래야 해.

환   가지 마요, 하루만... 하루만 더 있다 가요. 이렇게 가면... 이
            렇게 끝나면 난...

예지   갈게.

환   !

게이트 안으로 들어가는 예지. 환, 예지 동선대로 밖에서 따라가고.
유리 틈 사이로 예지의 뒷모습 끝까지 쫓는.

S#41. 탑승동 일각 (낮)

대기석 자리 찾아 앉는 예지. 가만히 있는데... 느닷없이 눈물 터지
고. 유일한, 마지막 안식처가 사라진 상실감이다.

S#42. 제주 공항/대기석 (낮)

좀처럼 공항을 뜨지 못하고 앉아 있는 환. 절망이 가득 내려앉아 있다.

S#43. 캐리의 레지던스 객실 (낮)

테이블 위에 놓이는 현찰 봉투. 제법 두툼하다. 가져오려는 기석.

봉투 안 놓는 캐리.

기석	(보면)
캐리	다 잊어버려.
기석	(괴롭고 원망스러운) 넌 그게 되냐?
캐리	지금 니 인생 망친다고 돌이킬 수 있는 게 하나라도 있어?
기석	......
캐리	나가면 이름도 바꾸고 차라리 다른 사람으로 살어.

기석, 봉투 챙겨서 일어난다. 나가려는 기석을 문 앞에서 막아서는 캐리

캐리	알고 있지? 이게 우리의 마지막이라는 거.
기석	나두 너, 더 이상은 보구 싶지 않어. 오래전에 끝장냈어야 하는데.
캐리	(문을 열어주며) 그럼 지옥에서나 볼까?

기석, 거칠게 나가버리고. 캐리, 문을 닫는다. 그녀의 표정.

S#44. 양평 전경 (다른 날 낮)

S#45. 공방 앞 (낮)

진입로에서 걸어 들어가는 예지, 걷다 보면 정원에 나와 기다리고 선 성곤이 보인다. 걸음을 멈추는데. 예지, 성곤의 얼굴을 보자 안도감과 죄스러움이 밀려온다. 아무것도 손에 든 것 없이 맨몸으로 오는

예지를 보는 성곤. 안쓰럽고 가여운데...

성곤   (따뜻하게) 잘 다녀왔니?
예지   (목이 잠기는) ... 다녀왔습니다.

떠났다 돌아온 예지, 묵묵히 기다려준 성곤... 이제는 부녀지간인 두
사람. 성곤이 앞서 공방으로 향하면 뒤따르는 예지.

S#46. 공방 안 (낮)

마주 앉은 예지와 성곤. 예지에게 차 우려 주는 성곤.

성곤   맘은 좀 가라앉구?
예지   ... 죄송해요. 걱정 끼쳐드리구...
성곤   이참에 독립을 하는 게 어떨까?
예지   ! 어머님이 뭐라 그러세요?
성곤   (아니라는) 내 생각.
예지   ......
성곤   공방에는 계속 나와도 좋아. 근데 이제 살림은 따로 나는
       게... 그래야 너도 새.. (출발을 할 수 있다는)
예지   (OL) 전 이 집이 좋아요, 아부지.
성곤   .....
예지   여기가 제 집이에요.
성곤   너를 위한 일이 아닌 거 같아서 그래.
예지   저는 포기가 안 돼요.
성곤   ......

예지 그이 아직... 못 놓겠어요.

성곤 아가...

예지 그이 놓는 것도 못했는데... 다른 이별까지... 감당할 힘이 없어요. 더 이상 누구하고도 이별하고 싶지 않아요.

성곤 독립한다구 식구들하고 끝나는 건 아니야.

예지 여기 있을게요.

성곤 ......

예지 아부지 곁에서... 다운이랑 아줌마랑... 정일이랑... 전처럼 지내게 해주세요.

성곤 ... (착잡한데)

S#47. 동 (낮)

오랜만에 공방 청소하는 예지. 물걸레로 도판기를 닦고, 물레와 주변을 닦는다. 물그릇과 받침대 등을 세면대에서 씻어내고, 도구 선반의 먼지를 털어내고, 바닥 흙먼지를 싹 쓸어내는. 쉴 새 없이 몸을 움직이며 마음을 비운다.

S#48. 동 앞 (낮)

예지가 쓰레기봉투 들고 나온다. 딸 걱정에 공방 앞을 기웃대던 고운, 얼른 몸을 숨긴다. 재활용품 정리하고 우체통도 살펴보는. 각종 고지서와 우편물 들고 들어간다. 예지가 들어갈 때까지 눈을 못 떼는 고운.

S#49. 두물머리 (낮)

혼자 앉아 있는 고운. 가슴이 미어지면서... 울지도 못하고 막힌 가슴을 퍽퍽 쳐낸다. 그러다 핸드폰 뒤져서 승민네 로펌 찾아보는데...

S#50. 제주/바닷가 (낮)

혼자 남아 정처 없이 걸어 다니는 환. 돌아가지도, 집으로 가지도 못하는. 핸드폰 꺼내봤다 결국 걸지 못하고 마는데...

S#51. 서울/진환A&C 전경 (낮)

S#52. 진환A&C/회의실 (낮)

완공된 빌라단지 잔여분 분양에 대한 회의가 열리고 있다. 윤실장이 동석해 있고. 연철이 분양현황 보고를 마치고 나면.

연자	이제 남은 물량이 별로 없네?
연철	거의 분양종료 단계라고 봐야죠.
연자	방회장 쪽에 보낼 2차 정산금 규모는 얼마나 돼?
윤실장	(서류 확인시켜주는) 여기...
연자	(보는데)
연철	근데 방회장님은 회수보단 재투자에 관심이 많으시더라구요?
연자	(연철 보고)
연철	○○동 아파트 쪽으로 자금을 돌려볼까요?
연자	계속 지분담보 잡고 있겠다는 거잖아.
연철	빌라 사업에서 서로 나이스하게 윈윈했으니까 파트너쉽을 이어가겠다는 의지죠.

연자   … (고민해보는데)

S#53. 고려오일 회장실/진환A&C 회의실 (낮)

방회장이 연철의 전화를 받고 있다.

방회장   이제 프로젝트 투자 말구 합작법인은 어떤가? 그건 김상무
        가 대표를 할 수도 있고…

회의실에 혼자 남은 연철과 오가며

연철   앗! 제가요?
방회장   언제까지 누님 밑에서 뒷수발이나 들 거야? 독립할 때가 됐지.
연철   여기두 후계가 공석이라 제가 없음 곤란하거든요…
방회장   여차하면 같이 맡게.
연철   !
방회장   합작법인 하나 세우면 불가능한 비전도 아니지 않나?
연철   (기대가 차오르고)
방회장   한두 해 본 사이도 아니고… 이제 판 좀 키워보자구.
연철   감사합니다, 회장님.
방회장   인사는 내가 해야지. 김상무 덕분에 새로운 분야에 안착했
        는데.
연철   조만간 찾아뵙겠습니다.
방회장   언제든 좋아! (전화 끊고)

방회장의 어깨에 얹어지는 손. 카메라 뒤로 물러나면 방회장 옆으로

다가와 앉는 캐리다.

캐리	여전히 바쁘시네요?
방회장	한남동 꺼 추수 좀 했지.
캐리	제가 국내에 있어야 손발이 돼 드릴 텐데.
방회장	몬트레이 꺼 팔아치우고 아예 들어오든지.
캐리	(웃으며) 그럴까요?
방회장	이제 다 정리된 거냐?
캐리	팀 해산시키고 보낼 사람 보내고. 들어와서 해야 할 일은 깔끔하게 다 끝냈어요.
방회장	바로 나가나?
캐리	그래야죠. 거긴, 제가 꼭 있어야 하니까.
방회장	(알 수 없는 눈길로 보는)

S#54. 공방 앞 (다른 날 낮)

정원에 낯선 차가 들어와 대어지고. 내리는 사람, 승민이다. 둘러보다 공방 간판 발견하고 향하는데.

S#55. 공방 (낮)

승민으로부터 고모에게 반환청구 소송하라는 권유를 듣고 난 뒤다. 불쾌한 예지.

예지	누가 시켰어?
승민	……

예지 엄마가 돈 필요하대?

승민 ......

예지 아쉬운 사람이 소송하라 그래. 귀찮게 하지 말고.

승민 어머님은 재판 못 걸어. 상속자격 박탈이야.

예지 난 아부지 유산 관심 없어. 고모가 갖든 엄마가 갖든 상관 안
      할 거야.

승민 권리가 있는 사람은 너밖에 없어. 네가 싸워야 돌려받을 수
      있어.

예지 싫다고! 그 돈 가져오자고 고모랑 재판해가면서 바닥까지
      내려가는 거, 안 한다고!

승민 (답답한) 아줌마는 다 너 위해서

예지 닥쳐.

승민 ......

예지 울 엄마가 이거저거 상담한 거까지는 그래, 싫지만 어쩌겠
      어. 오빠 일인데. 그치만 나는 사양이야. 재판도 싫고 오빠가
      이런 일로 나 찾아오는 것도 사절이야.

한숨 쉬는 승민.

S#56. 미국/환의 기숙사 전경 (밤)

S#57. 동 안 (밤)

술에 취한 환이 침대 옆에 주저앉아 있다. 베드 테이블에 제주도의 인
형들, 졸졸이 앉아 있고. 생수병 든 엠버, 뚜껑 따서 환에게 건넨다.

엠버   요새 왜 이렇게 마셔대? 그동안 이런 적 없잖아... 너 취한 거
        첨 봐.

환   (물 마시는) 안 취했어.

엠버   무슨 일 있어? 한국 갔다 온 뒤로 매일 술만 마시고...

환   취하고 싶은데... 정신이 나가질 않아.

엠버   (걱정스럽게 보고)

환   ... (괴로운)

S#58. 동 (새벽)

노트북 앞에 앉은 환, 메일 박스를 열어놓고 있다. 예지 이메일 주소
를 써놓고... 한참을 앉아 있다가...

'저에요... 환이에요...'

한 줄을 썼다가 다시 지우고... 깊게 고민하는 환의 모습.

S#59. 한국/딸기밭 전경 (다른 날 낮) - 계절 상황에 따라 작물 변경

S#60. 딸기밭 앞 (낮)

예지와 다운이 딸기밭 주인과 흥정 중이다. 주인에게 꽃을 한 아름
내미는 다운. 주인, 벌써 싫다.

주인   (딸기가) 한 바구니에 만원이야, 만원. 그게 아까워서 맨날
        꽃으로 때워? 먹지도 못할 거 무슨 소용이라고!

다운   아저씨, 양재동 가면 이게 훨 비싸요? 아줌마 갖다줘보세
       요, 저녁 밥상이 달라진다구요~

주인   출하 못 하는 떨인 거 다 알아. 우리 마누라두 영 시큰둥이
       라구.

다운   (주인에게 꽃다발 퍽 안기고)

예지, 눈치 보며 바구니 하나 가져오는데... 다운, 냉큼 하나 더 집고.

주인   한 대야만 따!

다운   (밭으로 가며) 아이 누구 코에 붙이라고~

주인   (기가 차서) 저, 저!

예지, 다운 따라가는.

S#61. 딸기밭 (낮)

예지와 다운, 딸기 따고 있다.

다운   (그 자리서 딸기 한 알 먹어보고 녹아내리는/예지 입에도 한 알
       넣어주며) 역시 바로 따서 먹는 게 짱!

예지   (먹어보고) 넘 달다.

다운   (하나 더 먹고)

예지   (진심 고민하는) 그릇이라도 하나 갖다 드려야 되나...

다운   그건 안 되죠.

예지   꽃이랑 물물교환했잖아.

다운   이런 농산품하고 예술작품하고 같아요? 내돌리지 마세요.

예지	난 뭐 이게 훨씬 귀해 보인다. 이쁘고 맛도 있고.
다운	자부심을 좀 가지세요. 누구 제잔데...
예지	! 내가 그걸 자꾸 까먹네...

부지런히 바구니에 딸기 채우는 두 사람.

S#62. 다운네 집 앞 (낮)

각자의 딸기 바구니 들고 오는 예지와 다운.

다운	언니... 여행 갔다 오니까 좀 나요?
예지	괜히 갔다 싶어.
다운	(보면)
예지	어른들 걱정시키구... 괜히 그이만 더 생각나구...
다운	여행지 선정이 문제였어. 신혼여행 갔던 델 뭐하러! 차라리 미국을 가시지. 환이도 보고.
예지	...... (다운네 집 앞에 다 와서) 오늘 애썼어. 덕분에 딸기도 얻고...
다운	며칠 있다 한 번 더 가자구요!

다운, 웃으며 집으로 들어가는데.

S#63. 환의 집 앞 (낮)

지영의 차가 환의 집 앞에 와 선다. 딸기 바구니 들고 오던 예지, 차에서 내리는 지영 보고 멎는데.

S#64. 환의 집/주방 (낮)

예지가 믹서에 딸기를 갈고 있다.

S#65. 거실 (낮)

집안을 구경하고 있는 지영. 예지가 딸기 주스를 가지고 나오자 안 보고 있던 척 소파에 앉는다.

예지   드세요. 밭에서 갓 따온 걸로 갈아서 맛있을 거예요.

지영   이런 것두 할 줄 아니?

예지   믹서 있으니까요.

지영   (한 모금 마셔보고) 상큼하니 맛있네.

예지   가실 때 싸드릴게요. 많아요.

지영   이런 덴 평당 얼마나 하니?

예지   저야 모르죠.

지영   깔구 앉은 집 시세 정도는 알구 살아야지.

예지   왜 오신 건지 알아요. 엄마 때문이죠?

지영   늬 엄마가 아무리 미친 짓을 해두 십수 년을 옥살이하다 나온 사람, 다시 감옥에 보낼 순 없어서 참았어.

예지   ...

지영   소송? 그게 어떤 돈인데! 니네 엄마... 자기 손으로 서방 잡아 죽이고 상속권 박탈당한 사람이야.

예지   안심하세요. 전 아무것도 안 해요.

지영   ... 그걸 내가 어떻게 믿어? 늬 엄마가 계속 쪼을 텐데?

예지   제가 안 하면 되죠. 엄만 권리도 없다면서요.

지영 생과부 신세나 다름없는 니 팔자 불쌍해서 입 다물고 살았
      다만... 자꾸 건드리면 나도 가만 안 있어.

예지 ......

지영 며느리 과거지사루 집안 시끄러워지면 시댁에서 좋아라 하
      겠니?

예지 !

지영 안 그래도 장자 잃구 말 많은 집, 진짜 사둔 정체가 알려지
      면 너네 시어머니 골치 꽤나 아프겠지.

예지 찬희가 거기 직원인데... 사주랑 원수 되고 싶으세요?

지영 (기가 차서) 아쉬운 줄 아니? 찬희야 시집보내면 그만이야!
      너 같은 줄 알아? 혼처가 줄을 섰어!

예지 고모가 입 다물 때 얘기죠.

지영 (어이가 없는) 너 진짜 많이 변했다? 이제 협박두 할 줄 아네?

예지 약속해요, 더 이상 엄마가 시비 걸지 못하게 할 거고, 저는
      아빠 재산에 관심 없어요.

지영 나, 나쁜 사람 만들지 마라? 너네 모녀가 건들지만 않으면
      사단이 왜 나?

예지 ......

지영 (일어나 가려다가) 딸기는 샀니?

예지 !

S#66. 환의 집 앞 (낮)

딸기 봉투를 조수석에 던져 넣고 차에 오르는 지영. 차 떠나는 걸 지
켜보고 선 예지, 앞에서는 밀리지 않으려 했지만 스트레스가 몰려오
는데...

S#67. 시장 골목 전경 (다른 날 낮)

S#68. 수선집 옥상 (낮)

고운과 팽팽하게 대치 중인 예지.

고운   그래 내가 시켰어.

예지   (기가 막혀서) 엄마는 양심도 없어? 그 집에 대고 돈 내노라 소리가 나와?

고운   왜 말 안 했어. 니 남편... 그렇게 된 거.

예지   내 근황이 그렇게 궁금했어? 그런 사람이! 안에 있는 내내 면회 거절하고! 나와 살면서도 절연을 해?

고운   대단한 집안에 시집 가 사는 너, 내가 없는 사람인 게 나니까!

예지   근데 이제 와서 왜 나서는데!

고운   (작정하고 위악 떠는) 나, 돈 필요해. 들어가면서 있는 거 다 정리해서 고모 준 거, 너 잘 키워 시집보내달라고 한 거야. 그 집에 갖다 바치려고 한 게 아니란 말야!

가방에서 봉투 꺼내는 예지. 고운에게 퍽! 던진다. 고운의 발치에 떨어지는 봉투.

예지   내가 가진 전부야! 이거 받구! 고모네 그만 건드려.

고운   (포기하지 않는) 니 손 더럽히기 싫으면 위임장만 하나 써줘.

예지   (미치겠다) 모이면 더 줄게! 돈 필요하면 내가 해줄 테니까! 고모 건드리지 말라구! 보지 마! 엮이지 마! 인연 끊어!

바닥의 봉투 주워드는 고운.

고운   (일부러 냉정하고 독하게) 니 시집에서두 받을 만큼 받아내.
       이혼을 해두 위자료를 주는데, 니 남편 유산 있을 거 아냐.
       상속분 똑바로 챙겨.
예지   그 사람, 죽은 거 아냐!
고운   니가 못하겠음 내가 해. 이 마당에 무서울 게 뭐가 있겠어.
예지   (절망하는) 죗값은 엄마만 치르고 살았는 줄 알아?
고운   ... (찢어지고)
예지   엄마 딸이라는 이유로... 다 포기하구 살았어. 근데 이제 와
       서 그 세월 없던 거로 만들구 기를 쓰고 찾아온다고?
고운   ......
예지   난... 돈보다 자존심이 더 중요해. 그거밖에 가진 게 없어서...
       그거 하나 지키고 살았어. 내 자존심, 지켜줘.
고운   자존심이 밥 먹여주니?
예지   ! (가슴이 막히고)
고운   갇혀 산 나는 자존심보다 생존이 더 중요해. 살아남는 거,
       그게 내 목표야.
예지   다른 사람 꺼 뺏어가면서?
고운   ......
예지   다른 사람의 목숨, 다른 사람의 재산...
고운   ... (목이 막혀오지만) 원래 우리 꺼였어. 맡겨뒀을 뿐이야.
예지   고모, 그거 내놓을 사람 아니야. 나도 협조할 생각 없구. 포
       기해.
고운   ......

예지, 돌아서 내려간다. 고운, 딸의 뒷모습 보는데...

S#69. 시장통 (낮)

혼자서 걷고 있는 예지, 참담하고.

S#70. 양평/길 (낮)

시골길을 걸어가는 예지. 계절감이 바뀌면서 주변 풍경이 지나간다.

S#71. 환과 예지의 몽타주 (낮)

- 메일함 확인하는 예지. 쌓여 있는 환의 메일. 확인하지 않고 그대로 삭제하는.
- 메일 수신 확인하는 환. 예지는 메일을 확인하지 않는다. 절망하는 환. 노트 꺼내 손편지 쓰는 환.
- 우체통에서 환의 국제우편 확인하는 예지, 읽지도 않고 그대로 쓰레기통으로. 가다가 다시 멈칫. 돌아서서 쓰레기통 쳐다보는.
- 다운 모녀 도와 화원에서 꽃 따는 예지.
- 미국 클럽. 절망으로 망가지는 환. 춤추는 엠버 옆에서 계속 술만 마신다.
- 다운, 정일과 뒷산에 밤 주우러 간 예지. 성곤이 목발 끝으로 밤껍질 까주고.

세월이 그렇게 지나간다.

S#72. 하늘 (다른 날 낮) - 3년 후

비행기가 하늘을 날고 있다. 보스톤발 인천행.

S#73. 인천 공항 전경 (낮)

S#74. 입국 게이트 (낮)

캐리어를 밀면서 빠져나오는 슈트 차림의 한 남자. 환이다. 달라진 비즈니스맨의 모습. 환영객들이 나와 있는 다른 승객들과 달리 혼자서 앞만 보고 빠져나가는데...

S#75. 공항 앞/택시 정류장 (낮)

대기 중인 택시로 다가가는 환. 기사가 내려 캐리어를 트렁크에 실어 준다. 뒷좌석에 오르는 환.

S#76. 도로 (낮)

- 택시 안. 표정 없이 차창 밖을 바라보는 환. 창밖의 풍경이 흘러 간다.

- 공항에서 서울로 진입하는 택시.

- 두물머리로 들어가는 택시. 창밖으로 두물머리의 풍경이 다가오자 좌석에서 몸을 일으키는 환. 그리운... 보고팠던 풍경이다. 표정에

미세한 변화가 일고...

S#77. 환의 집 전경 (낮)

S#78. 환의 집/정원 (낮)

툭툭. 풋고추를 따내는 여자의 손. 상추도 뜯어내고... 방울토마토도 하나씩 딴다. 카메라 뒤로 물러나면 텃밭에서 찬거리 마련 중인 예지. 헤어스타일이 달려져 있다. 작업복 차림의 다운이 정원의 나무들을 손질해주고.

다운   대체 환이는 언제 들어온대요? 미국서 취직이라도 한대요?
예지   ...... (말없이 바구니에 작물을 채워 넣는)

다운은 예지가 대답을 하건 말건 저 혼자 열심히 떠드는 중이다.

다운   설마 여자는 안 생겼겠지? 재작년에 갔을 때는 그런 눈치 없었는데... 언니 뭐 들은 거 없어요?
예지   ...
다운   아우! 내가 그때 그냥 눌러앉았어야 하는데! (하다가 멎는)... !

무슨 일인가 고개를 드는 예지의 표정이 멎는다. 이미 정원에 들어서 있는 남자. 환이다.

다운   (놀라서 비명 지르듯) 야! 서환! (달려가는)

시선은 예지에게 둔 채 달려드는 다운을 내버려 두는 환. 풀떼기와 흙먼지 가득한 온몸을 부벼오는 다운을 상관도 안 하며 오로지 예지만을 바라본다. 돌처럼 서 있는 예지.

다운   (눈물 콧물 범벅되어 정신없이 쏟아붓는) 너 뭐야! 오면 온다고 말을 하지! 아주 온 거야? 잠깐 왔어? 이제 안 가?

환   ... (여전히 예지만)

환의 시선 외면하는 예지.

다운   아저씨는 아셔? 너 오늘 오는 거?

환   ......

다운   있어봐. (공방으로 달려 들어가는)

정원에는 환과 예지, 두 사람만 남는다.

예지는 계속 꼼짝을 않는다. 환이 그녀를 보고 서 있다. 무심한 새소리, 벌레 울음소리만 정원 가득 차오른다.

S#79. 공방 (낮)

정일이 흙을 치대고 성곤은 물레질하고 있는데... 물레 근처에 목발이 세워져 있다. 후다닥 달려 들어오는 다운!

다운   (다급한) 아저씨! 아저씨!

정일   시끄러! 선생님 작업 중이신데

다운   환이가 왔어요!

정일   (벌떡 일어나며) 정말?!

물레질 멈추는 성곤. 물그릇에[1) 손 담가서 흙부터 씻어내고.

다운   (곁에 둔 마른 수건으로 성곤의 손 닦아내며 흥분한) 어른 같아
        요! 엄청 멋있어졌어요!

성곤   ...... (가슴이 뛰는데)

먼저 뛰쳐나가려다 성곤의 목발부터 챙기는 정일.

S#80. 다시 정원 (낮)

예지에게 다가가는 환.

환   아직도 여기 살아요?

예지   (누르며) 연락은 하고 오지. 아무리 자기 집이라지만, 몇 년
        만인데. 식구들도 준비가 필요하지 않겠어?

환   ......

둘 사이에 심상치 않은 긴장감이 흐르는데... 공방 쪽에서 식구들이
나온다. 정일이 먼저 달려와 환을 덥석 안는.

---

1) 물레질할 때 물이 계속 필요해서 물레 곁에 물그릇이 상비되어 있음

정일   (반가움과 원망이 엉켜) 짜식! 오면 온다고 말을 하지! 공항에
        라도 나갔을 텐데!

같이 허그하는 환. 목발을 짚고 천천히 다가오는 성곤. 그런 아버지의
모습에 어쩔 수 없이 가슴이 뭉클해지고.

식구들의 법석을 뒤로하고 바구니를 든 채 안으로 들어가 버리는
예지.

S#81. 주방 (낮)

들어선 예지, 식탁 위에 바구니를 두려다 놓친다. 바닥에 쏟아지는
푸성귀. 당황한 예지, 다시 주워 담는데...

S#82. 환의 방 (낮)

오랫동안 비워져 있던 환의 방. 깨끗하게 잘 정돈되어 있다. 한쪽에
캐리어를 놓고 재킷을 벗는 환. 따라 들어온 다운이 묻지도 않은 설
명을 덧붙인다.

다운   언니가, 심심하면 한번씩 청소두 하고 향초를 피우더라고. 신
        랑방두 그렇게는 안 하겠다며 식구들이 말려두 계속 하대?
환   ...... 나가. 옷 갈아입게.
다운   (맘도 안 상하고 바로 나가준다/나가기 전에) 뭐 먹구 싶어? 여
        기 없는 건 내가 우리 집 가서 바루 가져올게.
환   시차 때문에 입맛 없어. 그냥 잘 거야.

다운   언니가 퍽두 그렇게 냅두겠다.
환   ······

S#83. 정원 (낮)

다운이 나온다. 살아 있는 닭을 그러쥐고 정원에 들어서는 정일.

정일   (다운 향해) 애 좀 어떻게 해봐. 선생님이 백숙하신대.

아무렇지도 않게 닭을 받아 목을 비트는 다운. 순간, 기겁하며 외면
하는 정일. 오만상을 다 찌푸리고!

다운   (축 늘어진 닭 도로 내주며) 우린 꺼져주자.
정일   (섭섭한) 왜에··· 3총사가 얼마 만에 합체하는 건데 술이라도
        한잔 하구
다운   (OL) 3총사 회포는 나중에 풀구 식구들끼리 모이게 빠져 주
        자구.
정일   닭은 먹고 가면 안 될까?
다운   (한심하게 보면)
정일   ··· 알았어···

키도 안 되는데 정일의 어깨에 팔 척! 걸치고.

다운   사거리 치킨으로 참아. 내가 쏠게.
정일   (기대며 바로) 누나!

호흡이 척척 맞는 두 친구.

S#84. 식당 (저녁)

식탁 위엔 먹음직한 백숙이 우묵한 대접시에 담겨 있고 예지가 딴 푸성귀를 이용한 샐러드와 각종 김치, 장아찌 등이 차려져 있다. 예지가 백숙을 나눠 성곤과 환의 앞 접시에 놓아주고. 환은 말없이 예지의 앞접시에도 고기를 놓아준다.

예지   ...... (당황스럽고)
성곤   (흐뭇한) 엄마한테 전화는 했냐?
환   ... 자기 전에 하려구요.
성곤   네가 회사로 와줬음 하더라.
환   도시 재생 공모전에 당선돼서 디자이너 자격으로 온 겁니다. 그리고 전 건축가에요. 회사 경영은 몰라요.
성곤   ...... 회사에두 디자인 부서가 있어.
환   감리부서겠죠. 발주한 아파트 설계나 체크하는.
예지   (중재에 나서는) 오늘 왔잖아요. (앞으로의 일 얘기는) 천천히 하세요.
환   이제부터 아버지 제가 모십니다. 이제 그만 독립하세요.

성곤과 예지가 굳어버린다.

예지   ... 여기가 내 집이야.
환   형이 없는 집입니다.
예지   ! (상처받은)

성곤　밥이나 먹어라. 몇 년 동안 집 비운 사람이 돌아온 첫날부터 왈가왈부할 문제는 아닌 거 같으니까.

환　아버지도 엄마 닮아가세요?

예지　!! (멎고)

환　풀어주세요. (작정했다) 남편 없는 시집살이, 시어머니도 건사 않는 시아버지 모시고 사는 게 말이 돼요?!

성곤　... (멎는)

예지　(화가 나서 쳐다보는)

성곤　(엄하게) 환아.

환　(굴하지 않고) 우리가 이렇게 한집에 살 순 없습니다. 돌아온 이상 전 여기 살 거구! 누군가는 나가줘야죠!

예지　(더 이상 못 견디겠다/일어나며) 죄송합니다. 먼저 일어날게요. (나가버리고)

환　......

성곤　이럴려구 온 거냐?

환　... (잠자코 물만 마시는)

S#85. 환의 집 전경 (밤)

서서히 밤에 물들어가는 집.

S#86. 주방 (밤)

예지가 설거지를 하고 있다. 다 쓴 물컵 따위 쟁반에 모아온 환, 적당한 곳에 내려놓고.

예지	(기척을 느끼고 고무장갑 벗는다/돌아서며 차갑게) 이제 내가 그렇게 아무것도 아닌가?
환	......
예지	무슨 자격으로 오자마자 난리야?
환	그럼 내가 어뜨게 해야 하는데요!
예지	! (멎고)
환	아부지랑 셋이 오손도순 잘 지내보자고, 그래야 하는 건가? (폭발하는) 대체 여기서 뭘 기다리는데!
예지	!!
환	(보면)
예지	(말투 바뀌는/원래 환을 대하던) 그 사람... 이젠 안 기다려.
환	......
예지	그냥 여기가 내 집인 거야.
환	(약해지면 안 된다) 자기가 아직두 고안 줄 알아요? 이제 어른이야! 혼자서두 살 수 있는! 성인이라구!
예지	... 왜 이렇게 변했어? 내가 아는 서환... 맞아?
환	당신이 날 몰라본 거뿐이야.
예지	(당신이라니) 왜 이렇게 날 모욕해!
환	(아픈) 제 발로 기꺼이 구렁 속으로 들어간 사람! 건져서 던져버리려구!
예지	내 선택이야!
환	... 각오하세요. 최선을 다해서 이 집에서 몰아내 줄 거니까.
예지	(서러운) 나한테... 꼭 이래야겠어?

환, 상처받는 예지가 안타깝고... 제 마음 몰라주는 그녀가 야속해서 본다. 예지, 환의 시선 받아내다가...

예지   차라리 돌아오지 말지 그랬어!

환   ……

예지   너 없어두 살았어! 버텼어!

환, 예지 앞으로 훅 다가오는!

예지   (물러나며) 다시 가버려! 대체 뭐 하러 왔어!

환   보고 싶어서!

예지   ! (쿵!)

환   (글썽) 더 이상은 참아지지가 않아서.

격해진 환의 얼굴, 굳어버린 예지의 표정에서 엔딩!

8부

내가 가장 예뻤을 때 1

S#1. 환의 집/주방 (밤)

환에게 소리치는 예지!

예지   차라리 돌아오지 말지 그랬어!

환   ......

예지   너 없어두 살았어! 버텼어!

환   (예지 앞으로 훅 다가오고)

예지   (당황한 채로) 다시 가버려! 대체 뭐 하러 왔어!

환   보고 싶어서!

예지   ! (쿵!)

환   (글썽) 더 이상은 참아지지가 않아서.

예지   ... 미쳤니?

환   알구 있었잖아요! 다 알면서! 그래서 도망간 거잖아! 잊었어
요? 3년 전을?!

예지   (냉정하게) 한번은 실수라고 봐주지만, 반복되면. 죄가 되는
거야.

환   난 이미 지옥에서 살고 있어요.

예지   !

S#2. 거실/계단 (밤)

예지가 도망가듯 서둘러 계단을 오른다. 주방에서 거실로 나오는 환.
서두른 발걸음에 휘청! 발을 헛디딘 예지가 넘어질 뻔하고. 뒤에서 저
도 모르게 손이 나가는 환.

환   (안타까운 손길 거두며/말투는 나무라듯) 천천히 올라가요. 넘
      어져요.

갑자기 서는 예지. 따라 서는 환.

예지   (돌아서며) 돌아와 주면 안 돼? 우리 환이로.
환   (다가오는) 그 환이, 3년 전에 버렸잖아요.
예지   선을 넘은 순간! 날 버린 건 너야. 네가 먼저 우리 관계를 망
      친 거라구!
환   한 번이었어요.
예지   ! (멎고)
환   단 한 번.
예지   ......
환   실수라고... 넘어갈 수도 있었잖아요! 봐줄 수도 있었잖아요!
      그 한 번에 나를 칼같이 쳐내고... 전화 한번! 문자 한번을 안
      받아줬어!
예지   ......
환   얼마나 괴로웠는지 알아요? 얼마나 후회했는지... 아세요?
예지   난 편했을 거 같아?
환   나만큼 힘들었어요?
예지   !
환   (보는데)
예지   그이랑 결혼을 결심한 건! 우리가 가족이 될 수 있단 기대도
      컸어. 내 인생에 아버님하구 네가 들어온다는 게, 힘이 됐어.
환   (일부러 냉정하게) 지금은 형이 없어요. 우리는, 가족이 아니
      에요. 이제.

예지   !

S#3. 신혼방 (밤)

전자 액자에 진의 독사진 보인다. 보고 있는 예지.

예지   당신 동생 왔어.

사진 속 진의 표정.

예지   근데... 환이가 나더러 나가래. (사이) 어떡해야 돼?

다른 사진으로 넘어가고. 예지. 침대에 엎어져 버린다.

S#4. 환의 방 (밤)

환, 짐 정리하려고 옷장 여는데... 정리가 잘 되어 있는 내부. 환, 새삼
스럽게 방 안을 둘러본다. 반듯한 책장, 먼지 하나 없는 책상. 여기저
기 디퓨저 보이고. 오래 비워둔 공간 같지 않은 정갈한 온기에서 예
지의 손길을 느낀다. 풀어헤쳐진 캐리어 안에 담겨진 제주도의 인형
들. 환, 인형들을 옷장 구석에 안 보이게 집어넣고.

S#5. 수선집 전경 (밤)

S#6. 동 안 (밤)

고운, 혼자 남아 악착같이 일하고 있는데 알림 문자 온다. 입금을 알리는 알리미 서비스. 한참을 보고 있는데 지영에게서 문자 오는.

지영(소리) 드럽고 치사해서 내가 이거는 보내지만 울 오빠 유산은 욕심내지 마요. 여기서 더 건드리면 나 정말 가만 안 있어요? 전에 내가 한 말. 괜히 해본 소리 아니니까.

고운, 지영의 문자 삭제하고 핸드폰 주머니에 넣는다. 다시 일감으로 돌아가는.

S#7. 고시원/지영의 살림집 거실 (밤)

경식이 야식으로 사온 회포장을 풀고 있다. 지영, 앞접시와 나무젓가락 세팅하고 간장 종지 열면서

지영   예지한테 똑똑히 전해! 이게 끝이라구! 정말, 더 이상은 국물두 없다구!

찬희   할 말 있음 직접 하셔! 언니 보기 민망하게.

지영   부모 자식이 가깝지 사촌이 가깝니? 니 소속 헷갈리지 말구 빨리 문자나 쳐!

경식   (회 쌈 하나 싸주며) 다 끝난 일에 무슨 단속이야. 그만하고 이거나 먹어.

지영   (표정 이쁘게 만들어서 받아먹는)

눈꼴이시다. 외면하며 예지에게 문자 치는 찬희.

지영   (쌈 넘기고) 대박! 자연산인가 봐! 왜케 쫄깃해?

경식   (덤덤하게) 양식이야.

지영   아우~ 양식도 자연산으로 둔갑시키는 우리 자기 손맛!

묵묵히 먹기만 하는 경식.

S#8. 신혼방 (밤)

씻고 들어온 예지, 핸드폰 알림음에 액정 확인하는. 찬희가 보낸 문자다.

찬희(소리) 언니두 화끈하게 재판 가. 울 엄마 숙모한테 결국 돈 줬다?

예지, 마음이 무거워지고.

S#9. 진환A&C 전경 (다음날 낮)

S#10. 연자의 사무실 (낮)

인사 온 환. 다 커버린 아들을 뿌듯하게 바라보는 연자.

연자   어째 키가 더 큰 거 같다?

환   ... (연자의 흰 머리를 짠하게 보다/머리칼 쓸어주며) 염색하시지.

연자   업계별명이 백발마녀야. 전에는 그냥 마녀였는데

환   (사람들) 못 됐네요.

연자   나름 트레이드마크라... 유리한 것도 있어.

환, 연자를 안는다. 장자를 잃은... 가여운 어미다.

연자   (같이 안으며) 잘 왔어.

환   ...... (해야 할 이야기가 있고)

노크 소리 들리고 윤실장이 차 들인다. 떨어지는 모자.

연자   (먼저 앉으며) 앉어. 천천히 얼굴 좀 보자.

환   (윤실장에게 인사하는) 그동안 별일 없으셨구요?

윤실장 (미소로) 나야 뭐 늘 똑같지. 환이는 멋있어졌다? 인제 남자
       야...

환   (소파로) 저 돌아올 땐 결혼도 하시고 애기도 있을 줄 알았
       는데...

연자   우리 윤실장 시집가면 내가 아쉬워서 안 돼.

윤실장 들었지? (그래서 못 간다는)

환   무슨 심술이세요?

윤실장 (웃으며) 말씀 나누세요.

윤실장 나가면 찻잔 드는 연자와 환.

연자   참, 뉴욕에서 보고서가 안 오던데?

환   ... 중단시켰어요.

연자   업체 바꾸려고? 더 잘하는 데라도 찾았어?

환   ... 이제 그만 할 때가 된 거 같아서요.

연자   ! (마시다 멎는/찻잔 내려놓고) 그걸 왜 네가 결정하지?

환   7년 내내... 공부보다 더 많이 한 게 형 찾으러 다닌 일이에요.

병원이랑 교도소를 학교보다 더 자주 갔고… 영안실을 밥 먹듯이 드나들었죠. 하루에도 몇 번씩 SNS에 실종자 업데이트하고… 수많은 목격자와 사기꾼을 만났어요.

연자　(쿨하게) 알았어, 회사에서 직접 관리할게.

환　NamUs[1]하구 NCIC[2] 업데이트는 계속 체크하라구 해놨어요. 그 이상은… 하지 마세요.

연자　늬들은 내가 모성애가 없는 줄 알지.

환　(그렇지 않다는) 엄마가 포기 안 해서 여기까지 끌고 온 거예요.

연자　… 넌 이제 손 떼도 좋아. 그동안 수고했다.

환　신원 미상의 동양인 남자 걸릴 때마다 미국 가시게요? 아시안 노숙자 시체 들어올 때마다 가서 확인하구 의심되는 정신병자 새로 들어올 때마다 면회두 가야 해요.

연자　전담 직원 파견 보내면 돼.

환　형 사진 한 장 들려요? 생판 모르는 남이 썩어 가는 시체 얼굴 보고 확인할 수 있대요?

연자　(경고하는) 아들!

환　매번 혹시나 하는 기대에 부풀었다 역시 아니라는 절망에 꺼져들어가는 고통은! 수없이 반복돼도 절대로 익숙해지지 않았어요! 그거… 남은 평생 되풀이할 자신, 있으세요?

연자　찾으면 돼.

환　(누르고) 회사에 변호사 있죠?

---

1) National Missing and Unidentified Persons System 미국 법무부에서 운영하는 실종자 정보를 업로드 할 수 있는 사이트.

2) National Crime Information Center (미 연방 수사국(FBI) 내의) 전미(全美) 범죄 정보 센터

연자   (보는데)

S#11. 회의실 (낮)

연철이 승민을 소개하는 중이다. 악수를 나누는 승민과 환.

승민   얘기 많이 들었습니다. 상무님도 이제 든든하시겠어요.

연철   (연기하는) 한시름 덜었지 뭐... (환에게) 나 이제 맘 놓고 은퇴
        해도 되나?

환   한창때신데 무슨 은퇴 얘길 꺼내고 그러세요...

승민   (웃는데)

연철   근데 무슨 일로 변호사를 찾아? 오자마자 사고라도 친 거야?

환   뭐 좀 알아볼 게 있어서요.

연철   그래, 그럼 류변한테 물어봐. 매주 수목은 여기서 근무하니
        까...

환   ......

연철   ? (얘기하라는)

승민   (눈치채고) 조카분께서... 따로 문의하실 게 있나 봅니다. (비
        켜달라는)

연철   !

S#12. 동 앞 (낮)

본의 아니게 쫓겨난 연철. 심기가 편치 않다.

연철   아니 쟤도 지 형 닮은 거야? 오자마자 나를 따 시키네... (핸드폰

울리고/받으며 가는) 하이 제임스! 웬일이냐? 국제전화를 다 주고...

통화하면서 멀어져가는 연철.

S#13. 동 안 (낮)

진 문제를 승민에게 의논하는 환.

환   보험사에서는 실종된 지 5년이 지나면 사망으로 볼 수 있다고 하던데...

승민   법률 처리를 하려면 실종선고심판[3]을 먼저 청구해서 판결을 받아야 합니다. 보통 상속자가 청구를 해야 되는데, 형님 케이스는 배우자 되는 예지만 자격이 있어서

환   (말투에) 오예지씨를... 아세요?

승민   (잠깐 당황했다가) 어릴 적에 한동네 살았어요. 회사일 보게 되면서 다시 만났죠.

환   결혼식엔 못 오셨나보구나... 뵌 기억이... (없다는)

승민   ... 그전에 연락이 끊겨서요.

환   (보는데)

S#14. 공항/입국장 (낮)

---

3) 부재자의 생사가 5년간 분명하지 아니한 때에 이해관계인이나 검사의 청구에 의해 내려지는 실종선고

승객들 속에 섞여 나오는 한 여인. 선글라스 차림에 몸매가 드러나지 않는 헐렁한 원피스 입었다. 캐리다.

S#15. 환의 집 전경 (저녁)

S#16. 거실 (저녁)

저녁식사를 마친 가족들. 성곤이 차를 우리는 동안 예지가 옆에서 과일을 깎고 있다. 서류 봉투 옆에 두고 앉아 있는 환.

성곤 　　그래, 모여서 할 얘기라는 게 뭐냐?

잠자코 예지에게 서류봉투를 내미는 환. 예지, 과일 접시 중앙으로 밀어놓고 환이 주는 봉투 받는다. 오른손에 묻은 과즙을 옷에다 한 번 문지르고 봉투를 여는데... 서류 확인하고 굳는.

성곤 　　(예지의 반응에 서류 가져오며) 뭔데?
환 　　　(예지에게) 배우자가 직접 청구해야 돼요.
예지 　　지금... 뭐 하구 다니는 거야? 우린 아직 아무런 준비도 안
　　　　 됐는데! 의논도 없이 이런 강요, 불편해.
환 　　　그럼 지금부터 의논해요.
성곤 　　......
예지 　　(일어나며) 말씀 나누세요. 전 설거지가 남아서.
환 　　　앉으세요!
예지 　　!
환 　　　피하지 마요. 언제까지 계속 이렇게 미루기만 할 건데요!

예지   아버님, 죄송해요. (주방으로 가버리고)

환   ......

성곤   (서류 내려놓으며/심판 청구를) 부모가 할 순 없다든?

환   변호사 말로는 상속자가 하는 거래요. 우리 집에선, 쌤 말구
     아무도 못해요.

성곤   (예지가) 괴로울 게다...

환   이렇게 사는 것도, 편하지는 않잖아요.

성곤   네 말이 맞어. 맞긴 한데... 방법이 문제야.

환   ......

성곤   너무 몰아붙이지 마라. 시간을 줘.

환   ...... 햇수로 7년이에요. (이미 충분하다는)

한숨 쉬는 성곤에서.

S#17. 주방 (저녁)

식기세척기가 돌아가고 있다. 행주로 개수대 물기 닦아내는 예지. 마
무리로 다시 한 번 빨아서 행주 건조대에 널어놓는다.

S#18. 신혼방 앞 (저녁)

방으로 돌아가던 예지. 문 앞에서 기다리고 있던 환과 부딪힌다.

예지   (차가운) 아직 할 말이 남았어?

환   미안해요.

예지   (보는)

환   근데 나, 포기 안 해요.

예지   ...

환   내가 나쁜 놈 되더라두... 우리 식구들... 더 이상 고통 속에
        서 안 살았으면 좋겠어요.

예지   ... 힘들었던 거지?

환   (울컥 오르지만 참는)

예지   거기서 혼자... 너무 아팠을 거야.

환   ... (그렇다)

예지   가장 힘들었던 사람이라서, 어쩌면 젤 노력한 사람이라서 이
        런 결론도 내릴 수 있었겠지.

예지가 마음을 짚어주자 눈물이 날 것 같은 환, 누르기 위해 외면하는.

예지   그치만 우린... 아직 한 번도 안 꺼내본 얘기야.

환   ......

예지   독립은... 생각하고 있어.

환   ! (쿵 내려앉고)

예지   내가 계속 여기 살면... 모양새가 이상한 거 같기는 해.

환   ......

예지   아무리 가족이어두.

환   ......

S#19. 동 안 (저녁)

방 안으로 들어온 예지, 방문에 기대어 괴로움을 삭인다.

S#20. 동 앞 (저녁)

방문 앞을 떠나지 못하고 그대로 서 있는 환.

S#21. 정원/평상 (저녁)

환, 먹먹한 마음으로 앉아 있다. 사실은... 이 모든 과정이 힘겹다.

S#22. 서울/도시재생지원센터 전경 (다른 날 낮)

S#23. 도시재생지원센터/회의실 (낮)

센터장, 사무국장, 경영전략실과 재생기반조성팀 팀장과 팀원 등 공무원들과 킥오프 미팅[4] 중인 환. 전통시장 살리기 PPT 자료들이 빔 프로젝터로 쏴진다.

환   (멘트에 맞춰 PPT 넘기며) 먼저 죽은 공간부터 살려내야 합니다. 광장, 푸드 코트, 원데이 클래스가 가능한 공방 거리, 취사가 가능한 앵커시설[5]로 만드는 거죠.
팀원   효과가 있을까요? 각종 이벤트와 배송까지... 전통시장 활성화에 연간 3,500억을 쏟아부었는데 별로 나아진 게 없어요.

---

4) 프로젝트팀과 발주처가 처음 가지는 미팅. 통상 그 프로젝트 계획 입안에 필요한 기본요소들을 확정한다.
5) 새롭게 조성되는 곳에 활력을 불어넣을 만한 핵심 자족 시설

타겟층의 검색어 빅 데이터를 분석해보면 시장은 관심과 언급량 모두 하위권입니다.

환   감성! 레트로! 가성비... 전통 시장이 승부를 걸 수 있는 니즈를 건드려야죠. 이 프로젝트는 앵커시설을 만드는 것에서 끝나는 게 아닙니다. 생산자 커뮤니티가 동시에 만들어지면

팀장   (회의적인) 건축적 개념하구는 좀 먼 얘기 아닌가...

환   벽돌을 쌓고 건물을 올리는 것만이 건축이 아닙니다. 공간을 통해 사람들의 삶을 변화시키는 게 건축입니다. 비어 있는 점포들을 젊은 예술가들에게 개방해서...

S#24. 서울/도로 (다른 날 낮)

예지가 진의 차를 운전하고 있다. 고운이 일하는 수선집으로 가는 중인.

S#25. 시장통 (낮)

재생기반조성팀 팀원과 함께 현장답사 나간 환. 드문드문 셔터가 내려진 폐점포들이 보인다. 골목은 박스와 다른 점포의 짐들로 어지러운데... 백팩에서 레이저 줄자를 꺼내 폐점포의 폭과 높이를 재보는 환. 실측한 길이를 PDF 파일에 노트펜으로 수정한다. 팀원에게 공유하는데.

S#26. 수선집 (낮)

한 남자가 고가의 롱패딩을 들고 와 고운에게 난리를 치고 있다. 성인이 된 환의 동급생 인호다. 한쪽에는 수선공들이 모여서 밥 먹던

상이 그대로 펼쳐져 있고.

인호 　　내가 이거 구스 다운이라고 했어, 안 했어? 구스 구해서 보충하라고 했잖아!

고운 　　거위 털 맞아요. 어렵게 구해서 넣은 거예요.

인호 　　근데 왜 이렇게 무거워! 허접쓰레기 집어넣고 구스값 받을라고 구라치는 거지?

임반장이 나선다.

임반장 　사장님, 그래서 패딩 전문 수선소로 가시라 했는데... 이거는 아무래도 즈이 전공이 아니다 보니깐

인호 　　내 건물에 수선소가 있는데 뭐 하러!

고운 　　그 때 다 말씀드렸잖아요. 즈이가 하면 기술이 딸려서 옷이 무거워질 수 있으니까

인호 　　내가 패딩이 한두 갠 줄 알아? 이게 무슨 구스 무게야! 째봐! 째보라구! 넣은 게 솜인지 털인지! 내 눈으로 봐야겠어!

고운 　　(누르는데)

수선공들, 인호 갑질에 기가 차서 표정 안 좋고.

이씨 　　(구시렁거리는) 밥 먹다 말고 이게 무슨 난리래...

인호 　　! (그 소리에 밥상 발견하고 인상 찌푸리며) 이건 또 뭐야? (패딩 냄새 맡아보고 괜히) 뭐야, 냄새 다 뱄잖아! (밥상 걷어차며) 무슨 배짱으로 명품 옆에 놓구 이딴 걸 처먹어!

비명을 지르며 흩어지는 수선공들! 열 받은 고운, 커터 칼 집어 들더니 패딩 뺏어다 좍 긁어버린다. 천이 찢어지면서 구스가 사방에 날리고! 사람들 경악하면!

인호 미쳤어? 이게 얼마짜린데!

고운 째서 확인시켜달라면서? 봐요! 구스 말고 솜 쪼가리가 한쪽이라도 들었는지!

인호 (열 받은/위협적으로 고운을 밀치며) 당신 지금 해보자는 거야?

굴하지 않고 노려보는 고운인데...

S#27. 시장 주차장 (낮)

차를 세우는 예지. 운전석에서 내린다.

S#28. 수선집 앞 (낮)

환과 팀원이 앞을 지나고 있다. 순간, 와장창! 2층 유리가 깨지며 패딩이 길바닥으로 떨어진다. 환, 쏟아져 내리는 유리 잔해로부터 팀원을 보호하려 하고. 사방에 날리는 구스 깃털들! 인호가 2층 수선집에서 고운을 끌고 내려온다. 환, 인호를 알아보는데. 임반장과 수선공들 쫓아 나오고. 바닥에 고운을 팽개치는 인호!

임반장 사장님, 왜 이러세요! 즈이가 변상해드린다니까요!

수선공들, 쓰러진 고운을 일으키는데.

인호   (비웃으며) 주제에 이게 얼만지는 알고 변상 운운하는 거야?

고운   (임 반장에게) 변상을 왜 해요? 못한다는 거, 안 한다는 거! 굳
이 우기고 우겨가며 억지로 맡겨서. 어디서 파는지도 모르는
거위 털 동대문까지 가서 구해다 고쳐줬더니, 찢어보라며? 자
기 입으로 째래서 째줬는데, 그걸 왜 우리가 변상하는데!

인호   내 입에서 나가면 다 하나부지? 죽으라면 죽어? 좋아, 그럼
가게도 빼!

임반장   (미치겠고) 사장니임~ 진정을 좀 하시고오

인호   (위협적으로 고운 곧 칠 듯이) 내 건물에서 밥 벌어먹고 사는
주제에 감히 누굴 건드려!

하는데, 인호의 팔을 잡는 손. 보면 환이다.

환   적당히 좀 해라. 경찰 부르고 싶냐?

인호   넌 또 뭔데! (하다가 알아보는) 서환? (어이가 없는) 너냐? 한국
에 없는 줄 알았는데?

환   너 하는 꼴 보니 한국에 온 실감 난다.

인호   상관하지 말구 갈 길 가라? 또 깻값 물어주고 싶냐?

환   가진 사람이 더 조심하구 살아야 되는 세상인 거 몰라? 갑
질 건물주로 찍혀서 좌표 잡히면 인생 피곤해질 텐데...

인호   (주변 둘러보면)

구경꾼들이 핸드폰 들고 있는데... 여기저기 수런거리고 더러는 사진
찍는.

인호   이 씨... (임반장에게) 새 걸로 사내. 300이니까 십시일반

해보든지.

임반장   ! (놀라고)

고운   ……

환   (패딩을 집어서 고운에게 전달하며) 깨진 유리랑 부서진 문값,
       어르신들 정신적 피해보상 합치면 그게 그거겠는데?

인호   (오지랖이 같잖고) 오이지는 잘 있냐?

환   ! (노려보는데)

인호   (역시) 여전하네. 오이지가 아직도 분노 스위친가 봐?

환   (다가가면)

인호   (도망가듯 멀어지며) 반창회 한 번 나와라? 오이지도 부르고.

환, 쫓아가려다 멎는. 예지가 서 있다.

예지   (어이가 없는) 여기서 뭐 해?

환   ……

서로들 아는 사이인 것에 당황해 얼굴부터 돌리며 외면하는 고운. 인
호는 예지 미처 못 보고 가버렸다.

S#29. 수선집 안 (낮)

환과 팀원이 수선집 정리를 돕고 있다. 엉망이 된 내부를 치우는 수
선공들.

임반장   젊은 친구들이 고맙네...

환   이제부터 시장 어르신들하고 친해져야 되거든요.

임반장   장사라도 하게? 청년몰 뭐 그런 거?

팀원   (웃으며) 네! 그런 거요!

임반장   (알겠다는) 아~ 이거 VIP들이 오셨네~

S#30. 국수집 (낮)

테이블이 두세 개밖에 없는 노포. 출입문은 열려 있고(혹은 **포차처럼 오픈된**). 탁자 위에 잔치국수와 비빔국수가 놓였다. 고운이 비빔국수를 비벼서 예지 앞에 놓아준다.

고운   이거 먼저 먹어. 먹다가 입안 매워지면 멸치로 바꾸고.

예지   ... (뭐 먹을 기분이 아니다)

고운   점심시간엔 줄 서서 먹는 집이야. 텔레비전에도 몇 번 나왔다고 하든데.

예지   기어이 돈 받아냈다며?

고운   (멎고)

예지   상종하기 싫어서 제사도 가져왔는데.

고운   !

예지   이제 와서 엄마가 그 집이랑 나를 도루 엮어?

고운   ......

예지   거기서 나오는 게 얼마나 힘들었는지 알아?

고운   ......

예지   가진 게 너무 없으면 나쁜 것도 못 봐. 아무도 없어서... 아무것도 없어서... 피붙이랍시고, 그런 사람도 고모라고... 그 옆에 붙어살았어. 결혼하고... 겨우 절연할 힘이 생겼는데

고운   (OL) 너 다시 혼자잖아.

예지 　! 시댁 어른들 좋으셔. 동네 사람들 따뜻하고. 직장이 있고,
　　　할 일이 있어. 남편 없어도... 거기가 내 둥지야.

고운 　......

S#31. 동 앞 (낮)

앞에서 보고(혹은 듣고) 있던 환, 안으로 들어가려다가 멈추고.

S#32. 다시 동 안 (낮)

고운 　(국수) 불어. 먹어. 먹구 얘기해.

예지 　엄마 얼굴, 그렇게 오래 보고 싶지 않아.

고운 　(아프고)

예지 　고모, 더 이상 건드리지 마. 우리 시댁까지 진흙탕 되는 거,
　　　생각만 해도 끔찍해.

고운 　(보는데)

예지 　전부터 협박했어. 엄마랑 시댁이랑 엮어서 터뜨린다구.

고운 　! 그런 일 안 생겨. 내가 책임져.

예지 　고모는... 엄마보다 내가 더 잘 알아.

고운 　......

예지 　자기 손에 쥔 거, 절대 안 놔. 자기 꺼 지키기 위해서라면 진흙
　　　탕 아니라 다 같이 똥창에서 굴러도 저지르고 볼 사람이야.

고운 　너한테 피해 가게, 안 해. 내가 막아.

예지 　엄마가 언제 나 지켜준 적 있어?

고운 　......

예지 　차라리 고아원이 나았을 거란, 생각. 자라면서 많이 했어.

고운	(터지기 직전인데)
예지	아무도 없었으면 차라리 씩씩했을 거야. 엄마는 감옥에 있는데... 고모는 복수를 나한테 했지.
고운	(눈물이 비어져 나오는데/억지로 참고)
예지	내 발로... 고아원 문 앞까지 간 게 몇 번인 줄 알아?
고운	(이를 악무는데)
예지	양평이... 아빠 죽고 첨으로 가져본 집다운 집이야. 거기도 영원한 내 집은 아니겠지만... 적어도... 민폐는 안 되게 해줘. 제발.
고운	... 알았어.
예지	......

S#33. 동 앞 (낮)

혼자서 먼저 나와버리는 예지. 기다리고 있던 환 발견하고 멎는. 무시하고 가버린다. 따라가는 환, 가다가 남아 있는 고운 한번 돌아보고.

S#34. 동 안 (낮)

탁자 위에는 예지가 손도 대지 않은 국수 두 그릇이 그대로. 고운, 비빔국수 그릇을 당겨다 먹기 시작한다. 목이 메어오는데... 잔치국수를 그릇째로 들고 국물을 들이킨다. 눈물을 닦고... 다시 비빔국수에 손대는.

S#35. 시장 입구/혹은 일각 (낮)

예지가 나오다 멎는다. 뒤따라오는 환.

예지   (갑자기 돌아서서) 뭘 알구 싶어?

환   ! (멎고)

예지   (폭발하는) 거긴 왜 갔어? 저 여잔 어떻게 알아? 우연이야? 다 알고 있어?

환   엄마가 있는 줄은, 몰랐어요.

예지   어릴 때 내 소원이 뭐였게?

환   (보면)

예지   고아가 되는 거였어! 가고 싶은 데가 어디였는 줄 알아? 고아원이었어! 고아원 가서 사는 게 필생의 소원이었어!

환   (안아주고 싶다! 주먹을 쥐며 참는)

예지   그러니까... 난 고아가 맞아. 엄마, 없어!

다시 가버리는 예지. 환, 맘 아프고....

S#36. 시장 주차장 (낮)

덜덜 떨리는 손으로 진의 차 여는 예지, 운전석에 오르려는데 환이 막는다.

환   운전, 제가 할게요.

예지   괜찮아, 내가 해.

환   (예지를 조수석으로 끌고 가 억지로 태우며) 이럴 땐 운전하는 거 아니에요. 말 들어요.

예지   ! (당혹스럽고)

운전석에 오르는 환.

S#37. 도로/진의 차 안 (낮)

환이 운전하고 있다. 창밖만 보고 있는 예지

인서트) 진의 과거. 환 밀어내면서 예지 보호 주장하는 의미심장한
대사들.

-3부 62씬. 예지를 포기하라고 진에게 경고하는 환.
진 "포기해. 네 나이에, 네가 감당할 수 있는 사람이 아니야."
-3부 69씬. 예지를 포기하라며 환에게 경고하는 진.
진 "예지, 네가 좋아해도 되는 여자 아니야. 철없는 맘 접고, 형 사람
으로 대해"
"예지한테는, 지켜줄 어른 남자가 필요해."

다시 차 안.

환	형 차 운전하기 쉽지 않은데... 어떻게 이거 계속 타셨어요?
예지	차고에만 두다가... 같이 드라이브 다니던 거 생각나서 꺼내 봤는데... 그 담부터 그냥 타게 됐어.
환	...... 형이 왜 그렇게 갑자기... 그토록 빨리... 쌤을 원하고 결 혼을 서두른 건지... 알겠어요.
예지	(보는)
환	전 계속 의심했거든요, 형의 진심을.
예지	......

환	왜 그렇게 밀어붙이는지 그 때는 이해가 안 됐어요.
예지	날 지켜주고 싶어 했어. 형은 날 사랑했다기보다... 사랑하기로 결정한 사람 같았지.
환	나는 안 된다고, 나 같은 어린애는 할 수 없다고 막았는데...
예지	......
환	형 입장에선 그럴 수밖에 없었겠지만... 이제 와서 전... 억울한 기분이 들어요.
예지	(보고)
환	쌤 처지... 아픔... 아무것도 모르고 밀려나야 했어요.
예지	알았다고 해서 결과가 달라지진 않아. 넌 나한테 영원히 10대의 그 모습으로 박혀 있어.
환	(울컥/지르는) 지금 그런 말이 아니잖아요!
예지	!

일각에 차를 세우는 환.

환	누가 뭐 어떻게 하재요? 그냥! 내 마음이 그렇다구요! 내 진심이 그랬다구요! 밀어내고 방어하는 거 말고! 경계하는 거 말고! 무시하는 거 말고! 그냥 날 좀 봐주면 안 돼요?
예지	환아...
환	아무것도 바랄 수 없다는 거 알아요! 그러면 안 된다는 것도! 그런데! 그동안 아팠던 내 맘까지 그렇게 개무시하지는 말란 말이에요!
예지	(말문이 막히고)

환, 제 맘을 어쩌지 못해 차에서 운전석에서 내려버린다. 차를 버려

두고 가버리는 환! 조수석에서 돌처럼 굳어 있는 예지.

S#38. 도로 (낮)

걷다가 멈추는 환. 잠시 멎어 있다가 돌아본다. 아직 일각에 서 있는 차. 환, 차로 돌아간다.

S#39. 다시 진의 차 안 (낮)

예지, 조수석에서 내려 운전석으로 가려는데. 운전석의 문이 열리며 환이 다시 탄다.

예지   (보면)
환   감정적으로... 충동적으로 행동하는 건 어린 거죠?
예지   어른인 거 증명하고 싶어?
환   아뇨. (다시 차 출발시키며) 그냥 오늘 같은 날, 쌤을 혼자 운
         전해서 돌아가게 하고 싶지 않아요.
예지   ......
환   잠깐 놓쳤어요. 더 중요한 게 뭔지. 아니, 소중한 게 뭔지.
예지   !

다시 집으로 향하는 진의 차. 예지, 운전 중인 환의 얼굴을 본다. 마음이 흔들리는.

S#40. 환의 집 전경 (밤)

S#41. 신혼방 (밤)

사진 속의 진에게 말 거는 예지.

예지   당신 동생... 어른이 됐어... 형 대신... 날 지켜주고 싶어해...
난 천하에 운이라곤 없는 여잔데... 하늘에서 가끔 잡을 수
없는 동아줄을 내려주네?

사진 속 진의 표정.

예지   근데 그거 알아? 잡을 순 없어도... 줄이 있으면... 힘이 돼.
시린 맘이... 조금 덜 쓰려.

여전한 진의 표정.

예지   이거까지 죄는 아닌 거지? 응?

S#42. 환의 방 (밤)

책상에 앉아 있는 환, 계획 투시도가 띄워진 듀얼 모니터 보인다. 예술가 거리로 지정된 구역에 공방을 하나씩 채워본다. 세라믹, 플라워, 프린팅, 손뜨개... 투시도가 화려하게 채워지며 활기 넘치는 이미지로 바뀌는데...

그 속에 세라믹 공방을 클릭해보는 환. 예지가 밝은 얼굴로 작업대 사이를 돌아다니며 수강생들을 가르치는 모습이 떠오른다.

S#43. 진환A&C (다른 날 낮)

S#44. 연자의 사무실 (낮)

연철이 연자에게 핸드폰을 내민다. 액정에 사진 띄워져 있지만 보이지는 않고,

연철   이거 좀 보세요.
연자   (확인하고)
연철   미국에 있는 내 친구, 제임스 알죠?
연자   ... (안다)
연철   걔가 몬트레이 지 별장에 놀러 갔다가 찍어서 보내준 건데...
연자   (기대로 가슴이 터질 것 같지만 누르고) 몬트레이?
연철   캘리포니아 휴양지 있잖아...

다시 한 번 뚫어지게 액정 보는 연자. 심장이 요동을 치고...

S#45. 고려 오일/회장실 (낮)

누군가와 통화 중인 방회장.

방회장   합작법인은 그 여자 반대루 진척이 없어. 회사가 분산되면 우리 쪽으로 힘이 실릴 거 같으니까 이 핑계 저 핑계 대면서 미루고만 있지. (사이) 이제 플랜 B를 가동할 때야. (사이) 들어온 김에 아주 눌러앉는 것두 생각해봐.

S#46. 카페 (낮)

테이블에 앉아서 전화 받고 있는 캐리.

캐리   서너 달은 총력을 다하겠지만... 제 형편 아시잖아요. 여기 계
        속 있긴 좀 그렇죠. 미국 사업도 제 손 타야 되구. (듣다가) 시
        차 적응되면 바로 움직여볼게요. (핸드폰 끊고 창밖으로 시선)

서울 풍경을 보는 캐리. 오랜만의 귀국이라 감회가 새롭다.

S#47. 공방 (오후)

공방 마감 준비하고 있는 예지, 기물 정리하고 청소 중이다. 문자 알
림음 울리고. 핸드폰 열어보면 '쌤 오실 거죠? 저희 다 모일 건데...' 동
현이 보낸 문자 보이고. 망설이는 예지.

S#48. 양평/고깃집 앞 (저녁)

환과 정일, 다운이 안으로 들어가는데.

S#49. 고깃집 안 (저녁)

환과 정일, 다운이 들어온다. 이미 판이 벌어진 테이블. 고기가 한창
구워지고 있는데... 인호가 고기 뒤집으며 생색을 내고 있다.

환   (인호 발견하고 멎는) 쟨 뭐냐?

정일   (생각만 해도 흐뭇한) 남의 돈으로 터지게 먹어보자. 오늘 인
       호가 한턱 낸대.

다운   한 달에 한 번씩 애들 모이는데 이번에는 너 들어왔다고 두
       번째. 환영회식이래.

환   ... (난감한데)

다운   아직도 꼴 보기 싫어?

환   ......

정일   쟤가 손이 커서 주변에 사람이 많아. 너두 인제 눌러살려면
       옛날 일 풀어.

인호   (고기 굽다 환 일행 발견하고) 어이~ 주인공이 오셨네?

친구들, 환 일행 환영하며 자리 내주고. 마지못해 자리 잡는 환. 섞여
앉는 다운과 정일. 다운, 인호 곁에 자리 잡고.

인호   (맞은편의 환에게 한잔 따라주며) 넌 오지랖은 여전하더라?

환   너두 여전한 거 같다.

인호   미국서 눌러앉는다는 소문이더니...

정일   (앉자마자 부지런히 고기 주워 먹으며) 살기야 한국이 좋지...
       먹을 거 많고 놀 거 많고...

다운   (친구들 빈 잔 채워주며) 다 모인 거 같으니까 건배 한번 하까?

서로들 잔 채우고 건배 준비하는데.

인호   잠만. (동현에게 시선 주며) 오이지도 불렀는데...

동현   (온다는 사인 주고)

환   !

다운   언제?

인호   오늘 특별히 애들 다 모인다고 오시라 했어. (문가로 시선 보
             내면) 왔네!

일제히 돌아보는 사람들. 예지가 다가온다. 환, 감이 안 좋은데...

예지   정말 다 모였네?

정일   에이 우리가 모시구 올걸. 일루 오세요!

예지   (앉으며) 연락을 늦게 받았어.

환   ......

S#50. 동 (밤)

고기 얼추 다 먹고 테이블 여기저기, 자리 옆에 빈병이 쌓여 있다. 다
들 취했고. 차 가져온 예지만 술 안 마시고 맨정신인데.

인호   (예지에게) 근데요, 쌤... 환이가 쌤 좋아한 거 아니었어요?

환   (멎는)

예지   (여유 있게) 나 좋아한 건 너 아냐? 난 그렇게 알구 있는데.
             핸드폰에 사진까지 저장하구 다녔잖아.

인호   (당황하고)

정일   예지쌤 짝사랑한 남학생이 한둘인가? 나두 좋아했다 뭐!

다운   (화들짝 놀라서) 진짜?

정일   (테이블 아래로 발 툭 차고)

인호   (포기하지 않고) 환이한테 댈 사람은 없지이~ 예지 쌤 일이라
             면 눈에 불을 켜고 덤볐는데.

환   (경고의 눈길로 보는데)

인호   (예지에게) 근데... 결혼은 딱 진이 형하구 해버리구. 얼마나
          놀랐는지 아세요?

예지   ... (불편해지는데)

인호   그럼 이제 어뜨케 되는 건가? 형은 없는데, 쌤만 남아서... 환
          이랑 한 집 살림?

욱하고 올라오는 환, 못 참고 일어서려는데 다운이 먼저 인호를 갈겨
버린다. 밥공기로 인호의 머리통을 대차게 후려친. 예지, 놀라서 본다.

인호   악! (머리 싸쥐고) 이게 미쳤나!

다운   인성이 바닥이어두 동기라 참아줬더니 갈수록 가관이다?
          입 있다구 아무렇게나 뱉어두 되는 줄 알아? 네가 이러니까
          맨날 두들겨맞았지!

인호   (헛웃음 치며) 내가 이래서 수준 안 맞는 것들은 가까이하질
          말아야지. 없는 것들 불러다 비싼 고기 처먹여주니까

정일   (먹다가 고기 던지고) 누굴 그지 취급이야? 바쁘다는 애들 모
          아 반창회 주도한 건 너잖아!

환   (일어나며) 나한테 시비 걸고 싶은 게 목적이면 비용이 좀 과
          했다? 그냥 전화로 하지 그랬어.

다운   (짐 챙기는) 고기는 맛있더라. (엄지 척) 역시 투쁠!

예지와 정일도 애들 따라 일어서고.

예지   2차는 내가 쏠라 했는데 분위기가 좀 그러네? 조만간 다시
          날 잡자. 인호는 안 불러두 넘 서운하게 생각지 말구.

다른 애들도 주섬주섬 일어나는데. 인호, 뜻대로 안 돼서 열 받고!

S#51. 주차장/동 앞 (밤)

예지가 주차장에서 차를 빼고 있다. 가게 앞에서 기다리는 환과 다운, 정일.

다운   인호 쟤는 어뜨케 나일 먹어도 달라지는 게 없냐? 학교 때랑 똑같애.

정일   더 못돼졌지. 일찌감치 건물 받아 돈 생기구 권력자 돼서.

환   ……

정일   보고 싶은 애들은 따루 보구 반창회, 동창회 이런 거는 피해야겠어. 저 새끼가 그런 데 꼭 나와.

다운   변호사 아저씨가 언닐 채가든지 해야지…

환   (보면)

정일   옛날에 형수 병원 데려간?

다운   첫사랑이래드라.

환   !

예지가 차를 댄다.

정일   (핸드폰 문자 확인하고/환에게) 먼저 가, 애들이 치킨집에서 2차로 모일 건가봐. 우린 거기 들렀다 갈게.

다운   뭐가 우리야? 난 이 차 타구 갈 거야.

정일   (다운 끌고 가며 환에게 손 흔드는) 후식은 치킨이지~

다운   아 난 싫다고오! (하면서 끌려가주는)

환, 친구들 보내고 차에 오른다. 예지가 차 출발시키면 문가에서 보고 이를 가는 인호. 인호 측근들 나온다.

동현   (눈치 보며) 야, 기분도 그런데 강남으로 2차 가자!
인호   ......

S#52. 도로/진의 차 안 (밤)

예지와 환이 가고 있다.

환   뭐하러 나왔어요...
예지   ... 술값 내주러.
환   (보면)
예지   애들 종종 공방에 놀러 오구 그래. 밖에서 보기두 하고. 모여서 전화하면 술값 내달라는 거니까 계산해주러 온 거야.
환   (첫사랑 얘기에 화가 더해진) 송인호잖아요! 다른 사람두 아니구 송인호!
예지   연락한 건 동현이야. 인호가 있는 줄은 몰랐다구!
환   걔가 인호 자식 따까린 거 모르세요? 야비한 놈이에요. 어떻게 나올지 모르니까 조심하셔야죠!

열 받은 예지, 일각에 차를 세운다.

S#53. 진의 차 안/일각/인호의 차 안 (밤)

차에서 내리는 예지. 환, 따라 내린다.

환	애들이 불러두 그런 데 가지 마요. 괜히 뒷말만 나오구.
예지	(돌아서는) 내 인생에, 제일 찬란했던 순간이야.
환	......
예지	어쩌면 그이랑 함께한 시절보다... 그 한 달이 더 사무쳐.
환	(보는데)
예지	날 좋아해준 아이들, 지금도 연락하는 학생들, 다 귀하고 감사해. 거기다 맘 쓰는 게 네 눈엔 그렇게 구차하니?
환	(말문이 막히고)
예지	인호는 문제 있지. 학교 때도 재수 없었는데 지금은 우리 동네 밥맛 1순위로 무럭무럭 자라셨어. 그치만 걔 하나 꼴 보기 싫은 것보다 다른 애들 보고픈 맘이 더 커. 이해 못하겠어?

멀리서 다가오는 인호의 차.

환	(미안한) 난 그저... 인호가 불쾌한 상황 만들까봐... 신경이 쓰여서.
예지	인호, 약한 애야.
환	......
예지	그 정도는 나도 충분히 상대할 수 있어. 옛날에두, 지금두. (차로 돌아가려는데)
환	(잡으며) 약한 게 아니라 사악한 거예요. 조심할 필욘 있어요.
예지	그래 알았어. 멀리할게.
환	......

대리 불러 친구들과 서울 가던 인호, 차 안에서 일각의 예지와 환을 본다.

동현   오이지랑 서환 아니냐? 쟤들 뭐냐?

인호   (그럼 그렇지 싶고) 내가 뭐래? 분위기 묘하다니까!

인호의 시야에서 멀어지는 예지와 환의 투샷.

S#54. 양평 전경 (다른 날 낮)

S#55. 다운네 집/마당 평상 혹은 툇마루 (낮)

다운네 모녀가 다림질하고 있다. 다운이 분무기로 칙칙 물 뿌리면 다
운 모가 다리미로 미는데...

다운   나, 가불 좀 해줘.

다운모   지난달 월급은 어쩌구 벌써 가불을 해달래?

다운   최저시급도 안 되는 꼴랑 백만 원, 카드값 내고 나면 개털이야.

다운모   먹여줘 입혀줘 재워줘! 니 돈 들어가는 거 하나라도 있어?
말이 백이지 너한테 들어가는 거 따지면 연봉 삼천은 넘는
다고 봐야지~

다운   무슨 말도 안 되는 계산을 (하는데 단톡방 알림음이 울리고/
옆에 둔 핸드폰 집어서 보면/열이 확 뻗치고) 이 자식은 뭔 말
도 안 되는 개소리야?!

다운모   (보려고 하며) 뭔데?

핸드폰 들고 일어나려는 다운. 못 가게 다리 붙잡아 핸드폰 낚아채는
다운모!

다운모 뭐냐고! (액정 확인하고 기겁하는) 이거 뭐야? 이 무슨 숭한...

열 받고 속상한 다운에서.

S#56. 공방 안 (낮)

만두 먹으면서 공방 지키고 있던 정일, 단톡방 문자 확인하고 만두 떨어뜨리는.

S#57. 병원/재활치료실 (낮)

성곤이 하지관절가동범위 운동 중이다. 보바스 테이블[6]에 누운 성곤, 옆에서 물리치료사가 돕는다. 성곤의 한쪽 무릎을 잡고 체중을 실어 천천히 눌렀다 폈다 하는데. 성곤, 참아보지만 고통이 얼굴에 드러난다.

밖에서 지켜보는 환. 아버지가 안쓰럽고...

S#58. 병원 복도 (낮)

치료를 마친 성곤과 환이 가고 있다.

---

6) 정상 자세 반응을 강화시키는 신경 발달을 위한 전동 물리치료 베드

환   앞으로는 병원, 제가 모시구 올게요.

성곤   환자냐? 혼자 와두 돼.

환   재활 치료 받는 환자, 맞잖아요.

성곤   이건 운동. 성한 사람들 헬스장 다니듯이 난 여기 와서 물리
        치료 받구 그러는 거야.

환   운동두 혼자 하면 심심하잖아요.

성곤   일해 일. 그동안 돈을 자루로 갖다 썼으니까 이제 좀 벌어와봐.

환   (웃는데)

부자를 지나치며 수군대는 사람들. 성곤과 환, 기분 이상해지는데.

성곤   나 뭐 묻었냐?

환   아뇨?

성곤   우리 부자가 잘생겼다고 저러는 건 아닌 거 같지?

환도 느낌이 별론데...

S#59. 양평/읍내 (다른 날 낮)

부동산 중개인과 방 보러 가는 예지.

S#60. 신축 오피스텔 (낮)

혼자 살기 좋은 원룸 원거실(혹은 복층형) 스타일의 오피스텔이다. 내
부를 둘러보는 예지.

중개인   혼자 살기는 딱이에요. 의류관리기도 다 들어가 있고...

싱크대, 냉장고... 차례로 열어보는 예지.

예지   작아두 시설은 좋네요.
중개인   요샌 그래야 나가요.
예지   언제부터 입주 가능한가요?
중개인   당장 내일도 됩니다. 공실이라

예지, 물도 틀어보는데...

S#61. 진환A&C 전경 (낮)

S#62. 회의실 (낮)

인터넷 루머에 대한 대책회의다. 승민이 연자와 환에게 대책을 브리
핑하고.

승민   아직 회사 이름이나 집안 배경은 노출이 되지 않았습니다만
         인터넷 여론 속성상 밝혀지는 건 시간문젭니다.
연자   고소는 하지 마. 우리가 대응을 하면 문제가 더 커질 거야.
환   사적인 악감정 때문에 이러는 거니까... 제가 개인적으로 해
         결할게요.
연자   (승민에게) 약점을 파.
환   (보는)
연자   대응은 무가치해. 그렇다고 매달려? 사정해?

승민	뒷조사를 해보죠.
연자	체크가 되면 그걸로 상황 정리.
승민	알겠습니다.
연자	출장 가 있는 동안 깨끗하게 해결해놔.
환	멀리 가세요?
연자	(일어나며/사실이 아닌) 해외 부동산 투어가 있어. 사논 거 체크하고 새로 살 거 좀 보게.
환	(못마땅한) 현지인들이 젤 싫어하는 거예요. 외국인들 들어와서 부동산값 올려놓는 거.
연자	연간 수억씩 들어간 늬형 수색비용은 어디서 나온 거 같니?
환	......

연자 나가고 일어나려는 환을 승민이 잡는다.

승민	잠깐 얘기 좀 더 하실까요?
환	......

CUT TO

연자는 나가고. 승민과 둘이 남은 환.

환	하실 말씀이라는 게...
승민	예지, 심판청구 안 한다 그러죠?
환	... 설득 중입니다.
승민	루머는 언제든 재생산될 수 있습니다.
환	......

승민   이번에 어떻게 해결을 한다 해두 지금 이대로라면 언제 또
       다시 불거질지 몰라요. 독립을 시키는 게 (좋겠다는)
환   ... 선을 넘으시는군요.
승민   (굳고)
환   이건 변호사 업무 범위가 아닌 거 같은데요.
승민   ... 도움이 되려는 거 뿐입니다. 모녀지간에 이대루 절연하구
       살 수도 없는 노릇이고...
환   많은 걸 아시는군요.
승민   제 부친이 예지 어머님을 변호하셨으니까요.
환   !

S#63. 엘리베이터 안 (낮)

하강 중인 환. 목이 답답해져 온다. 넥타이 풀어내는데...

S#64. 신혼방 (저녁)

예지가 짐을 싸고 있다. 금이 간 환의 등을 집어 들었다가 그대로 놓
는. 두고 갈 작정이다.

S#65. 환의 집 앞 (저녁)

귀가하는 환, 안으로 들어간다.

S#66. 2층 거실/신혼방 (저녁)

제 방으로 가려던 환, 열려 있는 예지의 방문 앞에 쌓여 있는 박스들 보고 다가가는. 열려 있는 방문으로 들여다보면 예지가 짐을 싸고 있다.

환   (놀라서) 뭐 하세요?

예지   방 구했어. 누구 소원대로.

환   ! 이렇게 서두를 필요는 없잖아요!

예지   나가랄 때는 언제고? 스캔들에 불붙여 주고 싶지 않아. 독립, 할 거야.

환   어디로 가는데요, 방은 어떻게 구했는데요? 차라리 옛날처럼 다운네 가 있어요. 아무도 없는 낯선 데보다는

예지   눈 가리고 아웅 하니?

짐 싸는 예지를 막느라 팔을 잡는 환.

예지   ... (보면)

환   진작에 미국으로 나갔어야 해요...

예지   (뿌리치며) 이제 와 소용없는 얘기야.

환   (막상 간다니까 마음의 준비가 안 된) 가지 마요. 차라리 우리 다 같이 서울로 이사를 가든지.

예지   너 왜 이랬다저랬다 해? 돌아오자마자 나가라고 날마다 압박한 건 너야!

환   지금이 젤 힘들잖아요!

예지   더한 고생두 해봤어. 안 무서워.

환   벼랑 끝이잖아요. 바람 한 줄기만 잘못 불어도... 누가 손가락으로 떠밀기만 해도 굴러떨어질 거잖아요.

예지   떨어져도 안 죽어. 악착같이 살 거야. 내가 어떻게 버텨왔는데!

환	오예지 남자 하겠다는 거 아니에요!
예지	!
환	내 여자 되어달라는 거 아니에요.
예지	......
환	걱정하는 맘까지... 행복을 바라는 진심까지... 다 잘라내야 해요? 그냥 사람으로... 같은 하늘 아래 살아가면서... 그냥 그렇게... 볼 수는 있잖아요.
예지	나중에 더 아파질 거야.
환	!
예지	(환이 가엾고 아픈) 그렇게 살지 마. 너는 나... 잊어. 좋은 여자 만나서 결혼두 하구... 아이도 갖구... 행복하게 살아. 나 챙기느라 네 인생 망치는 거, 하지 마.
환	그게 하고 싶어요. 내 인생 망치는 거.
예지	!
환	(보는데)
예지	... (충격으로 굳어 있고)

예지를 아프게 보는 환, 천천히 손을 뻗는데... 예지의 뺨에 가 닿는 환의 손길. 예지, 마음이 무너지고. 환, 그대로 예지의 얼굴을 당겨오는데... 핸드폰 벨 소리. 예지, 정신 차리고 핸드폰 받으면.

환	......
예지	어머니?
환	! (멎고)

S#67. 미국/고급 휴양병원 병실 (새벽)

호텔 객실로 보이는 공간에서 연자가 통화 중이다.

연자 미국. 곧 들어가. (사이) 너 공항에 좀 나와라? 윤실장 차 타
    구 와. (사이) 귀국편 날짜랑 시간은 윤실장이 알려줄 거야.

통화 마치고 돌아보는 연자. 호텔 객실로 보인 공간은 병실이었다. 진
이 병상에 앉아 있는데! 진에게 다가가는 연자! 아들을 쓰다듬으려
하면, 탁! 연자의 팔을 막아내는 진. 터치를 거부한다.

진   한국엔 안 가요.
연자 나더러 눌러앉으라는 거야?
진   어머니만 가세요.
연자 (치받치는) 널 어떻게 믿구? 여태 죽은 척 온 식구 다 속이고
    말도 안 한 놈을! 이번에두 어디로 숨어버리면 어떻게 찾아!
진   식구들 만나기 싫다구요! 아무도 보고 싶지 않아요!
연자 (보는데)
진   (외면하면)
연자 좋아. 당분간 아무도 만나지 마. 너 혼자 있게 해 줄 테니까
    가. 아무도 모르게. 지금처럼.
진   ......
연자 됐지?

진, 말이 없는데...

S#68. 양평 전경 (다른 날 낮)

S#69. 환의 집 앞 (낮)

다운이네 트럭이 와 있다. 예지의 단촐한 이삿짐이 옮겨지는 중. 정일과 다운, 환이 짐을 나르고 있다.

S#70. 신혼방 (낮)

짐이 빠져나간 방. 가구는 그대로지만 예지의 짐들이 없어져서 어딘가 휑하다. 찬찬히 방 안을 둘러보는 예지. 남겨둔 환의 등을 어루만져보는데... 박스와 충전재 들고 들어오는 환, 등을 챙기려 한다.

예지   (말리며) 안 싸도 돼.
환   (보는)
예지   이건 두고 갈게.
환   !
예지   없어도... 잠들 수 있을 거야. 이제는.
환   ...... (서운해지고)

S#71. 도로/연자의 차 안 (낮)

양평으로 가고 있는 연자의 차. 연자, 뒷좌석에 앉아 있다.

S#72. 환의 집 앞 (오후)

짐을 다 실은 다운이네 트럭이 막 떠나려 한다. 다운이 운전석에, 정일은 조수석에. 환과 예지는 진의 차를 타고 떠나려 하는데. 그 순간 양평집에 도착하는 연자의 차. 기사가 내려 차 문을 열어준다. 연자를 보고 차에서 도로 내리는 환과 예지.

예지 (연자에게) 벌써 오신 거예요? 공항 나오라고 하셔서 윤실장 연락 기다리고 있었는데...

연자 (트럭은) 뭐니?

환 형수 이사 나가요.

연자 ?!

예지 ... 출장 중이시라 말씀 못 드렸어요. 여러 가지 말도 많구... 제가 살림 따로나는 게 좋을 거 같아서요.

연자 이제 그럴 필요 없어.

환 (보면)

연자 (핸드폰으로 링크 걸어주며) 여기로 가 봐.

예지의 핸드폰에서 알림음 나고.

예지 ...... (핸드폰 확인하는)

연자 누가 기다리고 있을 거야.

예지 누가...요?

연자, 그저 보는데. 환과 예지의 표정 서서히 변해가고.

S#73. 환의 집/거실 (오후)

충격받은 성곤과 환. 연자가 전한 진의 생환 소식을 들었다.

성곤   그러니까... 우리 진이가 살아 있다는 거지? 지금, 한국에 있
         다고?

연자   가서 데리고 왔어. 몬트레이에 있었더라구.

환   (믿을 수 없는/뭔가 화가 나는) 멀쩡히 살아 있으면서 그동안
         왜 안 나타난 건데요! 연락도 없이! 죽은 사람처럼 숨어 산
         이유가 뭔데요!

연자   ... (쉽게 말을 못 꺼내고)

환   (격분하는) 기억상실증이라도 걸렸대요? 우리 식구들 다 까
         먹고 자기가 누군지도 몰랐대요?

연자, 어디서부터 어떻게 얘기해야 할까... 부자를 보는데... 성곤, 불
길한 예감이 몰려오고.

환   대체 왜 안 왔대요!

S#74. 도로/진의 차 안 (오후)

질주하는 진의 차. 운전석에는 예지다. 진의 차를 타고 미친 듯이 달
려가는.

S#75. 진의 숙소/마스터 룸 (오후)

침대에 누운 진. 문이 열리고 쟁반에 물병과 잔 받쳐 든 윤실장이 들
어온다. 베드 테이블에 쟁반 놓아주고.

윤실장   더 필요한 거 없어?

진　　　　괜찮아.

윤실장　거실에 있을 거니까 무슨 일 있으면 불러.

진　　　　그러지 말고 가.

윤실장　대표님이... (지키고 있으랬는데)

진　　　　혼자 있고 싶어.

윤실장　......

진　　　　내가 다 알아서 할 수 있어. 혼자 있게 해줘.

윤실장　... (그의 고집 익히 안다) 알았어.

나가다 문가에서 돌아서는 윤실장. 진, 시선도 안 주는데...

윤실장　돌아와서 기뻐. 다들 애타게 기다렸어.

진　　　　......

윤실장　문은 그냥 열어놓을게.

진　　　　......

윤실장, 문 열어두고 나가면, 오른쪽 허벅지부터 무릎까지 통증을 느끼고 괴로워하는 진. 크게 호흡하면서 참아내는데.

S#76. 진의 숙소/거실 (오후)

윤실장, 제 가방 챙기다가 잠시 멎는다. 진 앞에서 태연해 보이려고 애썼던. 진이 있는 방 쪽에 안타까운 시선 주고 현관으로 가는.

S#77. 진의 숙소/주차장 (오후)

끼이익! 급하게 차 세우는 예지. 운전석에서 내려 엘리베이터를 향해 달려가고.

S#78. 마스터 룸 (오후)

잠든 듯 두 눈 감은 채 누워 있는 진.

S#79. 엘리베이터 안 (오후)

초조하게 숫자판만 보고 있는 예지, 주먹 쥔 손이 바들바들 떨리고

S#80. 복도 (오후)

달려오는 예지, 오다가 넘어진다. 벗겨지는 신발. 남은 신발 마저 벗어 양손에 한 짝씩 들고 다시 달려가는.

S#81. 진의 숙소/거실 (오후)

미친 듯이 뛰어 들어오는 예지. 현관에 구두 내동댕이치고 다급히 들어서는.

예지   계세요? 누구 없어요?

S#82. 마스터 룸 (오후)

바깥의 기척에 번쩍 눈을 뜨는 진!

S#83. 거실/게스트 룸 앞 (오후)

방문마다 일일이 다 열어보는 예지! 게스트 룸을 열어젖히는데!

S#84. 마스터 룸 안/게스트 룸 안 (오후)

침대에서 굴러떨어지는 진! 다급히 기어가서 방문을 닫아 잠그고!

문 닫히는 소리에 퍼뜩! 다시 나가는 예지!

S#85. 마스터 룸 앞 (오후)

이윽고 진의 방문 앞에 다다른 예지, 문을 열려 하는데 잠겨있다. 진이 안에 있음을 알아채고!

예지　　(숨도 못 쉬겠다) 당신이야? 당신, 안에 있어?

S#86. 동 안 (오후)

문고리에 매달려 차마 대답도 못하는 진.

S#87. 동 앞 (오후)

문 앞에서 애원하는 예지.

예지　　나야... 예지... 당신 아내가 왔어... 지금 안에 있는 거지? 내 말

듣고 있는 거지?

S#88. 동 안 (오후)

울고 있는 진.

S#89. 동 앞 (오후)

울부짖는 예지.

예지   문 열어! 안에 있는 거 다 알아! 내가 왔어! 여기 왔다구! 왜
       그러는 거야... 왜 이러는 거야... 말 좀 해봐. 문 좀 열어줘! 서
       진! 나야! 오예지가 왔다구!

S#90. 동 안 (오후)

울음 틀어막는 진, 가까스로 울음 참으며

진   (목소리 의연하게) 기다려.

S#91. 동 앞 (오후)

진의 목소리다! 소스라치는 예지!

S#92. 동 안 (오후)

치미는 울음, 기를 쓰고 누르며

진   (가까스로 내보내는 제대로 된 목소리) 잠깐 있어. 내가 나갈게.

S#93. 동 앞 (오후)

뒤로 물러나는 예지.

S#94. 거실/마스터 룸 앞 (오후)

앉지도 서지도 못하고 어쩔 줄을 모르는 예지. 그러다 문득 제 꼴이 어떤가 신경이 쓰이는. 눈물기 마저 닦아내고 머리도 한번 쓸어보고... 옷매무새도 챙겨보는데

진의 방문이 열린다. 멎는 예지. 고개 들면.

열린 방문에서 나타나는 진... 그러나... 진은 휠체어에 앉은 채다. 천천히 휠체어를 굴리며 거실로 나오는 진.

예지, 입을 막는다. 진, 표정 드러내지 않으려 애쓰며... 그러나 눈은 더없이 아픈... 예지를 보면서 천천히 다가오는데... 그 자리에 주저앉는 예지. 이래서였나, 올 수가 없었나... 하늘이 무너지는 예지의 얼굴에서 엔딩!

내가 가장 예뻤을 때 1

내가 가장 예뻤을 때 1